타라스 불바

Тарас Бульба

세계문학전집 211

타라스 불바

Тарас Бульба

니콜라이 고골

조주관 옮김

민음사

차례

일러두기

1. 고골(Гоголь)을 '고골리'로 표기하거나, '불바'(Бульба)를 '불리바' 또는 '부리바'로 표기하는 경우가 종종 있다. 그러나 이는 자음 뒤에 오는 연음 부호 ь가 음가를 갖는다고 생각하는 데서 비롯된 잘못된 표기이다. 연음 부호는 자음을 구개음화시키는 역할만 할 뿐, 하나의 음가를 갖는 것은 아니다. 국립국어원 제정 러시아어 외래어 표기법 제9항에 나오는 연음 부호 표기법에도 이러한 사항이 명시되어 있다. 그리하여 이 책에서 역자는 '고골'을 '고골리'로, '불바'를 '불리바' 또는 '부리바'로 표기하지 않았다.

또한 『타라스 불바』는 『대장 불리바』로 번역된 경우가 많았는데, 이 때문에 러시아 문학 전공자들까지도 '타라스'에 '대장'이라는 의미가 있다고 착각을 하는 경우가 있다. 그러나 타라스는 인물의 이름이고, 불바는 인물의 성(姓)이다. 역자는 이러한 혼동을 막기 위해 원제를 살려 『타라스 불바』로 번역하였다. 원래 타라스는 '불안한, 반란자, 혼란'이라는 의미를 가진 고대 그리스어에서 유래된 말이다. 한편으로 타라스라는 이름에는 '고집 세고, 활동적이고, 직선적이고, 화를 잘 내는' 성격을 나타내는 의미가 함축되어 있기도 하다.

2. 러시아어의 한글 표기는 개정된 외래어 표기법을 따르는 것을 원칙으로 하되, 발음상의 편의를 위해 몇몇 예외를 두었다.

1장

"얘들아, 어디 뒤로 좀 돌아봐라! 그 꼴이 뭐냐! 정말 우습구나! 그 도포같이 생긴, 긴 옷들은 도대체 뭐냐? 그런 꼴로 학교에 다니냐?"

이런 말로 늙은 타라스 불바는 키예프 아카데미*에서 돌아오는 두 아들을 맞이했다.

두 아들은 말에서 지금 막 내렸다. 둘 다 건장한 젊은이로, 신학교에서 갓 나온 학생처럼 주변을 힐끔거리고 있었다. 똑똑하고 건강해 보이는 그들의 얼굴은 아직 면도날이 한 번도 스친 적 없는 솜털로 덮여 있었다. 그들은 아버지의 이런 마중에 당혹스러워하며 시선을 떨군 채 꼼짝 못하고 서 있었다.

"어디 어디, 가만히 있어 봐라! 다시 한번 보자."

불바는 두 아들을 이리저리 살펴봤다.

---

* 1615년에 건립된 최고(最古)의 신학교. 신학, 라틴어와 그리스어, 철학을 비롯한 여러 학문을 가르친다.

"왜 이렇게 긴 스비트카*를 입고 다니느냐? 어! 이따위 스비트카가 어디 있어! 생전 처음 보는 스비트카네. 자, 둘 중 누구든지 좋다. 어디 한번 뛰어가 봐라. 옷에 걸려서 넘어지는 것 좀 보자!"

"비웃지 마세요, 아버지. 비웃지 말아요!"

참다못한 큰아들이 말했다.

"봐라. 무슨 옷이 그 모양이냐? 왜, 웃으면 안 되냐?"

"그럼요! 아무리 아버지라도, 다시 웃기만 해 봐요. 그럼 꼭 한 방 먹일 겁니다!"

"어, 이놈이! 무슨 이런 자식 놈이 다 있어! 아비를 어떻게 하겠다고?"

깜짝 놀라 몇 걸음 뒤로 물러나며 불바가 말했다.

"그럼요. 비록 아버지라도 그럴 거예요. 모욕을 당했는데 아버지가 다 뭐예요."

"너! 나하고 한판 붙어 볼래? 어때, 주먹으로 해 볼래?"

"아무거나 좋아요."

"그래, 좋다. 주먹으로 해 보자!"

불바가 소매를 걷어 올리며 말했다.

"어디 네 주먹 맛 좀 보자!"

오랜만에 재회한 이들 부자는 반갑다는 인사 대신에 서로 달려들어 옆구리, 허리, 가슴 할 것 없이 주먹으로 치기 시작했다.

"아이고, 착한 내 새끼들! 아니, 저 영감이 아주 돌았나!"

---

* 우크라이나인과 벨라루스인들이 입는 긴 소매 상의.

아직까지 귀여운 두 아들을 안아 보지도 못한 가엾은 어머니가 문 옆에 서서 말했다.

"일 년 넘게 못 본 애들이 돌아왔는데, 저 양반은 무슨 생각으로 주먹질부터 하지?"

"그래, 이 녀석은 잘하는군!"

주먹질을 멈추면서 불바가 말했다.

"확실히 잘해."

불바는 옷매무새를 고치면서 덧붙였다.

"더 시험해 볼 필요도 없어. 이놈은 훌륭한 카자크*가 될 거야! 참 장하다. 자, 그러면 이제 정식으로 인사를 나누자."

아버지는 아들과 입을 맞췄다.

"너 굉장한데. 주먹으로 나를 친 것처럼, 어떤 놈이든지 그렇게 갈겨 버려야 해. 인정사정 볼 것 없어. 그건 그렇고 아무리 봐도 네 모습이 우습구나. 질질 끌리는 그 끈은 또 뭐냐?

---

* '자유인, 전사 또는 모험'이라는 뜻의 터키어 Казак에서 유래되었다. 그들은 전통적으로 독립적인 생활을 하면서 군사적인 봉사를 제공하는 대가로 러시아 정부로부터 여러 가지 특혜를 받았다. 초기 공동체는 사냥과 고기잡이, 약탈을 일삼으며 터키와 타타르에 대항하여 게릴라전을 벌이던 자치 조직 단체였다. 15세기에 카자크라는 명칭은 드네프르 강 유역에서 형성된 반(半)독립적 집단을 가리켰으며, 15세기 말에는 농노 신분에서 벗어나기 위해 폴란드·리투아니아·모스크바 공국에서 드네프르·돈 지방으로 달아나 자유롭고 반자치적인 성격의 군사 조직을 만든 농민들에게도 적용되었다. 16세기에는 돈·그레벤(카프카스 지방)·야이크(우랄 강 중류)·볼가·드네프르·자포로제 등 여섯 개의 주요 카자크 집단이 있었다. 17세기에 그들은 생계를 농업으로 전환하였다. 이 중에서 가장 유명한 카자크가 드네프르 강 하류에 위치한 지방 도시 세치에 모여 사는 집단인 자포로제 카자크였다. 이들은 1775년 예카테리나 대제에 의해 해산되었다.

그리고 네놈은 베이바스*로구나, 왜 두 팔을 늘어뜨리고 멍하게 서 있냐?"

이번엔 둘째 아들을 돌아보면서 불바가 말했다.

"뭐야, 이 자식! 그래, 너는 나를 한 대도 때리지 못한다는 말이야?"

"아이고, 또 무슨 꿍꿍이셈으로 시비를 거는 거예요!"

그사이에 작은 아들을 껴안으면서 어머니가 말했다.

"자기 아버지를 때린다는 불손한 생각을 하게 하다니! 그것도 마치 지금 당장 꼭 필요한 일인 것처럼……. 어린것이 먼 길을 오느라 피곤할 텐데……. 키는 정확히 1사젠**이나 되지만, 스무 살밖에 안 된 어린애예요. 이제는 쉬면서 뭘 좀 먹어야 하는데, 저 양반은 꼭 싸움을 건다니깐!"

"음, 그래. 그렇지만 넌 암만 봐도 쓸개 빠진 녀석 같아!"

불바가 말했다.

"너, 엄마 말만 들어선 안 돼. 엄마는 여자거든. 여자가 알긴 뭘 안다고. 너희들은 보물처럼 소중한 게 무엇인지 아냐? 너희들의 보물은 아무것도 가로막는 것이 없는 저 넓은 초원과 좋은 말이다. 그것이 바로 너희들의 보물이란 말이다. 이 칼 보이지? 칼이 진짜 너희들 엄마다! 너희 머릿속에 차 있는 것은 다 쓸데없는 것들이야. 학교, 온갖 책들, 사전, 철학이고 뭐고 말짱 헛것이지! 난 그런 것들에 다 침을 뱉을 거다!"

불바는 도저히 글로는 옮기지도 못할 정도로 상스러운 말을

---

* '체구는 크나 지혜가 없는 자, 키 큰 머저리, 얼간이'라는 뜻을 가진 러시아어 발베스(балбес)의 속어.

** 미터법 사용 이전의 러시아 길이 단위. 1사젠은 약 2.134미터이다.

했다.

"음, 그렇지, 말이 나온 김에 너희들을 이번 주말에 자포로 제로 보내야겠다. 그리로 가야만 공부가 되지. 진짜 공부! 그곳이 진짜 학교야. 그곳으로 가야 산지식을 얻을 수 있다."

"그러면 애들이 겨우 한 주밖에 집에 있지 못하잖아요?"

늙고 야윈 어머니는 너무 섭섭하여 두 눈에 눈물을 흘리며 말했다.

"불쌍한 것들, 제대로 놀지도 못하고, 제 집을 알아볼 시간도 없다니! 나 역시 아이들을 아직 제대로 돌봐 주지도 못했는데!"

"할망구! 그만 됐네. 이제 그만 좀 지껄이란 말이야. 카자크는 계집하고 말장난하지 않아! 당신 좋을 대로 하자면, 우리 애들이 알을 품고 있는 암탉처럼 그렇게 앉아 있어야만 된단 말이지? 어서 비켜요. 저리 가서 집에 있는 걸 죄다 꺼내 빨리 술상이나 차려요. 튀김과자, 꿀떡, 푼디크* 따위는 치우고, 양고기나 있는 대로 다 가져와요. 염소 고기도 가져오고. 그래, 그 사십 년 묵은 꿀도 가져와. 술은 많이 가져와야 해. 그 건포도인가 뭔가 양념이 든 것 말고, 부글부글 거품이 끓는 진짜를 가져오란 말이야."

불바는 두 아들을 햇볕이 잘 드는 응접실로 데리고 갔다. 자주색 보석이 박힌 목걸이를 한 하녀 둘이 응접실을 치우다 말고 재빨리 뛰쳐나갔다. 그들은 도련님들이 온 것에 놀랐거나 그게 아니라면, 남자만 보면 악 하고 외마디 소리를 지르며 허

---

* 맛 좋은 요리나 단맛 나는 과자.

둥지둥 도망친 후 부끄러워서 오랫동안 소맷자락으로 낯을 가리는 여자의 수줍은 습성을 지키려는 것 같았다. 응접실은 시대적 취향에 맞게 꾸며져 있었다. 지금은 더 이상 부르지 않는 우크라이나의 노래나 민요에는 당시 응접실의 시대적 분위기가 생생하게 표현되어 있었다. 응접실에서는 턱수염을 길게 기른 늙은 장님이 조용히 연주하는 반두라*의 소리에 맞춰 사람들이 빙 둘러서서 노래를 불렀었다. 우니야**를 위한 크고 작은 전쟁이 우크라이나 전 지역에서 계속 이어지던 당시는 그렇게 하는 것 외에 다른 것은 찾아 볼 수 없는 시대였다. 여러 가지 색깔의 진흙이 발라져 있는 응접실은 아주 깨끗했다. 응접실 벽에는 쭉 돌아가며 칼, 채찍, 새그물, 어망, 총, 물소 뿔로 교묘하게 만든 화약통, 황금빛으로 번쩍이는 말 재갈, 은장식이 붙어 있는, 말 다리를 묶는 차꼬 따위가 걸려 있었다.

응접실의 작은 창문에는, 지금은 고풍스러운 교회에서나 볼 수 있는 둥글고 뿌연 유리가 끼워져 있다. 이 움직이는 유리창을 올리지 않고서는 밖을 내다볼 수가 없다. 창문틀과 문틀에는 붉은 색깔이 칠해져 있다. 구석구석에 매어 놓은 선반에는 물병, 초록색이나 하늘색으로 된 병과 잔, 그리고 여러 사람의

---

* 우크라이나의 전통 민속악기. 통상 저음 현 여덟 개, 선율 현 쉰다섯 개로 구성되어 있다.
** 가톨릭교회 수장인 로마 교황의 굴복과 더불어 만들어진 정교회와 가톨릭의 연합으로, 1596년 브레스트(Brest) 교회회의에서 선포되었다. 우니야는 폴란드의 가톨릭 지주들과 승려들에게 우크라이나 주민들의 예속을 강화시키는 꼴이 되어 1893년에 해산되었다.

손을 서너 번씩 거쳐서 온갖 수단과 방법으로 불바의 응접실에 오게 된, 베니스나 터키, 체르케스 등지에서 만든 황금잔들이 있다. 좋은 시대에 이것은 지극히 평범하고 대수롭지 않은 일이었다. 방 한편에는 자작나무로 만든 걸상이, 맞은편 구석의 성상 아래에는 커다란 탁자와 누울 자리, 여러 빛깔의 꽃무늬 타일을 붙여 올록볼록하게 벽을 장식한 큰 페치카* 등이 있다. 이 모든 물건은 매년 방학 때가 되면 항상 걸어서 집으로 돌아왔던 우리 두 젊은이에게는 아주 낯익은 것들이다. 걸어서 오는 이유는 말이 없었던 탓이기도 하고, 또 한편으로는 학생들이 말을 타고 다니는 것을 허락하지 않는 관습 탓이기도 했다. 단지 그들에게는 무장한 카자크가 잡아끌기에 안성맞춤인 변발**만 있었을 뿐이다. 불바는 두 아들이 졸업할 때, 그가 기르는 말 가운데 가장 어린 말을 두 필 골라서 그들에게 보내 주었다.

불바는 두 아들이 돌아온 것을 기회로 모든 소트니크***들과 집에 머물고 있는 연대의 사관들을 다 불러오라고 명령했다. 소트니크들 가운데 두 사람과 그의 오랜 동료인 카자크 에사울**** 드미트로 톱카치가 들어오자, 불바는 곧 그 세 사람에게 두 아들을 소개하면서 말했다.

"어때요, 보시오. 훌륭한 청년들이지요! 곧 세치로 보내려고

---

* 러시아식 벽난로.
** 가운데 머리만 길게 늘어뜨리고 나머지 둘레는 바짝 깎은, 카자크들의 전형적인 머리 모양.
*** 옛 러시아의 100인으로 편성된 부대의 장을 말하며, 백부장(百夫長) 또는 백인(百人)대장이라고 부른다. 백인(百人)부대는 오늘날 중대 병력에 해당한다. 소트니크는 카자크의 기병 중대장이라고 할 수 있다.
**** 카자크 군대의 '부관'으로서, 오늘날 군대의 대위급 장교에 해당.

합니다."

손님들은 불바와 두 아들에게 반갑다는 인사를 하고 참 좋은 일이라고 하면서, 자포로제의 세치에 가는 것보다 더 좋은 공부는 없을 것이라고 했다.

"자, 여러분. 편한 자리에 앉으시오. 그리고 얘들아! 우선 한 잔 쭉 들이켜자!"

불바가 말했다.

"오, 주여! 축복하여 주시옵소서. 내 아들들아! 몸 건강하게 잘 지내야 한다, 너 오스타프도, 그리고 너 안드리도. 하느님이시여! 이놈들이 전쟁에서 항상 이겨, 마호메트교도들을 쳐부수고, 터키인들도 쳐부수고, 타타르인들도 쳐부수게 해 주시옵소서! 그리고 만약에 폴란드 놈들이 우리의 신앙에 반대하기 시작한다면, 그놈들도 쳐부수게 하여 주시옵소서! 자, 잔을 듭시다. 어때, 술맛이 좋지? 음! 그런데 라틴 말로 술을 뭐라고 했더라? 그래그래, 라틴 놈들은 멍청해. 이 세상에 술이 있는 것도 모르고 있었다니……. 가만 있자, 라틴 말로 시를 쓴 사람이 누구더라? 나는 글에는 거의 까막눈이라 잘 모르겠지만, 호라티우스*라던가?"

'흥, 저것 봐. 무슨 노인이 저래?'

그의 아들 오스타프는 마음속으로 생각했다.

'저 영리한 늙은이가 다 알고 있으면서도 모르는 체하는 걸 좀 봐.'

---

* 고대 로마의 시인. 풍자시와 서정시로 명성을 얻어, 아우구스투스의 총애를 받았다. 그의 『시론』은 아리스토텔레스의 『시학』과 함께 후세에 큰 영향을 주었다.

"너희 학교 교장 선생님은 너희들에게 술 냄새를 맡는 것조차 허락하지 않았을 테지."

불바는 계속해서 말했다.

"이놈들아, 바른대로 말 좀 해 봐라. 자작나무와 벗나무 몽둥이로 등이고 어디고 할 것 없이 온몸에 매를 맞았지? 그러지 않으면 채찍으로 때리더냐, 너희가 약삭빠르고 재치가 있다는 이유로? 틀림없어. 매주 토요일뿐만 아니라 수요일에도, 그리고 또 목요일에도 맞았겠지?"

"아버지, 지나간 일을 다시 생각해서 뭐해요."

오스타프가 시무룩하게 말했다.

"무슨 일이 있었건 다 지나간 일이에요!"

"누가 날 건드리기만 해 봐. 어떤 놈이든지 걸리기만 해봐. 타타르 놈이라도 여기에 나타나기만 해 보라고. 카자크의칼 맛이 어떤지 본때를 보여 줄 테다!"

안드리가 뽐내며 말했다.

"잘한다. 정말 장하다. 얘기가 이렇게 되면 나도 너희들과 함께 가겠다. 암, 가고말고. 내가 뭐 때문에 여기서 기다리겠냐? 날더러 메밀이나 심어 먹고, 집이나 지키면서 양과 돼지 떼를 보살피고, 여편네하고 수작이나 하면서 세월을 보내란 말이냐? 그런 짓거리는 다 집어치울 테다. 난 카자크다. 그런 건 싫다! 전쟁 없는 것이 뭐가 그렇게 좋아? 왜 전쟁이 일어나지 않는걸까? 전쟁이 있다면 나도 너희와 함께 자포로제로 가서 좀 놀아 볼 텐데. 암, 꼭 가고말고!"

늙은 불바는 점점 열을 올렸다. 나중에는 지나치게 흥분한나머지 발을 쾅쾅 굴렀다.

"내일 당장 가기로 하자! 질질 끌 필요가 있나? 이곳에 가만히 앉아서 어떻게 적과 맞선단 말인가? 이까짓 오두막집이 뭐 대단하다고. 이 모든 것들이 무슨 소용이 있어? 이따위 항아리가 왜 필요해? 어디다 써?"

불바는 항아리고 물병이고 닥치는 대로 깨뜨리고 내동댕이치기 시작했다.

남편의 그런 행동을 오랫동안 겪어 온 가엾은 노파는 의자에 앉은 채 슬픔에 젖어 바라보기만 했다. 그 결정을 듣고서 그녀는 감히 말 한마디 하지 못했지만, 기가 막혀 쏟아져 나오는 눈물을 막을 순 없었다. 만나자마자 또다시 너무나 빨리 헤어져야 하는 두 아들을 빤히 쳐다만 보고 있었다. 그녀의 두 눈과 꼭 다문 두 입술의 떨림에서 엿보이는 슬픔을 그 누가 다 표현할 수 있을까!

불바는 무서울 정도로 완고했다. 그러한 성격은 살기가 힘들었던 15세기 유럽 변방 지역의 유목민에게서만 볼 수 있는 것이었다. 그 당시 영주들에게 버림받은 남러시아 땅은 포악한 몽골 침략자들의 습격으로 인해 황폐해지고 송두리째 불타 버렸다. 집과 생활 터전을 빼앗기고 나서야 비로소 사람들은 용감해졌다. 이웃 나라의 끊임없는 위협을 걱정하면서도 환란 속에 살림을 옮겨 와 온갖 고생을 다 해 가면서 살았던 시대였다. 또한 전쟁의 불길 속에서도 평화를 사랑하는 옛 슬라브인의 영혼이 카자크, 즉 러시아인의 소위 담대한 국민성과 놀기 좋아하는 기질을 형성하던 시대였다. 강가의 모든 땅, 나루터, 물가의 완만한 경사지 등 살기에 적합한 지역으로 셀 수 없을 만큼 많은 수의 카자크들이 빼곡히 이주해 왔다. 그중에서 담대한 친구들은 카자크 총인구를 알려고 하는 술탄*에게 "누가 알겠소? 그들은 대초원 여기저기에 흩어져 살고 있소. 골 짜기가 있으면 반드시 카자크가 살고 있소."라고 대답하던 시대 였다. 그것은 분명히 온갖 불행 때문에 국민들의 가슴 깊은 곳 에서 부싯돌 불처럼 불붙어 나온 러시아 힘의 비정상적인 표현 이었다. 사냥꾼이나 몰이꾼들이 들끓던 영지와 소도시는 사라 졌으며, 서로 적의를 품고 있으면서도 자기 소유의 도시들을 팔 고 사고 하는 보잘것없는 공후들도 자취를 감추었다. 대신에 적 그리스도교도인 약탈자들로부터 위험과 증오심을 느끼면서 그 들에게 대항하려는 용감하고 떠들썩한 마을들이 연이어 생겨났 다. 그들의 불안한 생활을 전복시키고자 한 위협적인 공격으로 부터 유럽을 구해 낸 것이 끊임없는 투쟁이었다는 것은 누구나 알고 있었다. 멀리 떨어져 있어 힘은 약하지만, 봉건 영주 대신 에 이 광활한 땅의 지배자가 된 폴란드의 왕들은 카자크의 역 할과 그들의 전투적인 삶의 장점을 잘 알고 있었다. 그래서 그 들은 카자크를 선동했고, 카자크의 비위를 맞춰 주었다. 멀리 떨 어져 있는 폴란드의 통치 아래, 카자크들 스스로 그들 가운데 선출한 대장들은 주변 마을에서 병사들을 모아 전투부대**와

---

* 이슬람교 최고 권위자인 칼리프가 수여한 정치적 유력자의 칭호. 아랍어로 '왕 또는 지배자'라는 의미가 있는데, 일반적으로는 이슬람교 국가의 군주를 지칭.

** 자포로제 군대를 좀 더 작은 단위로 구분하여 러시아어로 쿠렌(курень) 이라고 부른다. 넓은 의미로 부대(部隊)라고 할 수 있다. 원문에 쓰인 러시아 어 표현 курени в полки는 우리의 군부대 편성 단위로 '전투부대'라 하면 된 다. 카자크 부대는 각각 나름대로 부대 이름이 있다. 그리고 부대원들은 그 특 별한 명칭의 지역에 거주했다.

정규군 관구를 편성하였다. 그것은 상비군도 아니었을 뿐만 아니라, 또 아무도 상비군이라고 부르지도 않았다. 그러나 전쟁이나 총동원 시에는 어느 누구 할 것 없이 왕이 지급하는 체르보네츠* 한 닢만을 손에 쥔 채, 더도 말고 여드레 만에 무장을 하여 말을 타고 속속 모여들었다. 그리고 나면 두 주 안에 어떠한 방법으로도 도저히 모으기 힘든 신병을 모집한 강력한 군대가 조직되었다. 원정이 끝나면 군사들은 목장으로, 농토로, 또는 드네프르 강의 나루터로 돌아가 고기잡이도 하고, 장사도 하고, 술을 담그기도 하면서 자유로운 카자크가 되었다. 같은 시대의 다른 나라 사람들이 그러한 카자크의 비상한 재주에 놀랐던 것은 당연한 일이다. 카자크가 못하는 일은 하나도 없었다. 술 담그기, 수레 만들기, 화약 만들기, 대장일, 철공 등은 물론이고, 여기에 덧붙여서 러시아 사람만이 할 수 있는, 진탕 마시고 노래 부르고 떠들어 대며 노는 것도 있다. 그러나 일단 전쟁이 일어나면 싸움터로 나가는 것을 의무로 생각하여, 군적에 등록되어 있는 카자크를 제외하더라도 유사시에는 언제든지 완전한 군대(기마 의용대)를 편성할 수가 있었다. 에사울들이 짐수레 위에 올라서서 모든 촌락과 마을의 장터와 공터를 돌아다니면서 큰 소리로 이렇게 외치기만 하면 되었다.

"여러분, 주정뱅이 여러분! 이제 맥주는 충분히 마셨습니다. 또 방바닥에 누워서 충분히 빈둥거렸습니다. 또 파리에게 여러분들의 통통한 살점도 충분히 먹었습니다. 이제는 기사의 명예와 영광을 얻기 위해 일어나야 합니다! 농부 여러분, 양치

---

* 옛날 러시아의 화폐 단위로, 1체르보네츠는 금화 10루블과 같다.

기 여러분! 그리고 호색가 여러분! 쟁기질을 하면서 누런 신발도 충분히 더럽혔습니다. 계집들 꽁무니를 쫓아다니면서 기사의 힘을 헛되게 쓴 것도 이만하면 충분합니다. 이제는 카자크의 명예를 드높일 때입니다!"

이 말은 마치 바싹 마른 나뭇단에 떨어진 불씨와도 같았다. 농군들은 호미를 꺾어 버리고, 술과 맥주를 담그던 자들은 작은 술통은 내던지고 큰 술통은 때려 부쉈다. 수공업자와 장사꾼들은 하던 일을 내동댕이치며 만사를 제쳐 놓고 말을 타고 나섰다. 말하자면 이렇게 러시아의 힘차고 광대한 국민성이 나타났던 것이다.

타라스 불바는 손꼽히는 주요 원로 지휘관들* 가운데 한 사람이었다. 그의 몸은 전쟁을 위하여 태어난 것 같았고, 그의 성품은 남보다 월등히 용감하고 강직했다. 당시는 폴란드가 러시아 귀족에게 많은 영향을 끼치던 시기였다. 많은 귀족들이 폴란드의 사치스러운 풍속을 본받기 시작하면서 화려한 하인들, 사냥하는 매, 사냥개, 저택들을 소유하고 잔치를 베풀었다. 타라스 불바는 이 모든 것이 마음에 들지 않았다. 그는 순박한 카자크의 생활을 사랑했다. 그래서 그는 폴란드의 수도인 바르샤바 쪽으로 기울어진 자들을 폴란드판 노예라고 불렀다. 그 때문에 그런 사람들과 여러 차례 말다툼을 하기도 했다. 끊임없이 소란을 일으키면서, 그는 자신이 정교의 올바른 옹호자라고 주장했다. 어디선가 소작인들에게 압박이 가해졌다거나 농가에 새로 부당한 세금이 부과되었다는 불평이 들려오기만 하

* 원문에 쓰인 러시아어 полковник는 '지휘관'으로 번역하는 것이 오늘날의 군대 조직과 편성에 어울린다.

면, 그는 직접 그 마을로 들어갔다. 그리고 손수 자기 부하 카자크들을 데리고 가서 불평에 대한 시비를 가렸다. 그리고 다음과 같은 세 가지 경우에는 반드시 칼로 다짐을 받았다. 즉, 코미사르*라 불리는 젊은 대표 위원들이 연로자들에게 경의를 표하지 않고 그들 앞에서 모자도 벗지 않고 서 있을 때, 정교를 비웃고 조상들의 관례를 준수하지 않을 때, 그리고 마지막으로 그 상대가 마호메트교도나 터키인으로 판명될 때에는 경우를 막론하고 그리스도교의 명예를 위하여 무기를 드는 것이 허용된다고 타라스 불바는 생각했다.

지금 그는 혼자서 다음과 같은 생각을 하면서 마음속으로 흡족해 하고 있었다. 두 아들을 세치에 데리고 가서 "여러분 좀 보십시오, 훌륭한 청년들을 데리고 왔지요?"하고 전쟁으로 단련된 늙은 동료들에게 소개하는 것이다. 또 군대 교육과 함께 기사의 중요한 자격 가운데 하나인 전략 전술과 음주 실력을 자기 눈으로 직접 확인해 볼 생각이었다. 처음에 그는 두 아들만 보내려고 생각했다. 그러나 두 아들의 원기 넘치고 의젓하며 늘씬하고도 강한 육체의 아름다움을 보자 자신의 군인 기질도 한껏 불타올랐고, 다음 날 자신도 그들과 함께 가기로 결심했다. 이것은 순전히 그의 고집에서 비롯된 것이다. 그는 젊은 두 아들을 위하여 이미 여러 가지 지시도 해 놓았다. 손수 말과 마구(馬具)를 골랐으며, 마구간과 곳간에도 몇 번씩이나 드나들었다. 그리고 내일은 그와 동행할 하인들도 뽑을 것이다. 그의 에사울 톱카치에게는 만일 자기가 세치에서 무

---

* 사전적 의미로 '전권을 위임받은 사람 또는 대표자'라는 뜻.

슨 기별을 전하기만 하면, 그 즉시로 전 부대를 인솔하여 출동하라는 엄한 명령을 내리고 더불어 자신의 지휘권도 인계하였다. 비록 그는 거나하게 취해 아직 머리가 맑진 않았지만, 어떤 것도 잊어버리지는 않았다. 오히려 말에게 물을 먹이고, 먹이통 속에 알이 굵고 좋은 밀을 넣어 두라는 지시까지 했다. 그러고는 피곤해지자 준비하는 것을 그만두고 돌아왔다.

"자, 얘들아! 자야 할 시간이다. 내일, 하느님께서 주시는 일을 하자. 어, 내 자리는 깔지 마라. 난 마당에서 잘 테니 자리가 필요 없다."

어둠이 막 하늘을 감싸 안았다. 불바는 항상 일찍 잠자리에 드는 습관이 있었다. 밤공기가 무척 차갑고 쌀쌀하여 그는 양탄자 위에 쭉 뻗어 눕고는 양피 외투를 덮었다. 집 안에서도 불바는 좀 따뜻하게 덮는 것을 좋아했다. 얼마 안 있어 그는 코를 골기 시작했다. 곧이어 마당에 있는 사람들 모두가 코를 골기 시작했다. 마당 구석구석에 드러누워 자고 있는 모두가 코를 골았고, 노래를 부르는 듯한 소리를 내기 시작했다. 누구보다도 일찍 잠든 것은 문지기였다. 주인장의 젊은 아들들이 돌아오는 바람에 술을 가장 많이 마셨기 때문이었다.

불쌍한 어머니만 홀로 앉아 잠을 이루지 못하였다. 그녀는 나란히 누워 있는 귀한 아들들의 머리맡에 웅크리고 앉아서 젊은 애들의 헝클어진 곱슬머리를 빗으로 빗겨 주며 눈물을 흘렸다. 그녀는 온갖 생각을 다 하며 두 아들만을 바라보았다. 한눈에 봐도 많이 자란 두 아들을 바라보자 감정이 북받쳐 올랐다. 아무리 들여다봐도 싫증이 나지 않았다. 그러나 내일이면 자기 젖을 물려 사랑으로 어루만져 키운 두 아들을 한동안 볼 수 없게 된다.

"내 자식아! 귀여운 내 아들들아! 너희는 어떻게 될까? 너희에게 어떤 일이 벌어질까?" 하고 그녀가 말했다. 지난날 아름다웠던 그녀의 얼굴을 완전히 바꿔 버린 주름살 위엔 눈물이 걸려 있었다. 사실 그녀도 험난한 시대의 모든 여성들과 마찬가지로 불행했다. 정열이 타올랐던 그 옛날, 젊은 피가 끓어오르던 그 옛날, 겨우 그 한순간만을 사랑으로 살았던 것이다. 한때 그녀의 마음을 매혹시켰던, 엄격하고도 가혹한 유혹자는 얼마 지나지 않아 칼을 위하여, 동료를 위하여, 또 술과 방탕 때문에 그녀를 방관했다. 그녀는 일 년에 이틀이나 사흘밖에 남편을 보지 못하고 살았다. 몇 해 동안은 바람조차도 남편의 소식을 전해 주지 않았다. 그러다 몇 해 만에 남편을 다시만나 같이 살게 된 그녀의 인생은 어떤 것이었을까? 그녀는 온갖 굴욕을 참으며 살아왔다. 심지어는 매질까지도 참았다. 단지 선심을 쓰는 듯한 애무만을 받았을 뿐이다. 그녀는 음탕한 자포로제 집단의 험상궂은 홀아비 기사들 속에 살고 있는 이상스러운 존재였다. 그녀의 청춘은 아무런 기쁨 없이 눈앞에서 한번 반짝이다 사라지고, 그 생기 있고 아름다웠던 두 뺨과 가슴은 사랑의 키스도 받지 못한 채 그만 시들어 버렸다. 그녀의 얼굴은 나이에 어울리지 않게 많은 주름살로 덮여 버렸다. 모든 애정, 모든 감정, 여성만이 간직하는 우아하고 열렬한 모든 것이 단 한 가지, 어머니로서의 감정으로 변해 버렸다. 그녀는 대초원의 갈매기처럼 두 아들을 향한 열정과 애정과 눈물로 가슴을 졸이고 있었다. 누군가가 사랑스럽고 귀한 두 아들을 다시 보지 못하게 빼앗아 가려는 것만 같았다. 첫 전투에서 타타르인이 그들의 목을 잘라 버릴지도 모른다. 자식들의 피 한 방울을 막기 위해서라면 어머니는 자기 몸을 내던질 수도 있는데. 여차하면 이제 아들들의 시체가 어디에 버려져 있는지, 혹시 길가에 내버려진 채 새가 쪼아 먹고 있는 것은 아닌지조차도 그녀는 알 수 없는 것이 아닌가. 그녀는 그들의 눈을 들여다봤다. 이미 두 아들의 눈은 쏟아져 내린 잠기운 때문에 굳게 감겨 있었다.

"어쩌면 불바가 잠을 자고 나면, 출발을 한 이틀쯤 연기할지도 몰라! 아마도 아까는 그이가 술을 너무 과하게 마셔서 그렇게 빨리 떠날 생각을 했을 거야."

달은 하늘 높이 떠서 잠자는 사람으로 가득 찬 집 안팎과 우거진 버드나무 숲, 집 둘레의 통나무 울타리를 가려 버릴 만큼 큰 키의 부리얀*들을 비추고 있었다. 그녀는 여전히 귀여운 두 아들의 베갯머리에 앉아서 잠잘 생각은 않고 잠시도 그들에게서 눈을 떼지 않았다. 말들은 이미 날이 샐 때가 된 것을 느끼고서야 먹는 것을 그만두고, 풀 위에 웅크리고 앉았다. 버드나무 가지 끝에 달린 잎들이 속삭이듯 살랑살랑 소리를 냈다. 그 속삭이는 듯한 소리가 서서히 흘러내려 제일 아래 가지까지 왔다. 그녀는 날이 샐 때까지 계속 앉아 있었다. 조금도 피곤하지 않았다. 마음속으로는 될 수 있으면 이 밤이 계속되기를 바랐다. 망아지 울음소리가 들판에서 들려왔다. 하늘에서는 붉은 햇살이 줄지어 산뜻하게 빛났다.

갑자기 잠에서 깬 불바가 벌떡 일어났다. 그는 하나도 잊지

---

* 남부 러시아의 초원을 덮고 있는 키가 크고 줄기가 굵은 잡초를 총칭.

않고 어제의 명령을 정확하게 기억해 냈다.

"얘들아! 그만큼 잤으면 됐어. 시간이 됐다, 시간이 됐어! 말에게 물을 먹여라! 할망구는 어디 갔어?(그는 평소에 아내를 할망구라고 불렀다.) 할망구야! 먹을 것 좀 빨리 준비해 줘. 갈 길이 멀어!"

마지막 희망을 빼앗긴 불쌍한 노파는 기죽은 채 휘청대며 집 안으로 들어갔다. 그녀가 눈물로 아침 식사에 필요한 모든 것을 준비하고 있는 동안, 불바는 여러 가지 지시를 했다. 마구간을 요란하게 돌아다니면서 두 아들을 위하여 가장 좋은 마구를 골라냈다.

신학교 학생이었던 두 아들은 별안간 딴사람이 되었다. 전에 신었던 흙투성이 장화 대신에 은으로 만든 박차가 달린 붉은 염소 가죽 장화를 신었으며, 주름이 많이 잡히고 흑해만큼이나 넓은 샤로바리*를 금띠로 동여맸다. 그 허리띠에는 긴 가죽끈이 붙어 있고, 그 끝에는 몇 가닥의 술과 딸그락 소리를 내는 호각 용도의 노리개들이 달려 있었다. 타오르는 불꽃처럼 새빨간 모직 천으로 만든 카자크 복장에는 여러 가지 무늬를 수놓은 띠를 맸다. 그 띠 사이로 터키식 무늬가 새겨진 총은 감추어졌지만, 칼은 다리에 부딪쳐서 달그락달그락 소리를 냈다. 아직 햇볕에 타지 않은 그들의 얼굴은 깨끗하니 좋아 보였다. 새카만 코밑수염이 하얀 얼굴과 어울려 어느 쪽에서 보아도 힘찬 젊음을 한층 더 빛나게 했다. 황금색으로 번쩍이는 꼭지가 달린 검은 양피 모자를 쓴 그들의 얼굴은 보기가 참 좋

* 가랑이가 넓은 남성용 바지로, 주로 우크라이나 서쪽 지방에서 승마용으로 입는다.

았다. 불쌍한 어머니는 그런 아들들을 보자, 말 한마디 못하고 두 눈에 눈물만 가득 고였다.

"얘들아! 준비됐다. 망설일 것 없어!"

불바가 참다못해 말했다.

"자! 여기서 그리스도교의 관습에 따라 길을 떠나기 전에 모두 무릎을 꿇고 기도를 하자."

모두가 꿇어앉았다. 대문 옆에 점잖게 서 있던 젊은이들까지 몰려와서 꿇어앉았다.

"이제는 어머니가 자식들을 축복해 주시오."

불바가 말했다.

"두 아이가 용감하게 싸우고, 항상 기사의 명예를 지키도록 기도해 주시오. 그리고 언제든지 그리스도 신앙 편에 서도록, 그렇지 못할 바에는 영혼조차 남기지 말고 둘 다 목숨을 버릴 수 있도록 하느님께 기도해 주시오. 얘들아, 어머니 곁으로 가거라. 어머니의 기도는 바다에서나 땅에서나 어디서든 구원의 힘을 갖는단다."

세상의 모든 어머니처럼 약하기 그지없는 어머니가 두 아들을 포옹하였다. 그녀는 흐느껴 울면서 작은 성상 두 개를 꺼내 두 아들의 목에 걸어 주었다.

"성모님! 이 두 아들을 보호하여 주시옵소서! 얘들아! 이 어미를 잊지 말아다오. 한마디라도 좋으니 소식을 보내다오!"

그녀는 더 이상 말을 이을 수 없었다.

"자, 가자, 얘들아!"

불바가 말했다. 현관 옆에는 안장을 얹어 놓은 말들이 서 있었다. 불바는 자기가 사랑하는 초르트*의 등 위로 뛰어올랐다. 초르트는 모두 20푸드**나 되는 무거운 무게를 느끼자마자 미친 듯이 뒷걸음질을 쳐 댔다. 불바가 너무 무겁고 뚱뚱했던 까닭이다.

두 아들까지 이미 말에 올라타 있는 것을 보고 나서, 어머니는 얼굴 표정이 한층 더 수척해 보이는 작은아들에게로 뛰어갔다. 그녀는 그의 등자를 움켜잡고, 안장에 몸을 딱 붙인 채 섰다. 그녀의 두 눈은 절망으로 가득 찼고, 두 손은 아들을 붙잡고 놓아 주지 않았다. 힘이 센 두 명의 카자크가 그녀를 살포시 부축하여 집 안으로 데리고 들어갔다. 그러나 모두가 말을 타고 대문 밖으로 나가자, 그녀는 별안간 나이에 맞지 않게 염소처럼 날쌘 몸짓으로 대문 밖으로 뛰어나가 힘차게 말을 붙잡아 세웠다. 그리고 광적인 열정으로 한 아들을 부둥켜안았다. 그러나 사람들은 또다시 그녀를 데려갔다.

젊은 카자크 형제는 혼란스러운 기분으로 말을 타고 나섰다. 아버지를 두려워하면서도 흐르는 눈물을 어찌할 수는 없었다. 아버지 역시 내색을 하지 않으려고 애썼으나 마음이 흔들리는 건 어쩔 수 없었다. 날씨는 흐리고 어두침침했다. 그러나 푸른 들판에는 생기가 찾아들었고, 새들은 제멋대로 재잘거렸다. 잠시 말을 달리고 난 후 그들은 뒤를 돌아다보았다. 그들의 마을은 마치 땅속에 파묻혀 버린 것 같았다. 땅 위로 보이는 것은 보잘것없는 두 개의 굴뚝과 그 옛날 그들이 다람쥐

---

* '악마 또는 귀신'이라는 의미. 여기서는 말의 이름.
** 러시아 무게 단위. 1푸드는 약 16.38킬로그램이므로 20푸드는 약 327.6킬로그램이다.

처럼 이 가지에서 저 가지로 타고 다니던 나무 꼭대기뿐이었다. 그리고 그들이 자라 오면서 겪은 여러 가지 일들을 상기시키는 초원만이 눈앞에 펼쳐져 있었다. 이슬에 푹 젖은 초원 위에서 형제는 함께 뒹굴기도 했고, 재빠른 두 발로 초원을 사뿐사뿐 뛰어오는 새카만 눈썹의 카자크 소녀를 기다리기도 했었다. 어느새 수레바퀴 끝에다 매달아 둔 두레박 작대기만 쓸쓸히 하늘로 우뚝 솟아 있을 뿐, 그들이 지나온 평원은 벌써 저 멀리서 산이 되어 모든 것을 감추어 버렸다.

어린 시절이여, 수많은 놀이들이여, 모두 다, 모두 다, 안녕, 잘 가거라!

2장

　말을 탄 세 사람은 말없이 달렸다. 늙은 타라스 불바는 옛 일들을 생각했다. 한평생 청춘이길 바랐던 카자크는 흘러간 세월에 묻힌 지난 일들을 되돌아보며 하염없이 눈물만 흘렸다. 그는 세치에서 만나게 될 옛 동료들을 생각했다. 누가 이미 세상을 떠났고, 누가 여전히 살아 있는지 하나하나 손꼽아 보았다. 눈물이 눈동자 위에서 소리 없이 굴러떨어졌고, 백발이 다 된 머리가 조용히 숙여졌다.

　두 아들은 각자 서로 다른 생각에 잠겨 있었다. 여기서 두 아들에 관해 좀 더 이야기를 해 둘 필요가 있다. 그 당시 고관들은 자식 교육만은 반드시 필요하다고 생각했다. 비록 그런 생각도 점점 시간이 흐르면서 완전히 잊혀 갔지만 말이다. 그래서 타라스 불바도 자식들이 열두 살이 되던 때 그들을 키예프 아카데미에 입학시켰던 것이다. 그때까지만 하더라도 그들은 기숙사의 다른 모든 학생들과 마찬가지로 특별한 교육 없이 자유롭게 자란 까닭에 상당히 거칠었다. 그곳에서 그들은 기술을 연마하고 공통 교육을 받으면서 서로를 닮아 갔다. 형 오스타프는 첫해에 벌써 기숙사 지역을 벗어나 도망치기 시작했다. 그러나 금방 붙잡혀 심하게 매를 맞고 다시 책상 앞에 앉혀졌다. 그는 네 번이나 기초 학습서를 땅에 떨어뜨려 얼룩지게 했고, 그때마다 심한 매를 맞고 새로 책을 샀다. 그의 아버지는 오스타프가 아카데미에서 모든 과목을 이수하지 않을 경우, 이십 년 동안 수도원 생활을 할 것이며 다시는 자포로제 땅을 밟지 않겠다는 무시무시한 맹세를 그에게 미리 하게 했다. 만일 그러한 맹세가 없었더라면 오스타프는 다섯 번 이상이라도 계속해서 도망쳤을 것이다. 우리가 앞에서 보아 이미 알고 있듯이 모든 학문을 욕하며 자식들에게 공부할 필요가 전혀 없다고 훈계하던 당사자인 타라스 불바가 자식에게 그런 맹세를 시켰다니 참 신기하다. 이때부터 오스타프는 특별한 열정을 갖고 지루한 책 앞에 앉아 공부하기 시작해서 곧바로 우등생 대열에 섰다. 그 당시의 교육은 실제 생활과는 너무나 동떨어져 있는 것이었다. 스콜라 철학, 문법, 수사학, 그리고 논리학이라는 세부 과목은 시대와 거리가 있었다. 현실에 맞지도 않았고, 일생 동안 한 번도 되풀이되지 않는 것이었다. 그런 교육을 받은 사람들은 자신의 지식을 그 어떤 것에도 연관시킬 수 없었다. 스콜라 철학의 냄새가 덜한 것일지라도 마찬가지였다. 실제 경험과는 완전히 동떨어져 있었기 때문에, 그 당시의 학자는 보통 사람들보다도 오히려 더 무식했다. 그러나 기숙사의 자치 제도와 많은 건강한 젊은이들과의 교제는 이들 형제에게 학문 이외의 활동에 대해서 가르쳐 주었다.

그리고 종종 보잘것없는 식사를 하고, 때로는 단식을 하기도 하면서, 활발하고 건강한 청년들은 배고픔에 대해 알게 되었다. 그런 경험들은 모두 후일 자포로제에서 완전히 성장하게 되는 용기의 씨앗을 그들의 마음속에 심어 주었다. 허기진 기숙사 학생들은 무엇인가를 찾듯이 키예프 거리를 뛰어다녔고 모든 사람들이 그들을 경계했다. 장터에 앉아 장사를 하는 아주머니들은 기숙사 학생들이 지나가는 것을 보자마자 어미 새가 자기 새끼를 품속에다 감추듯이 두 팔로 자기의 피로그*, 부블리크**, 호박씨 등을 감추었다. 직책상 아래 학생들을 감시해야 하는 콘술*** 역시도 하품을 하고 있는 장사꾼 아주머니의 물건을 송두리째 집어넣을 수 있을 만큼 큰 바지 주머니를 가지고 있었다.

기숙사 학생들은 완전히 다른 세계 속에 있었다. 그들은 폴란드와 러시아 귀족들로 구성된 상류 사회에는 발도 들여놓지 못했다. 키예프 아카데미의 후원자인 군사령관 아담 키셀****도 아카데미에서는 학생들을 옹호하는 입장을 보였으면서도, 다른 한편으로는 그들을 상류 사회에 들여놓지 못하게 더 단속하라고 명령했다. 그러나 이 명령은 내릴 필요도 없는 것이었다. 왜냐하면 교장과 교수인 모나흐*****들이 채찍질을 그치

---

* 파이.
** 두꺼운 가락지 빵이나 도넛.
*** 지도위원 또는 감독.
**** 우크라이나 출신의 키예프 군사령관. 카자크 봉기 당시 폴란드 정부의 주요 코미사르 역을 맡았고, 카자크와 협상을 이끌었다.
***** 수도사.

지 않았기 때문이다. 그 결과 모나흐들의 명령에 따라 조교들도 너무 가혹하게 콘술들을 때려서 그들은 몇 주일 동안이나 바짓가랑이를 문지르고 다녀야 했다. 그러나 그들 대부분은 이런 일을 아무렇지 않게 여겼으며, 후추를 넣은 좋은 보드카보다 조금 더 독한 정도로 생각했다. 물론 몇몇 친구들은 이처럼 쉴 새 없는 구타와 매질이 싫어 기회를 엿보다가 도망갈 길을 발견했고, 도중에 붙잡히지만 않는다면 자포로제로 도망쳐 나왔다. 오스타프 불바는 뼈를 깎는 고통스러운 노력으로 논리학과 신학에 이르기까지 학업에만 전념했지만, 그래도 이런 가차 없는 매를 피해 갈 수 없었다. 이 모든 것들이 그의 성격을 가혹하게 만들었고, 그것은 자연스럽게 카자크의 특색인 불굴의 강인한 기질을 그에게 심어 주었다. 오스타프는 항상 우수한 학생 축에 들었다. 다른 사람의 정원이나 텃밭을 모조리 망가뜨리는 난폭한 장난에는 좀처럼 앞장을 서지 않았다. 대신에 그는 항상 용감한 친구와 어울렸고, 어떠한 경우에도 동료를 배신하지 않았다. 모진 채찍이나 몽둥이로도 그를 꺾을 수는 없었다. 그는 전쟁, 술 마시는 것, 노래 부르며 진탕 노는 것 이외의 유혹에 대해서는 냉담했다. 거의 한 번도 딴생각을 해 보지 않았다. 그리고 동료들 앞에서는 공명정대하게 행동했다. 그런 시대에 그와 같은 성격에만 있을 수 있는 특수한 형태의 선량함을 지니고 있던 오스타프는 불쌍한 어머니의 눈물에 진심으로 감동했다. 어머니의 눈물만이 그의 마음을 흔들었고, 슬픔에 잠겨 고개를 숙이게 했다.

그의 동생 안드리는 형보다 조금 더 활달한 성격의 소유자였다. 강인하고 거친 성격을 가진 자들에게서 쉽게 찾아볼 수 있는 긴장감도 그에게는 없었다. 또한 형보다 더 공부에 흥미를 가졌다. 그는 형보다 재치가 있었다. 가끔 상당히 위험한 장난에 앞장을 서기도 했다. 안드리는 형 오스타프처럼 앞뒤를 가리지 않는다거나 용서를 빌 생각도 하지 않아서 웃옷을 벗고 마룻바닥에 엎드려 엄벌을 받는 것이 아니라, 재치 있게 벌을 모면했다. 그의 마음 역시 훌륭한 공훈을 세우려는 열망에 불타고 있었다. 그러나 동시에 그의 마음은 또 다른 감정도 받아들였다. 열여덟 살이 넘었을 때, 연애를 하고픈 욕망이 그의 가슴속에서 끓어올랐다. 불같이 타오르는 상상 속에 여인의 모습이 자꾸 떠오르는 것이다. 철학 강의를 들으면서도 맑고 생기 넘치는 검은 눈동자를 가진 우아한 여인의 모습을 쉴 새 없이 그려 보았다. 그의 눈앞에는 여인의 빛나고 탄력 있는 가슴, 부드럽고 아름답게 드러난 두 팔이 어른거렸다. 그의 상상 속에서는 순결하고 탄력 있는 그녀의 육체를 감싸고 있는 옷자락만으로도 말할 수 없이 강한 욕망이 일었다. 그는 열렬한 청춘에 생길 수 있는 그러한 마음의 동요를 동급생들에게도 조심스럽게 감추고 있었다. 왜냐하면 그 시대에는 전투를 경험하기 전에 여자나 연애 생각을 하는 것을 카자크의 수치이자 불명예로 간주했기 때문이다. 요즘 몇 해 동안 그는 동료들 사이에서 앞장서는 일이 드물어졌다. 대신에 자주 벚나무 정원을 홀로 거닐었다. 키예프의 쓸쓸한 골목길에서 사람을 유혹하듯이 길을 바라보고 있는 낮은 집들 사이를 혼자 방황하는 일이 잦아졌다. 때로는 귀족들만 살고 있는 거리, 즉 우크라이나와 폴란드 귀족들이 자신들의 변덕스러운 취향에 따라 집들을 마구 지어 놓은 지금의 구 키예프 거리로 들어가기도 했다. 어느

날 그가 멍하게 무엇인가에 정신이 팔려서 걷고 있을 때, 어떤 폴란드 귀족의 대형 마차가 하마터면 그를 칠 뻔했다. 마부석에 앉은 수염을 기른 무서운 마부가 채찍으로 그를 세게 갈겼다. 신학교의 젊은 학생은 잔뜩 화가 났다. 그는 무의식적으로 힘센 손으로 마차의 뒷바퀴를 용감하게 붙잡아 세웠다. 그러자 겁을 집어먹은 마부가 말들을 마구 채찍질했고 말들은 후다닥 뛰기 시작했다. 다행히 잡았던 손을 놓을 수는 있었지만, 안드리는 앞으로 거꾸러지면서 그대로 흙구덩이에 얼굴을 들이박았다. 그때 머리 위에서 웃음소리가 터져 나왔다. 그가 쳐다본 창문에는 생전 처음 보는 아름다운 여성이 서 있었다. 아침 햇살을 받아 분홍빛으로 빛나는 백설 같은 피부와 검은 눈동자를 가진 미인이었다. 그녀는 참으로 우습다는 듯이 웃어 댔다. 그 웃음은 눈부신 아름다움에 한층 더 찬란한 매력을 부여했다. 그는 당황했다. 당황한 나머지 그는 완전히 이성을 잃었다. 그러고는 아무 생각 없이 흙을 털려다가 얼굴에 더욱더 흙칠을 한 채 그녀를 바라보았다. 이 미인은 도대체 누군가? 대문 안에서는 젊은 악사들이 좋은 옷을 입고 한데 모여 반두라를 연주하고 있었다. 안드리는 그들을 둘러싸고 구경하고 있는 하인들한테 다가가서 그녀가 누구인지 묻고자 했다. 그러나 흙투성이가 된 그의 얼굴을 보자, 하인들은 웃음을 터뜨리며 만족스러운 대답을 해 주지 않았다. 그러나 안드리는 결국 그녀가 이곳에 잠시 방문한 코브노* 지역 사령관의 딸이라는 것을 알아냈다. 바로 다음 날 밤, 그는 아카데미 학생들만이 가진 대담

---

* 유럽 쪽에 있는 러시아의 도시로 현 리투아니아의 카우나스.

성을 발휘하여 통나무 울타리를 넘어 그 집 정원에 들어가 지붕 위로 뻗은 나뭇가지로 올라갔다. 그러고는 나무에서 지붕으로 건너가 난로 굴뚝 속을 살짝 빠져나와서 곧장 그녀의 침실로 뛰어들었다. 그때 그녀는 촛불 앞에 앉아서 비싼 귀고리를 빼고 있는 중이었다. 아름다운 폴란드 소녀는 갑자기 자기 앞에 나타난 낯선 사나이를 보고 자지러지게 놀라 한마디도 못했다. 그러나 이내 아카데미 학생이 겁을 집어먹어 고개를 수그린 채 손 하나 까딱 못하고 서 있다는 것을 알아차렸다. 더욱이 그가 큰길에서, 그녀의 눈앞에서 뒹굴던 바로 그 사람인 것을 알아차리자 또다시 웃음을 터뜨렸다. 안드리의 얼굴에는 무서운 데가 하나도 없었다. 원래 안드리는 상당한 미남이었다. 그녀는 마음껏 웃어 댔고, 오랫동안 그를 노리개처럼 가지고 놀았다. 이 미인은 폴란드 여성이 늘 그런 것처럼 경솔하고 마음이 들떠 있었다. 아름답고 맑은 그녀의 두 눈동자는 이상스러울 정도로 오랫동안 그를 뚫어질 듯이 바라보았다. 사령관의 딸은 대담하게 그의 곁에 다가가, 그의 머리에 반짝거리는 자신의 머리 장식품을 달아 주고, 입술엔 귀고리를 끼우고, 금실로 짠 꽃무늬 레이스를 수놓은, 속이 다 비치는 명주 슈미즈를 입혀 놓았다. 그는 마치 주머니 속에 든 쥐처럼 손가락 하나 까닥하지 못하고 있었다. 그녀는 이와 같이 그를 치장해 주며, 경박한 폴란드 여자의 특성인 어린애 같은 무분별한 행동으로 온갖 짓을 다 하여 그를 당황하게 했다. 그는 입을 벌리고 우스꽝스러운 모습을 하고는 눈부신 그녀의 두 눈만 빤히 쳐다보고 있었다. 이때 문을 두드리는 소리가 그녀를 놀라게 했다. 그녀는 그에게 침대 밑으로 숨으라고 했다. 그리고 불안감이 사라지자, 포로로 잡혀 와 하인이 된 타타르 여자를 불러서 그를 조용히 정원으로 데리고 나가 울타리를 넘겨 내보내라고 명령하였다. 그러나 우리의 친애하는 아카데미 학생은 이번에는 그렇게 쉽게 울타리를 넘을 수 없었다. 왜냐하면 잠이 깬 경비병이 보기 좋게 그의 두 다리를 붙잡았기 때문이다. 몰려든 하인들은 큰 거리로 그를 끌어내 놓고는, 그가 재빠른 두 다리로 달아날 때까지 뭇매를 가했다. 이후 사령관의 집 주변을 지나다니는 것이 대단히 위험해졌다. 그도 그럴 것이 그 집에는 하인들이 엄청나게 많았기 때문이다. 후에 그는 교회에서 그녀를 다시 한번 만났다. 그녀는 그를 알아보고 낯익은 사람을 대하듯이 아주 기분 좋은 웃음을 지었다. 그러고 나서 또 한 번 언뜻 그녀를 본 일이 있었다. 그러나 얼마 안 되어 코브노 지역 사령관은 떠나 버렸다. 그러자 그 집 창문으로 아름다운 검은 눈동자의 폴란드 여자 대신에 통통한 얼굴이 보였다. 고개를 숙이고 두 눈을 말갈기에 떨어뜨린 채, 안드리는 그때 일을 생각하고 있었다.

그사이 대초원의 푸르고 키가 큰 풀이 그들 일행을 둘러싸 감추어 버렸다. 다만 검은 카자크 모자들만이 풀 이삭 사이에서 어른거렸다.

"어! 너희들, 젊은 놈들이 웬일로 그렇게 조용하냐?"

혼자서 깊은 생각에 잠겼다가 제정신으로 돌아온 불바가 소리를 질렀다.

"마치 수도사들 같네! 자, 쓸데없는 생각들은 한꺼번에 쓰레기통으로 던져 버려라! 담뱃대를 입에 물고 한 대 피우자! 말에 박차를 가해, 나는 새도 못 따라오게 달려 보자!"

그러자 카자크 일행은 말 등에서 몸을 구부리고 풀밭 속으로 사라져 버렸다. 이제는 카자크의 검은 모자조차도 볼 수 없었다. 다만 짓밟힌 풀들의 커다란 물결 같은 흐름만이 화살처럼 빨리 달리는 그들의 흔적을 보여 줄 뿐이었다.

맑게 갠 하늘에는 어느새 태양이 나와 생기롭고 따뜻한 빛을 온 들판에 퍼부었다. 그들 카자크의 가슴속에 남아 있던 멍하고 혼란스러운 것들이 순식간에 날아가 버렸다. 그리고 그들의 심장은 새가 놀라서 퍼덕이듯이 고동쳤다.

가면 갈수록 대초원은 더욱더 아름다워졌다. 노보러시아로 불리는, 저 흑해에 이르는 광대한 땅. 당시의 남부 러시아 전부가 푸른색 하나로 일렁이는 인적이 드문 처녀지였다. 쟁기질한 번 한 적 없는 대초원은 야생 식물들로 뒤덮여 있고, 그곳을 지나는 말들은 마치 숲 속을 달리는 것처럼 잡초 속에 온몸이 푹 잠겼다. 자연계에서 이보다 더 아름다운 곳은 있을 수 없을 것이다. 대지의 표면은 전부 황록색 바다요, 그 위로는 형형색색의 꽃들이 수없이 쏟아져 나와 있다. 가늘고 키가 큰 풀줄기를 밀어 헤치고 하늘색, 청색, 보라색의 볼로시카*가 피어 있다. 황금색 금잔화는 피라미드같이 꼭대기가 우뚝 튀어나와 있다. 벌판에는 하얀 카시카**가 양산 같은 모자를 쓰고 아롱거린다. 어디서 어떻게 온 것인지 하느님 이외에는 알 도리가 없는 밀 이삭들이 한군데 뭉쳐서 열매를 맺고 있다. 그 가느다란 뿌리 쪽 그늘에서는 자고새들이 목을 빼어 들고 왔다 갔다 하고 있다. 하늘은 각양각색의 새들이 재잘거리는 소리로 가

* 국화과에 속하는 식물로서 우리말로는 수레국화라 한다.
** 클로버.

득 차 있다. 공중에서는 솔개들이 날개를 펼치고 두 눈으로 똑바로 풀 위를 응시하면서 날고 있다. 날아가는 오리 떼의 우는 소리가 어디쯤인지 잘 모를 저쪽 호수에서 울려온다. 풀 속에서 나온 갈매기 한 마리가 아름답게 날갯짓을 하면서 새파란 공중의 파도 속을 멋지게 헤엄친다. 갈매기는 높이높이 올라가 단 하나의 검은 점이 되어 깜박거린다. 그리고 방향을 바꾸어 태양 앞을 스치고 날아간다……. 아아, 대초원이여! 어쩌면 그대는 이렇게도 아름다운가!

　친애하는 우리 여행객들은 점심을 먹으려고 잠시 발을 멈추었다. 그러자 그들과 함께 말을 타고 따라온 열 명의 카자크 대원들도 말에서 내려, 술이 든 나무통들과 용기 대신 쓰이는 호리병을 열었다. 먹을 것이라고는 비계를 붙인 빵이나 튀긴 과자뿐이었고, 마실 것은 기운을 돋우는 한 잔의 술뿐이었다. 왜냐하면 타라스 불바가 여행 도중에는 그 이상 술 마시는 것을 절대로 용서하지 않았기 때문이다. 그리고 나서 또 저녁이 될 때까지 계속해서 길을 갔다. 저녁때가 되니 대초원이 완전히 달라졌다. 갖가지 빛깔로 다채로웠던 대초원 전체가 마지막으로 반사하는 밝은 태양빛에 휩싸이더니 점점 어두워졌다. 그러면 마치 그림자가 지나간 듯 느껴지는 것이다. 나중에 대초원은 암녹색으로 변하고, 더 많은 수증기가 올라온다. 갖가지 꽃들 하나하나가, 또 풀포기 하나하나가 모두 향기를 뿜기 시작한다. 그리고 대초원 전체가 향기로 가득 차 숨이 막힌다. 검푸른 하늘에는 마치 거대한 붓으로 마구 그려 놓은 것과도 같은 황금색 줄들이 넓게 그어져 있고, 가볍고 투명한 구름이 군데군데 무리를 지어 떠다닌다. 바다의 파도처럼 유혹적이고 신선한 산들바람이 풀 이삭을 흔들고 나서 뺨을 살짝 스치고 지나간다. 낮에 들리던 음악 소리는 모두 사라지고, 새로운 음악 소리가 들린다. 얼룩빼기 들쥐 떼가 굴에서 기어 나와 뒷다리로 서서는 피리 소리 같은 울음소리로 들판을 뒤흔든다. 메뚜기의 날갯짓 소리도 더욱 잘 들리게 된다. 가끔 저 먼 호수에서 나는 백조의 울음소리가 마치 은방울 소리와도 같이 공중에 울려 퍼진다. 들판 한가운데 말을 세운 여행객들은 숙영 장소를 정하고, 모닥불을 길게 피워 냄비를 걸어 놓고 버터 죽을 끓였다. 김이 올라와 공중에 비스듬히 줄을 긋는다. 저녁을 먹고 나서 카자크들은 다리를 묶은 자신의 말을 풀밭에 풀어 놓고 잠자리에 들었다. 그들은 웃옷을 펴서 그 위에 누워 두 팔과 두 다리를 뻗고 잠을 잤다. 밤하늘의 별들이 그들을 똑바로 내려다보고 있었다. 풀밭에 가득한 수많은 곤충들의 소리가 들려왔다. 벌레들이 튀는 소리, 실실거리는 소리 등 이 모든 소리가 밤중이라 높이 울려 퍼졌으며, 시원한 공기 속에서 정화되어 졸음이 밀려오는 귓가에 자장가처럼 스쳤다. 만일 그들 중 누구든지 잠시라도 몸을 일으켜 보았더라면, 그 사람은 대초원 전체가 반딧불이 번쩍이는 불꽃으로 가득 찬 것을 볼 수 있었을 것이다. 밤하늘에는 이따금씩 이곳저곳의 목장과 강가에서 마른 갈대를 태우는 불빛이 빛났다. 북쪽을 향하여 날아가는 백조의 까만 행렬이 그 불빛을 받아 별안간 장미색 섞인 은빛으로 비쳤다. 마치 새빨간 손수건들이 검은 하늘을 날아가는 듯이 보인다.

여행객들은 아무 사고 없이 여행을 계속했다. 가도 가도 숲이라고는 없는, 끝없이 펼쳐진 아름다운 대초원뿐이다. 드네프르 강둑을 따라 계속 가다 보면 저 멀리 숲 끄트머리가 한 번씩 보일 따름이다. 한번은 타라스 불바가 두 아들에게 멀리 풀 위에 보이는 검은 점을 가리키면서 말했다.

"얘들아, 저것 좀 보아라. 타타르인이 말을 타고 달리고 있다!"

수염을 기른 조그만 머리가 작은 눈으로 멀리 있는 그들을 바라보았다. 타타르인들은 마치 사냥개가 냄새를 맡아 알듯이 카자크가 열세 명이나 되는 것을 알아차리고는 사슴처럼 재빨리 자취를 감추었다.

"얘들아, 저 타타르인들을 따라잡아 보아라! 아니다, 그만둬라! 너희가 붙잡다니…… 어림없다. 타타르인의 말은 내 말 초르트보다도 더 빠르다!"

불바는 어디엔가 복병이 숨어 있을지도 몰라 미리 경계를 했던 것이다. 그들은 타타르 강이라고 불리는 드네프르 강으로 흘러 들어가는 냇물로 말을 달려, 물속으로 뛰어들었다. 그리고 자기들의 발자국을 감추기 위해 오랫동안 물속을 헤치고 지나서야 비로소 둑에 올라와 다시 여행을 계속했다.

그 후 사흘이 지나서 그들은 목적지로부터 얼마 떨어지지 않은 지점에 도착했다. 공기가 갑자기 차가워지자, 그들은 드네프르 강이 아주 가까워졌다는 것을 알아챘다. 이곳의 강은 저 멀리서 반짝이고 있지만, 검은 띠로 인해 지평선과 뚜렷하게 구별되었다. 강은 찬 공기의 파도를 일으키며, 점점 가까이 흐르더니 결국 대지의 표면을 절반이나 차지했다. 바로 여기가 지금까지 많은 바위들 때문에 좁혀져 있던 드네프르 강이 드디어 제자리를 찾아 마음대로 흘러넘치면서 바다처럼 물결 소리를 내고 있는 곳이었다. 강 한복판에 흩어져 있는 몇 개의 섬이 여기서는 다른 강가보다 더 멀리 강물을 밀어 넓혔고, 그 파도는 골짜기나 언덕에 부딪히는 일이 없이 땅 위에 넓게 퍼져 흐르고 있는 것이다. 카자크 일행은 말에서 내려 나룻배를 타고 세 시간이나 물 위를 지나서야 세치가 위치한 호르티사 섬에 도달할 수 있었다. 사람들이 둑 위에서 뱃놈들과 욕지거리를 하고 있었다. 카자크 일행은 말의 고삐를 바로잡았다. 타라스는 위엄을 갖춰 가면서 허리띠를 더 세게 죄고서는 한 손으로 수염을 점잖게 쓰다듬었다. 젊은 두 아들도 일종의 공포와 무엇인지 모를 만족을 느끼면서 머리 꼭대기부터 발끝까지 각자의 모습을 훑어보았다. 그리고 일행은 세치에서 반 베르스타*밖에 떨어져 있지 않은 이웃 마을로 들어갔다. 마을에 들어서자마자 짚단으로 지붕을 엮고 땅을 파서 만든 스물다섯 개의 대장간에서 쉰 개의 쇠망치를 두들겨 대는 우렁찬 소리에 그들은 귀가 멍멍해졌다. 가죽을 다루는 힘센 일꾼들은 큰길가의 대문 계단 아래에 모여 앉아 억센 손으로 쇠가죽을 주무르고 있었다. 장사꾼들은 천막 밑에 부싯돌, 부시, 화약 등을 늘어놓고 앉아 있었다. 아르메니아인 하나는 값비싼 손수건들을 이리저리 걸쳐 놓고 있었다. 타타르인은 반죽판 위에서 꼬챙이에 낀 양고기를 굴려 가면서 가루를 묻히고 있었다. 유대인은 머리를 앞으로 내밀고 통에서 술을 따르고 있었다. 그러나 그들 일행이 제일 먼저 마주친 사람은 길 한복판에서 사지를 뻗고 자고 있는 자포로제의 한 카자크였다. 타라스 불바는

---

* 옛 러시아 길이 단위. 1베르스타는 약 1.067킬로미터이므로, 반 베르스타는 약 533.5미터이다.

말을 세우고 감탄하면서 바라보지 않을 수 없었다.

"허허! 어떻게 이렇게 나자빠져 있을까? 이야! 이 친구 대단한 덩치야!"

불바가 말했다. 사실 그것은 상당히 대담한 모습이었다. 사자가 누운 것처럼 자포로제의 카자크가 큰길에서 사지를 뻗고 누워 있는 것이다. 오만하게 던져 놓은 머리 다발은 반 아르신* 정도의 땅을 차지했고, 붉은색의 값진 모직 바지는 그까짓 것은 대수롭지도 않다는 듯이 자작나무의 진으로 더럽혀져 있었다. 잠시 그것을 바라보더니 불바는 또다시 좁다란 길을 밀어 헤치듯이 들어갔다. 길 가장자리는 갖가지 일에 종사하는 일꾼들과 세치의 인접 마을에서 온 여러 민족 출신 사람들로 가득해 마치 장터와도 같았다. 이 마을은 빈둥빈둥 놀며 지내는 일과 총 쏘는 것 말고는 재주가 없는 세치 사람들에게 의복과 양식을 공급하는 곳이었다.

마침내 그들은 이 마을을 지나, 잔디 혹은 타타르식에 따라 펠트로 지붕을 덮은 막사들 몇 채가 이리저리 흩어져 있는 것을 보게 되었다. 어떤 곳에는 대포가 설치되어 있었다. 인접 마을에서 본 것과 같은, 낮은 나무 말뚝에 간판을 건 나지막한 집들이나 울타리는 어디에서도 볼 수 없었다. 지키는 사람 하나 없는 작은 성과 한심할 정도로 허술한 나무 울타리는 이곳 사람들의 무방비 상태를 잘 보여 주었다. 큰길가에서 담뱃대를 입에 물고 뒹굴고 있는 몇몇 건장한 자포로제 사람들은 날카로운 눈초리로 그들을 바라보며 그 자리에서 꿈적도 하지 않

---

* 옛 러시아 길이 단위. 1아르신은 약 71.12센티미터이므로, 반 아르신은 약 35.56센티미터이다. 참고로 3아르신은 1사젠이다.

았다. 불바는 두 아들을 거느리고 그 사이를 조심스럽게 지나가면서 인사했다. 그가 "여러분, 안녕하십니까!" 하고 인사하자, 자포로제 사람들은 "안녕하신가!" 하고 답했다. 사람들이 모여 있는 모습은 들판에 펼쳐진 그림과도 같았다. 거무스름한 얼굴에서 그들이 전투로 단련되었으며 온갖 고난을 겪어 왔다는 사실을 엿볼 수 있었다. 이곳이 바로 세치다! 사자처럼 건장하고 오만한 모든 사람들이 생성되는 보금자리이자 본바탕이 되는 곳이 바로 여기다! 굽힐 줄 모르는 굳은 의지와 카자크의 영혼이 모두 다 이곳에서 솟아 나와 우크라이나 전역으로 넘쳐흘렀다!

여행객들은 늘 회의가 열리는 광장으로 나갔다. 엎어 놓은 커다란 나무통 위에 속옷도 입지 않은 자포로제의 카자크가 앉아 있었다. 그는 속옷을 벗어 두 손에 들고 구멍 난 곳을 깁는 중이었다. 그다음에는 여러 사람으로 구성된 악대가 그들 앞을 가로막아 버렸다. 악대의 한가운데에서는 자포로제의 젊은 카자크 하나가 모자를 삐딱하게 쓰고 두 팔을 번쩍 쳐들고 춤을 추고 있다. 그는 되풀이해서 "흥이 더 나게 연주해요, 여러분! 이것 봐, 포마. 정교를 신봉하는 우리 교인들에게 술을 아껴서는 안 돼."라고 말할 뿐이었다. 포마라고 불리는, 한쪽 눈에 총알을 맞은 사나이는 돈도 받지 않고 들이대는 커다란 잔마다 술을 가득 부어 주었다. 그 젊은 친구의 주위에서 늙은이 네 사람이 잔걸음으로 장단을 맞추더니 회오리바람처럼 측면의 악사들 머리 위까지 높이 펄쩍 뛰어올랐다가는 별안간 자세를 낮추어 브프리샤드카*로 옮겨 추었다. 그들은 밟혀

---

* 무릎을 구부리거나 웅크리고 추는 우크라이나의 춤.

서 판판하게 된 땅을 은빛으로 번쩍이는 구두 바닥 징으로 급격하게 맹렬히 두들겨 댔다. 대지는 우렁차게 울렸다. 고파크*와 트레파크**를 추느라고 장화 바닥 징에서 나는, 쨍쨍 울리는 소리가 공중의 먼 곳까지 울렸다. 그중 한 사람이 누구보다도 더 유난스럽고 기운차게 소리를 지르면서 발장단을 맞추어 춤을 추고 날뛰었다. 변발을 한 그의 머리꼬리가 바람에 흩어졌고, 강인해 보이는 가슴도 드러나 있었다. 그는 털가죽으로 된 겨울 외투를 입고 있었다. 구슬 같은 땀이 물을 퍼부은 듯이 흘러내렸다.

"이봐요, 그 털외투만이라도 벗으면 좋지 않소!"

참다못한 불바가 말했다.

"저 땀을 좀 보라지, 물에 빠진 사람 모양……."

"안 되는 말씀이오!"

자포로제의 카자크가 소리를 질렀다.

"왜 안 된단 말이오?"

"안 되고말고요. 나는 한번 벗으면 그것으로 술을 바꿔 마셔야 속이 시원해지는 성미니까."

그러고 보니 이 젊은이의 머리에는 모자가 없었다. 카프탄***의 띠도 없었고, 금실과 은실로 수를 놓은 두건도 없었다. 결국 모든 것이 갈 곳으로 가 버린 것이었다. 사람들이 점점 더 많이 모이기 시작했다. 그의 뒤를 이어서 춤꾼의 수가 점점 늘어났다. 이 세상에서 가장 자유롭고 광포한 창시자의 이름을 붙

---

* 쭈그리고 앉아서 다리를 번갈아 내차면서 추는 우크라이나 민속춤.
** 템포가 빠른 노래에 맞추어 발을 강하게 구르면서 추는 러시아 민속춤.
*** 터키 및 중동 전역에서 입는, 긴 띠를 매게 된 남성용 웃옷.

여 부르는 '카자크 춤'이 모든 것을 휩쓸어 가는 것을 보고 있
노라면, 그 누구라도 가슴속에서 이상한 동요가 일어나는 것
을 느끼지 않을 수 없게 된다.

"에이! 이놈의 말만 없었더라면!"

불바가 소리를 질렀다.

"나도 직접 이 춤판에 뛰어들 텐데!"

그럭저럭하는 동안에 이 군중 속에는 큰 공을 세워 세치의
모든 사람들로부터 존경을 받고, 여러 번 장로직을 지낸 백발
의 늙은이까지 보이기 시작했다. 그리고 곧이어 불바는 아는
사람들을 많이 만났다. 오스타프와 안드리는 사람들이 서로
주고받는 인사말들을 들었다.

"아아, 이쪽은 페체리차 씨! 안녕하세요? 안녕하세요, 코졸
루프 씨!"

"어디서 오시는 길이오? 타라스 씨!"

"어떻게 여길 들렀나? 돌로토 군! 키르댜가 잘 있었나? 잘
있었나, 구스티! 이야, 레멘! 여기서 자네를 만날 줄 누가 알았
겠나!"

그런 다음 동부 러시아의 자유스러운 세계에서 모여든 이
용사들은 서로서로 입을 맞추며 인사를 나눴다. 곧이어 불바
는 그 자리에서 질문을 했다.

"카시얀은 어떻게 됐나? 보로다프카는? 콜로페르는? 피드시
쇼크는?"

이런 질문에 대한 대답으로 불바가 들은 것은, 보로다프카
는 톨로판에서 교수형을 당했고, 콜로페르는 키지키르멘에서
산 채로 가죽이 벗겨졌고, 피드시쇼크의 목은 소금에 절여져

차르그라드로 보내졌다는 것뿐이었다. 늙은 불바는 고개를 떨
어뜨리고 생각에 잠기더니 말했다.

"다들 훌륭한 카자크였는데!"

3장

타라스 불바는 이미 약 일주일째 두 아들과 함께 세치에서 지내는 중이었다. 그동안 오스타프와 안드리는 전투 훈련을 거의 받지 않았다. 세치 사람들은 고생스러운 훈련을 하며 시간을 보내는 것을 좋아하지 않았다. 이곳의 청년들은 훈련이 아닌 실제 전투와 살육을 통해 경험을 쌓았다. 그런 전투와 살육은 거의 쉴 새 없이 일어났다. 카자크들은 사격이나 경마를 하거나 때때로 들판이나 목장에서 짐승을 쫓아다니면서 총을 쏘는 것 이외의 시간에 군대 규율을 공부하는 것을 지루하게 여겼다. 카자크들은 그 외의 모든 시간에는 영혼의 자유를 즐기며 음주나 방탕한 생활에 빠져 허송세월을 보냈다. 세치 전체가 심상치 않은 광경을 보여 주었다. 그것은 그칠 줄 모르는 한바탕의 술잔치요, 소란하게 시작되어 끝날 줄 모르는 무도회였다. 몇몇 사람은 수공업에 종사했고 또 다른 이들은 조그만 가게를 열고 장사를 하기도 했지만, 대부분의 사람들은 아침

부터 저녁까지 놀면서 지냈다. 주머니에 술값이 쩔렁거리는 한, 또는 재물이 모조리 장사꾼이나 술집 주인의 수중으로 넘어가지 않는 한, 마시고 놀면서 지내는 것이었다. 일반적으로 큰 술잔치에는 사람들을 매료하는 어떤 것이 있었다. 그것은 슬픔 때문에 실컷 마셔 보자는 술꾼들의 모임이 아니라, 단순히 기쁨에 넘쳐서 미친 듯이 마셔 대는 그런 술잔치였다. 이곳에 모인 사람들은 누구나 다 그때까지 자기 마음을 차지하고 있던 모든 것을 잊어버리거나 내던진 이들이었다. 그것은 자신의 과거를 향해 침을 뱉는 것이라고도 말할 수 있다. 자신들처럼 자유로운 하늘과 자기 영혼을 위한 영원한 술잔치 이외에는 친척도, 집도, 가족도 없는 이들은 친구들과의 교제와 방탕한 생활에 마음 내키는 대로 자신을 내던지는 것이었다. 그것은 다른 어떤 샘에서도 솟아날 수 없는 엄청난 기쁨을 자아냈다. 그들이 떠들어 대는 맥 빠진 듯한 느슨한 이야기들에는 아주 우습고도 생생한 매력이 있었다. 이야기를 다 듣고서도 수염 털끝 하나 끄떡하지 않고 흔들리지 않는 표정을 유지하기 위해서 자포로제 사람은 그들만의 냉정한 외모를 지니고 있어야 했다. 이 점은 오늘날까지도 남부 러시아 사람이 다른 종족들과 구별되는 뚜렷한 특징이기도 하다. 실컷 마시고 취하는 그들의 유흥은 유난히 시끄러웠다. 하지만 그렇다고 해서 올바르지 못한 어두운 환락으로 사람다운 모든 것을 저버리게 하는 더러운 술집 유흥은 아니었다. 그것은 친한 학교 친구들이 갖는 모임의 연장이라고 할 수 있었다. 학교와 다른 점이 있다면, 글자를 가리키는 막대기를 들고 있는 교사들의 하잘것없는 강의를 듣는 대신에 5000필의 말을 제각기 타고서 원정을 나가는 것이 일상사라는 것이었다. 그들에게는 공을 던지며 놀 수 있는 들판이 없었다. 대신에 철책이 없는 불안한 국경만 있었다. 그 때문에 타타르인이 표독한 머리를 내밀기도 했고, 초록색 두건을 쓴 터키인이 험상궂은 모습으로 기웃거리기도 했다. 그들은, 학교에서는 강제로 구속되어 있었지만 지금은 스스로 부모를 버리고 집을 뛰쳐나온 자들이었다. 이것이 차이점이었다. 줄로 목을 매는 창백한 죽음 대신에 불타는 삶을 찾아 사람들이 모여들었다. 또 이곳에는 그들의 고상한 습관으로 인해 주머니에 푼돈을 그대로 갖고 있지 못하는 사람들이 모여 있었다. 아직까지도 금화 한 닢만 있으면 부자라고 생각하는 사람들이 모여 있었다. 유대인들의 땅을 빌려 쓰면서, 혹시라도 무엇인가를 흘리지는 않을까 걱정하기는커녕 아예 호주머니를 다 비워 줄 수 있는 사람들이 모여 있었다. 학교의 징계를 견디다 못해 글자 하나 배우지 못하고 뛰쳐나온 신학교 학생들도 있었다. 하지만 이곳에는 그러한 사람들뿐만 아니라 호라티우스, 키케로*, 로마 제국에 대해서 알고 있는 이들도 있었다. 후일 공후들의 전쟁에서 용맹을 떨치게 되는 장교들도 수없이 많았다. 아무리 고상한 사람이라도 무슨 전쟁이든지 전쟁을 하지 않는다는 것은 좋지 않다, 어쨌든 전쟁을 해야 한다, 하는 확고한 신념을 가지고 교육을 받은, 경험이 풍부한 파르티잔들도 많았다. "나는 세치에 갔다 왔다. 그러므로 이제는 확실한 자격이 있는 기사이다."라고 후일에 자랑하기 위해 와 있는 사람들도 많았다. 말하자면 모든 종류의 사람들이 이곳에 모여 있

---

* 고대 로마의 문인·철학자·변론가·정치가.

었다. 이 묘한 공화국은 시대적 요구의 산물이었다. 군대 생활을 좋아하는 사람 또는 큰 황금 술잔, 화려한 비단, 베니스의 옛날 금전과 스페인 은전을 찾는 애호가들은 이곳에 오면 언제든지 일거리를 찾을 수 있었다. 다만 여성 추종자만은 이곳에서 아무것도 차지할 수 없었다. 왜냐하면 세치가 아니라 그 인접 마을까지도 감히 발을 들여놓을 정도로 용기를 가진 여자는 단 한 사람도 없었기 때문이다.

오스타프와 안드리는 사람들이 계속해서 세치로 들어오는 것을 보았지만, 이 사람들은 어디서 오는 길이며, 그들이 누구이며, 또 그들의 이름은 무엇인지 묻는 사람이 아무도 없다는 것을 아주 이상하게 생각했다. 마치 한 시간 전에 일 보러 나갔다가 집으로 돌아오듯 이곳으로 오고 있었다. 새로 온 사람만 총대장* 앞으로 가서 섰다. 그러면 총대장은 일반적으로 다음과 같이 물었다.

"잘 왔네! 어때, 자네는 그리스도를 믿는가?"

"믿습니다!"

그가 대답했다.

"성(聖) 삼위일체도 믿는가?"

"믿습니다!"

---

* 원문에 쓰인 러시아어 코셰보이(кошевой)와 게트만(гетман)은 모두 카자크 군대의 총대장을 의미한다. 본문에서는 둘 다 총대장으로 번역하였다. 총대장은 일반적으로 해마다 선출되어 추대되는 선출직이다. 총대장 아래, 군대의 주요 장로들로는 1) 수디아(судья, 재판관 또는 조정관), 2) 에사울(эсаул, 부관 또는 대위), 3) 피사르(писарь, 서기), 4) (전투)부대의 아타만(атаман, 대장)이 있다. 이 소설에서 '부대'라는 말은 '전투부대' 또는 '군부대'라는 말과 동일하다. 카자크 군대는 체계적인 편대로 구성된 조직체는 아니었다.

"교회도 다니겠지?"

"다닙니다!"

"아, 그래. 성호를 그어라!"

새로 온 사람이 성호를 그었다.

"자, 좋아! 그러면 됐네! 이제 각자 알아서 자기 부대로 가시게."

총대장이 지시를 내리고, 이것으로 모든 의식이 끝났다.

세치 사람들은 모두가 한 교회에서 기도를 드렸다. 단식이나 금욕에 관한 이야기는 듣기조차 싫어했지만, 최후의 피 한 방울까지 바쳐서라도 교회를 지킬 각오는 굳게 하였다. 이런 상황 속에서도 돈에 강한 집착을 보이는 유대인과 아르메니아인, 타타르인들만은 대담하게도 세치의 인접 마을에 살면서 장사를 했다. 왜냐하면 자포로제 사람들은 어떠한 경우에도 깎아달라고 하지 않았고, 돈은 주머니에서 꺼내는 대로 다 썼기 때문이다. 그러나 이 욕심 많은 장사꾼들의 운명은 참으로 비참했다. 그들은 베수비오 화산* 기슭에 살고 있는 사람들과 흡사했다. 자포로제 사람들은 돈이 떨어지게 되면, 그들 가운데 맹랑한 친구들이 곧바로 가게 문을 부수고 들어가 물건을 공짜로 가져갔기 때문이다. 세치는 예순 개도 넘는 전투부대로 구

---

* 나폴리 동쪽에 있는 현무암질의 활화산이다. 유럽 대륙 유일의 활화산인 베수비오 산은 기원전 8세기에 분화(噴火)했다고 하며, 63년의 지진으로 산기슭 일대는 큰 피해를 입었다고 한다. 79년 8월의 대 분화로 폼페이를 비롯한 여러 도시가 삽시간에 죽음의 도시로 변하고 지하에 매몰되는 대참사가 있었는데, 이 참사는 영국의 작가 E. G. 리턴이『폼페이 최후의 날』에서 잘 묘사하였다.

성되어 있었다. 그 부대들은 하나하나가 독립된 특별 공화국과 같았다. 또 모든 것이 구비되어 있어 학생들처럼 자기 생활만 하면 되는 학교나 신학교와도 비슷했다. 누구 하나 무엇을 생산하는 사람도 없었고, 또 무엇이든지 모두 다 갖고 있는 사람도 없었다. 모든 것은 전투부대의 아타만*의 수중에 있었다. 그래서 일반적으로 아타만은 '아버지'라는 호칭으로 불렸다. 돈, 의복, 식료품, 살라마타** 그리고 연료까지도 모두 그의 수중에 있었다. 금전을 보관하는 일도 아타만에게 일임되어 있었다. 부대들 사이에 분쟁이 일어나는 일도 드물지 않았는데, 그런 분쟁이 생기면 싸움으로 이어지는 것이 보통이었다. 양쪽 부대의 사람들이 광장을 메우고 승부가 날 때까지 주먹으로 상대방의 옆구리를 때리는 것이었다. 그러다가 승부가 결정되면 곧바로 술판이 벌어졌다. 세치는 바로 그처럼 젊은이들에게 굉장히 매력적인 곳이었다.

오스타프와 안드리도 젊음의 열정을 가지고 이 광란의 바닷속으로 뛰어들었다. 그리고 순식간에 부모도 집도 학교도, 지금까지 자신의 마음을 흥분시키던 모든 일들도 잊어버리고 새로운 생활에 몰입했다. 하는 일 없이 방탕하게 노는 세치의 관습이나 이 제멋대로인 특별 공화국의 좀 지나치게 엄격해 보이

---

*카자크 (전투)부대의 대장으로서 존경과 사랑을 받는 카자크의 꽃이라 할 수 있다. 아타만은 카자크들의 특별한 용기와 용맹을 보여 주어야 한다. 아타만은 두 명의 에사울을 거느린다. 에사울은 우리나라 군대의 대위급 장교에 해당한다. 문맥에 따라 '(전투)부대의 아타만'은 그냥 '아타만'이나 '대장'으로 번역하였다.

** 곡식 가루에 기름을 넣어 만드는 기름죽의 일종.

는 법과 규칙들까지도 모두 그들의 마음을 사로잡았다. 만약 카자크가 절도 행위를 하거나 하찮은 것이라도 남의 물건을 가져갔을 경우에는, 카자크 전체의 명예를 손상한 것으로 간주하여 용서받을 수 없는 치한으로 여기고 기둥에 묶어 놓았다. 그 옆에는 참나무 몽둥이를 두고, 오가는 사람마다 그 몽둥이로 그를 때리도록 하였다. 그러면 결국 그는 맞아 죽고 마는 것이었다. 또 빌린 돈을 갚지 않는 자는 쇠사슬로 대포에 묶어 놓았다. 친구들 중 누군가 빚을 대신 갚아 주고 그를 데려갈 때까지 그는 그대로 묶여 있어야만 했다. 그러나 무엇보다도 안드리에게 가장 강한 인상을 준 것은 살인범에 대한 무서운 형벌이었다. 그가 보는 앞에서 사람들은 땅을 파서 살인범을 산 채로 묻고, 그 위에 그가 죽인 사람의 시체가 든 관을 얹고 둘 다 흙으로 덮어 버렸던 것이다. 이 무시무시한 사형 방법은 그 이후로도 오랫동안 안드리의 눈에 선했고, 관과 함께 생매장된 그 무서운 사나이의 모습도 생각났다.

이 젊은 두 명의 카자크는 이내 다른 카자크들의 신임을 받게 되었다. 그들은 종종 자기 부대 친구들과 함께, 때로는 다른 부대 친구들까지도 합세하여 갖가지 새나 사슴, 염소 따위를 잡으러 초원으로 나갔다. 추첨을 통해 각각의 부대에 배당된 호수나 강물, 수로 등지로 나가 그물을 쳐서 모든 부대의 식량을 충당할 수 있을 만큼의 많은 물고기를 잡기도 했다. 카자크 방식의 실제 학습이 이루어지는 이곳에서는 시험을 보는 일이 없었다. 그러나 두 사람은 꿋꿋하고 대담한 데다 모든 일에 운이 좋았던 덕분에 다른 젊은이들 사이에서 인정을 받았다. 그들은 표적을 정확하게 쏘아 맞혔고, 또 물살을 거슬러 헤엄치며 드네프르 강을 활기차게 건넜다. 카자크 사회에서 신참자의 이와 같은 일들은 대단히 환영받을 뛰어난 솜씨였다.

그러나 늙은 불바는 자식들을 위하여 다른 활동을 준비하고 있었다. 그는 이런 태만한 생활이 마음에 들지 않았다. 그는 진짜 일다운 일을 원했다. 어떻게 해서든 세치 사람들이 기사처럼 과감한 결단력을 갖고 마음먹은 대로 행동할 수 있도록 만들고자 했다. 마침내 어느 날 불바는 총대장에게 찾아가서 직접 말을 꺼냈다.

"총대장, 어떻소! 자포로제 친구들도 나설 때가 되지 않았소?"

"갈 데가 있어야지."

총대장은 입에서 담뱃대를 빼고 옆으로 침을 뱉고 나서 대답했다.

"어떻게 갈 데가 없다고 하나요? 터키 지방이나 타타르 지방으로 나갈 수 있지 않소."

"터키도 안 되고 타타르도 안 되오."

총대장은 다시 담뱃대를 입에 물며 냉담하게 대답했다.

"왜 안 된단 말이오?"

"그렇지 않소. 우리가 술탄(터키의 왕)에게 평화를 약속했으니까."

"그러나 그는 마호메트교도 아니오! 하느님도 성경에서 마호메트교도들을 치라고 명령하잖소."

"우리에게 그런 권리는 없소. 만일 그들이 우리의 종교를 받들 맹세를 하지 않는다면, 그럴 수도 있지만. 그러나 지금은 안 되오. 어쩔 수 없소."

"어쩔 수 없다니? 우리에게 그런 권리가 없다니 무슨 말이오? 보다시피 나는 아들이 둘이나 있소. 둘 다 젊단 말이오. 그런데 아직까지 어떤 전쟁에도 나가 보지 못했단 말이오. 그런 걸 다 알면서 당신은 '우리는 그럴 권리가 없소. 자포로제 사람들은 나갈 수 없소.'란 말만 하잖소."

"그렇소. 그러면 안 되는 거요?"

"그렇다면 뭐요. 카자크의 힘이 개처럼 헛되게 소진되어 좋은 일 한번 못해 보고 꺼져 버린다면, 조국과 그리스도교를 위해 우리가 무슨 쓸모가 있겠소? 그렇다면 우리는 무엇 때문에 살고, 무슨 목적으로 산단 말이오? 그것에 대해 이야기해 보시오. 당신은 총명한 사람이지요, 그래서 당신을 총대장으로 뽑은 것 아니오? 무엇을 위해 살고 있는지 그것을 가르쳐 달란 말이오."

이 질문에 대해 총대장은 아무런 답변을 하지 않았다. 그는 완고한 카자크였다. 잠시 동안 잠자코 있던 그가 마침내 입을 열었다.

"그래도 어쨌든 전쟁에는 나갈 수 없소."

"그럼, 전쟁을 하지 못한다는 겁니까?"

불바는 또다시 물어보았다.

"그렇소."

"그렇다면 이 일에 대해서는 더 이상 생각해 볼 여지가 없다는 것이오?"

"그 일에 대해서는 더 이상 생각할 여지가 없소."

'기다려라, 악마 같은 지주 놈!'

불바는 속으로 욕을 해 댔다.

'내가 곧 매운맛을 보여 주마!'

이때 불바는 저 총대장에게 복수할 것이라고 결심했다.

불바는 몇몇 카자크들과 미리 짜고서 모든 사람들에게 주연(酒宴)을 베풀었다. 그러자 술에 취한 카자크 몇 명이 곧장 광장으로 뛰어나갔다. 그곳에는 일반적으로 회의를 소집할 때 두들기는 큰북들이 말뚝에 달려 있었다. 북채는 언제나 북 치는 고수들이 보관하고 있었기 때문에 그들은 손에 나뭇가지를 하나씩 들고 와서는 북을 두들겼다. 북소리에 놀란 애꾸눈의 키다리 고수가 몹시 졸린 눈을 껌벅거리면서 누구보다도 먼저 뛰어나왔다.

"감히 어떤 놈이 북을 친단 말이냐?"

고수가 소리를 질렀다.

"잔소리 마라! 명령이다. 북채를 들어 북을 쳐라!"

잔뜩 취한 카자크들이 대답했다. 이런 사건의 결말이 어떻게 될 것인가를 알고 있는 고수는 가져온 북채를 호주머니에서 꺼냈다. 북소리가 울렸다. 그러자 자포로제 사람들이 벌 떼처럼 까맣게 무리 지어 광장으로 모여들기 시작했다. 모두들 둥그렇게 모여 섰다. 그리고 세 번째 북소리가 울리고 난 다음에는 장로들까지 나타났다. 자신의 위엄을 나타내는 지휘봉을 손에 든 총대장과 군의 인수권을 가진 재판관, 잉크병을 든 서기 그리고 지팡이를 든 에사울이 나타났다.

총대장과 장로들은 모두 모자를 벗었다. 그리고 두 손을 허리에 대고 거만하게 서 있는 카자크들에게 돌아가면서 인사를 했다.

“이 모임은 웬일이오! 여러분, 무슨 일이오?”

총대장이 말했다. 욕설과 고함 소리 때문에 말을 계속할 수 없었다.

“그 지휘봉을 내놓아라! 개 같은 놈아! 내놓아라. 당장에 지휘봉을 내놓으란 말이다. 우리는 당신이 싫다!”

카자크 군중 속에서 불평하는 고함 소리가 튀어나왔다. 이에 술에 취하지 않은 몇몇 사람들이 반발하려 했다. 그러자 각 부대의 친구들은 취한 사람이나 취하지 않은 사람이나 할 것 없이 그들에게 주먹질을 하며 달려들었다. 금세 그 자리는 고함 소리와 거친 행동으로 난장판이 되었다.

총대장은 뭔가 좀 더 말을 하고 싶었다. 그러나 이런 경우에 흔히 그렇듯이, 발언을 하기만 하면 곧 군중이 터질듯이 흥분하여 날뛰며 자기를 죽일 수도 있다는 것을 알고 있었다. 그래서 그는 머리를 낮게 숙여 공손히 인사를 한 다음 지휘봉을 놓고 군중 속으로 사라졌다.

“여러분, 우리들도 가치 있는 증표를 내놓아야지요?”

재판관과 서기, 에사울이 말하였다. 그들은 당장에 잉크병과 부대 인장과 지휘봉을 그 자리에 내놓을 기세였다.

“아니오, 당신들은 그대로 있으시오!”

군중 속에서 소리가 들렸다.

“우리는 총대장만 쫓아 버리면 됩니다. 그자는 계집애 같잖소. 우리 총대장은 대장부여야 하오.”

“지금 대체 누구를 총대장으로 뽑을 작정이오?”

장로들이 말했다.

“쿠쿠벤코를 선출하자!”

일부 사람들이 소리를 질렀다.

"쿠쿠벤코는 싫다!"

또 다른 사람이 소리 질렀다.

"그자는 일러! 아직 입술에 젖도 마르지 않았는데!"

"실로가 대장감이다!"

외치는 소리가 났다.

"실로를 총대장에 앉히자!"

"네놈의 등에다 큰 침을 놓을 테다!"

누군가가 욕설로 고함을 질렀다.

"개새끼, 타타르 놈처럼 도둑질이나 하는 그런 놈 주제에, 무슨 카자크냐? 주정뱅이 실로는 자루 속에 처넣어 귀신에게나 갖다줘 버려라!"

"보로다티, 보로다티를 총대장에 앉혀라!"

"보로다티는 안 된다! 보로다티는 악마에게나 보내라!"

"키르댜가를 외쳐 주시오."

타라스 불바가 몇몇 사람에게 속삭였다.

"키르댜가를! 키르댜가를!"

"보로다티를!"

"보로다티를!"

"키르댜가를!"

"키르댜가를!"

"실로를!"

"실로와 함께 귀신한테나 가라!"

"키르댜가를!"

군중들이 소리를 질러 댔다.

자기 이름이 불리는 것을 들은 후보자들은 모두 선거에 개입하고 있다는 어떠한 낌새도 제공하지 않으려는 듯이 곧 군중 속에서 빠져나왔다.

"키르댜가를! 키르댜가를!" 하고 외치는 소리가 "보로다티를!" 하고 외치는 소리보다 더 강하게 울렸다.

이런 일은 주먹의 수효로 결정하게끔 되어 있었는데, 결국 키르댜가가 이긴 셈이었다.

"키르댜가를 불러와라!"

군중들이 소리 지르기 시작했다.

열 명 정도의 카자크들이 그 즉시 군중 속에서 빠져나왔다. 그중 어떤 자는 너무 취해서, 거의 똑바로 서 있지도 못할 지경이었다. 그들 일동은 키르댜가에게 선출된 것을 직접 알리러 갔다.

나이는 들었지만 지혜로운 카자크인 키르댜가는 이미 오래전에 자기 부대로 돌아와 지금 발생한 사건에 대해서는 아무것도 모르고 있는 체했다.

"뭐요, 여러분! 왜 그러시오?"

그가 물었다.

"와 보시오. 당신을 총대장으로 선출했소!"

"……여러분, 용서하시오!"

키르댜가가 말했다.

"어디, 내가 그런 명예를 받을 자격이 있단 말이오! 총대장이 될 만한 무엇이 내게 있단 말이오! 그와 같은 직책을 수행하기에 난 지혜도 부족합니다. 우리 카자크 군대에 더 나은 사람이 아무도 없단 말이오?"

"어쨌든 와 주시오. 당신을 불러오라고 합니다!"

자포로제 카자크들이 소리를 질렀다. 그들 중 두 사람이 키르댜가의 양쪽 팔을 붙잡았다. 그는 두 다리로 버티려고 하였으나, 결국 욕설을 뒤집어쓸 정도로 권고를 받기도 하고 주먹질과 발길질에 등을 떠밀리기도 하면서 나올 수밖에 없었다.

"꽁무니 빼지 마세요, 그럼 나쁜 놈이지요! 개 같은 영감님, 모처럼 국민이 주는 명예니 받아 주세요!"

그런 식으로 키르댜가는 카자크들이 둥글게 모여 선 광장으로 이끌려 나왔다.

"어떻소, 여러분!"

그를 이끌고 온 사람들이 모든 민중을 향해 말했다.

"이 카자크가 우리 총대장이 되는 데 여러분은 찬성하십니까?"

"모두 찬성이오!"

군중이 소리 지르기 시작했다. 고함 소리가 한참 동안이나 온 들판에 우렁차게 울렸다.

장로들 가운데 한 사람이 지휘봉을 집어 새로 선출된 총대장에게 바쳤다. 관례대로 키르댜가는 그 자리에서 바로 이를 거절했다. 장로가 다시 한 번 지휘봉을 바쳤다. 키르댜가는 이를 또다시 거절한 다음, 세 번째에 가서야 비로소 지휘봉을 받았다. 군중의 입에서 터져 나온 찬사와 고함 소리로 또다시 온 들판이 울렸다. 이때 군중 속에서 수염이고 머리고 할 것 없이 모두 백발이 된 카자크 네 명(세치에는 그렇게 늙은 사람이 거의 없었다. 왜냐하면 자포로제 사람들은 아무도 제명대로 살지 못했기 때문이다.)이 나와서는 비가 온 뒤라 질퍽해진 진흙을 저마다 손으로 집어 키르댜가의 머리 위에 얹었다.* 축축하게 젖은 흙이 머리에서부터 수염과 볼을 타고 흘러내렸다. 그리하여 그의 얼굴은 온통 진흙 범벅이 되었다. 그러나 키르댜가는 움직이지 않고 서서, 자기에게 주어진 명예에 대하여 카자크들에게 감사를 드렸다.

소란스러웠던 선거는 그렇게 끝이 났다. 불바가 날뛰며 기뻐한 것만큼 다른 사람들도 기뻐했는지는 알 수 없었다. 이것으로써 불바는 이전 총대장에게 복수를 한 것이다. 게다가 키르댜가는 불바의 옛 동료로, 전시(戰時) 생활의 가혹함과 고난을 나누며 수륙 양면의 여러 원정에 함께 참가했던 사람이었다. 이 선거를 축하하기 위하여 군중은 사방으로 흩어졌다. 그러자 곧 오스타프와 안드리가 이제까지 한 번도 보지 못했던 엄청난 술판이 벌어졌다. 술집이란 술집은 모조리 잔치판이 되었다. 사람들은 꿀, 보드카, 맥주 등을 돈도 주지 않고 가져왔다. 술집 주인들은 자기들의 생명에 지장이 없는 것을 불행 중 다행으로 여기며 기뻐했다. 밤새도록 전쟁의 공로를 찬양하는 노래와 고함 소리가 이어졌다. 하늘 높이 떠오른 달은 반두라, 투르반, 둥근 발랄라이카** 등을 연주하면서 큰길로 돌아다니는 악사들과 자포로제의 사업을 찬양하기 위해 성가를 부르는 세

* 러시아인들의 흙에 대한 특별한 감정을 언급할 필요가 있다. 전통적으로 그들은 흙과 대지에 대한 특별한 감정을 갖고 있었다. 대지는 어머니이고 성스러운 존재로서 숭배의 대상이었다. 특히 머리에 흙을 올려놓고 행하는 서약과 맹세는 절대성을 부여받는다. 그리하여 카자크인들은 총대장의 머리에 진흙을 얹어 놓고 일종의 대관식을 하고 있는 것이다.
** 반두라와 마찬가지로 투르반과 발랄라이카 역시 우크라이나의 민속 악기이다.

치의 교회 성가대를 오랫동안 환하게 비추고 있었다. 나중에
는 취기와 피로가 그들을 지배하게 되었다. 여기저기서 카자크
들이 땅 위로 쓰러지는 것이 보였다. 한 카자크가 감격한 나머
지 눈물까지 흘리면서 친구를 끌어안고서 땅 위를 뒹굴고 있
는 것도 보였다. 한 무리의 사람들이 저쪽에서 옹기종기 모여
쓰러져 있었고, 이쪽에는 또 다른 무리가 쓰러져 있었다. 더
편하고 좋은 잠자리를 찾아다니다가, 잘려 나간 나무 그루터
기에 누운 자도 있었다. 술이 제일 센 사나이만이 홀로 남아서
무엇인가 되지도 않는 말을 횡설수설 지껄이더니, 결국에는 그
도 취기에 못 이겨 쓰러져 버리고 말았다. 그러자 세치가 모두
잠들어 버렸다.

4장

다음 날 타라스 불바는 벌써 신임 총대장과 상의를 하고 있었다. 어떻게 하면 자포로제 친구들을 궐기시킬 수 있을까 하는 것이었다. 신임 총대장은 지혜롭고 노련한 카자크인지라 자포로제 사람들의 사정을 속속들이 잘 알고 있었다. 그가 먼저 입을 열었다.

"서약을 깰 수는 없지요, 절대로 그건 안 됩니다."

잠시 말을 끊었다가 덧붙여 말했다.

"뭐, 괜찮습니다. 서약을 깨지 않고 할 수 있는 일이 뭐가 있을지 이것저것 생각해 봅시다. 사람들이 모이기만 하면 되지요. 그런데 모이는 것도 내 명령이 아니라, 그냥 각자 자진해서 모여야 합니다. 어떻게 해야 하는지는 이미 잘 아시잖소. 그러면 난 아무것도 모르는 체하고 장로들을 모시고 곧장 광장으로 뛰어가지요."

상의가 끝난 후, 한 시간도 지나지 않아 북소리가 울렸다.

만취하여 인사불성에 빠졌던 카자크들은 갑자기 정신이 번쩍
들었다. 광장은 수많은 카자크 모자로 가득 찼다. 그리고 시비
가 일어났다.

"누구야? 왜? ……무슨 일로 비상소집을 하는 거야?"

아무도 대답하지 않았다. 마침내 이 구석 저 구석에서 소리
가 들리기 시작했다.

"카자크의 힘이 헛되게 빠져 가고 있어. 전쟁이 없기 때문이
지……. 장로들은 게을러 잠만 자면서 허송세월하니 두 눈이
기름 덩어리로 가려졌어……. 이젠 우리 세상도 한물갔지!"

다른 카자크들도 처음에는 듣고만 있다가 마침내 입을 열
었다.

"요즘 세상은 정말로 말세야."

장로들은 그런 말들을 듣고 놀란 것 같았다. 마침내 총대장
이 앞에 나서서 말했다.

"자포로제 카자크 여러분! 한마디 하겠습니다!

잘 들으시오!

지금 여러분의 판단에 맡겨야 할 것을 말씀드리겠습니다. 그
래요, 아마도 여러분이 더 잘 아시겠지만, 많은 자포로제 사람
들이 유대인 술집 주인과 자기 동포 형제들에게 도저히 믿을
수 없을 만큼 많은 빚을 지고 있습니다. 이제 여러분의 판단에
맡겨야 할 것을 이야기하겠습니다. 여러분도 아시다시피, 젊은
이들은 전쟁을 하지 않고 살 수가 없습니다. 그런데 정작 전쟁
이 무엇인지 직접 눈으로 보지 못한 청년들이 많습니다. 마호
메트교도를 한 명이라도 죽여 본 일이 없다면, 그가 성인이 되
어 어떤 자포로제 사람이 되겠습니까?"

'말을 참 잘하네.'

불바는 생각했다.

"그러나 여러분! 평화를 깨기 위해 내가 이런 말을 한다고 생각하지는 말아 주시오. 하느님이시여, 보호하소서! 난 사실을 사실대로 말할 뿐이오. 더욱이 말하기조차 황송한 일이지만, 하느님의 은총으로 세치에 교회가 설립된 지 몇 해가 됩니까? 그 후 오늘날까지 교회 외관은 말이 아니지요. 뿐만 아니라, 성상까지도 아무런 장식 하나 없는 형편이잖소. 하다못해 은으로 된 가운이라도 만들어 성상에게 입히려고 생각한 사람이 있었을까! 그냥 가운만 걸쳤을 뿐이죠. 사람들은 참회도 하지 않았어요. 더욱이 그들은 즐길 일도 없고 볼일도 없었죠. 그 이유는 생전에 모든 재산을 술로 바꾸어 마셔 버렸기 때문입니다. 내가 이런 말을 하는 것은 마호메트교도들과 전쟁을 시작하기 위해서가 아닙니다. 우리는 일찍이 술탄에게 평화를 약속했고, 더욱이 우리의 법을 걸고 맹세까지 했습니다. 만일 이것을 어긴다면 우리의 죄과가 더욱 커질 겁니다."

'저 친구가 왜 쓸데없는 소리를 하지?'

불바는 마음속으로 생각했다.

"그렇습니다. 여러분! 전쟁을 함부로 시작할 수 없다는 것은 알고 있겠지요. 그런 일은 기사의 명예로 금하고 있소. 그러나 내 보잘것없는 지혜로 다음과 같은 생각을 해 봤소. 말하자면 몇 척의 배에 젊은 청년들만 태워 소아시아에 있는 아나톨리아 해안의 흙을 좀 가져오게 했으면 합니다. 여러분, 어떻소?"

"데려가라, 모두 다 데리고 가라!"

사방에서 군중이 소리를 질렀다.

"신앙을 위해서 우리는 언제든지 목숨을 바칠 각오가 되어 있다!"

총대장은 놀랐다. 그는 자포로제 전체가 궐기하는 것을 조금도 원치 않았다. 그로 인해 평화가 깨지는 것은 옳지 못한 일로 생각되었기 때문이다.

"여러분! 한마디만 더 할까요?"

"충분해, 그만둬!"

자포로제 친구들이 소리를 질렀다.

"이제 더 이상 아무 소리도 않는 게 좋아!"

"그렇다면 그렇게 해도 좋소. 나는 여러분의 뜻에 따르겠소. 누구나 다 아는 바이며 또 성경 말씀에도 있듯이 국민의 소리는 하느님의 소리입니다. 온 국민이 생각해 낸 것보다 더 좋은 생각이 있을 수는 없소. 다만 여러분! 여러분도 이미 알고 있겠지만, 술탄은 우리 젊은이들이 즐기는 쾌락에 대하여 그냥 내버려 두지는 않을 것이오. 그러나 그런 경우엔 또 그것대로 준비가 되어 있을 것이오. 우리에게는 신예 병력도 있고, 아무것도 두려워할 것이 없소. 그렇지만 이곳을 비운 사이에 타타르 놈들이 습격할지도 모르겠소. 그 개 같은 터키 놈들은 정면으로 맞서지도 않고, 주인집 가까이 올 용기도 없는 주제에 뒤에서만 발꿈치를 깨무는 버릇이 있소. 그것도 지독히 아프게 깨무는 것이오. 사실대로 말해 전군이 출동하기에는 군량미도 준비된 것이 없고, 탄약도 그렇게 많이 준비되어 있지 않소. 그러나 먼저 여러분의 소원대로 합시다. 어쨌든 난 기쁘오. 난 여러분의 충실한 머슴이오."

이 말을 하고 나서 노련하고 교활한 총대장은 입을 다물어 버렸다. 군중들은 서로서로 이야기를 시작했고, 각 전투부대의 아타만들은 모여서 회의를 열었다. 다행히도 취한 자들이 많지 않아서, 그들은 사려 깊은 의견에 따르기로 결의했다.

몇 사람이 드네프르 강 건너편 언덕에 있는 무기고로 즉각 파견되었다. 그곳은 갈대숲으로 둘러싸여 있는 물밑 은닉처라 접근하기가 매우 어려운데, 그곳에 군자금과 적군에게서 노획한 무기의 일부가 숨겨져 있었다. 몇몇 사람들은 출정 준비를 하기 위해 통나무배를 점검하러 달려갔다. 순식간에 강 언덕은 사람들로 가득 찼다. 목수 몇 사람이 도끼를 들고 나타났다. 나이는 들었으나 햇볕에 그을려 검고, 양어깨가 떡 벌어진 강건한 자포로제 사람들이었다. 수염이 희거나 검거나 할 것 없이 모두가 바짓가랑이를 걷어 올리고 무릎까지 차는 물에 들어가 튼튼한 밧줄로 배를 언덕에서 끌어내리고 있었다. 다른 사람들은 잘 다듬어 말려 놓은 통나무와 그 밖의 온갖 재목을 날라 왔다. 저쪽에서는 배에다 널빤지를 붙이고, 이쪽에서는 배를 엎어 놓고 틈을 메우며 송진을 칠했다. 또 한쪽에서는 배들이 바다 파도에 가라앉지 않도록 카자크의 관습에 따라 기다란 갈대 다발을 뱃전에 처맸다. 저쪽에서는 언덕을 따라 모닥불을 피워 놓고, 큰 구리 솥에다 배 밑바닥에 바를 송진을 끓였다. 경험 있는 사람들과 노인들은 젊은 친구들을 교육시켰다. 통통 두들기는 소리와 일하는 사람들이 부르짖는 소리로 주위는 떠들썩했고, 강 언덕은 활기로 뒤흔들렸다.

이때 커다란 나룻배 한 척이 강 언덕으로 다가왔다. 배 위에 탄 사람들이 멀리서부터 손을 흔들고 있었다. 누더기가 다 된 스비트카를 걸친 카자크들이었다. 많은 사람들이 루바슈

카* 이외에는 아무것도 걸치지 않았고, 짧은 파이프만 입에 물고 있었다. 엉망이 된 옷차림으로 보아, 그들은 지금 막 고난에서 빠져나왔거나 발가벗겨질 때까지 있는 것을 다 팔아서 진탕 마셔 버린 것 같았다. 그들 중에서 키가 작고 뚱뚱하지만 양어깨가 딱 벌어진 쉰 살가량의 카자크 한 사람이 앞으로 걸어 나왔다. 그는 누구보다도 더 힘차게 외치며 손을 흔들어 댔다. 그러나 일꾼들의 뚝딱거리는 소리와 고함 때문에 그의 말은 들리지 않았다.

"무슨 일로 오는 거요?"

뱃머리가 언덕을 향해 돌았을 때 총대장이 물었다. 일하던 사람들은 모두 다 같이 일손을 멈추고, 도끼와 끌을 든 채 그들을 바라보며 대답을 기다렸다.

"봉변을 당했소!"

키가 작고 뚱뚱한 카자크가 나룻배에서 대답했다.

"어떤 일을 당한 거요?

"자포로제 여러분! 말해도 됩니까?"

"말해 보시오!"

"혹시 집회에서 말하기를 바랍니까?"

"말해 보시오! 우리는 여기 다 모여 있소."

군중이 모두 모여들어 한 무리가 되었다.

"여러분은 정말 게트만 지역**에서 무슨 일이 일어나고 있는지 못 들으셨소?"

---

* 블라우스와 비슷한 러시아의 남성용 겉저고리.
** 원문에 쓰인 러시아어 гетманщина는 우크라이나의 게트만 통치 시대 (1506~1764) 및 그 지방을 의미한다.

"무슨 일이 일어났단 말이오?"

아타만들 가운데 한 사람이 말했다.

"무슨 일이냐고요? 타타르 놈들이 당신들 귀를 총 마개로 틀어막아 아무것도 듣지 못하게 한 것이 분명하군요."

"말 좀 해 보시오. 거기서 무슨 일이 일어났는가."

"세상에 태어나 세례를 받은 후로 한 번도 본 적이 없는 일이 일어났소."

"그래 무슨 일이 일어났는지 말해 봐! 이 개새끼야!"

참다못한 군중 한 사람이 소리를 지르기 시작했다.

"신성한 교회가 이제는 우리 것이 아닌 세상이 됐소."

"우리 것이 아니라니, 무슨 소리요?"

"이제 교회까지 유대인 놈들에게 저당으로 잡혔습니다. 유대인에게 빚을 갚지 못하면, 예배를 드리는 것도 불가능하게 됐소."

"저 녀석, 무슨 소리를 지껄이고 있는 거야?"

"개 같은 유대인이 그 더러운 손으로 신성한 부활절을 표시해 주지 않는다면, 부활절을 축하할 수도 없게 되었소."

"이 자식이 거짓말을 하고 있소. 형제 여러분! 더러운 유대 놈이 신성한 부활절을 알려 주다니, 어찌 그런 일이 있을 수 있단 말이오!"

"좀 들어 보시오……! 하고 싶은 말은 그것뿐이 아니오. 가톨릭 수도사들이 이륜마차를 타고 우크라이나 천지를 돌아다닌단 말이오. 이륜마차로 돌아다니는 것은 또 그렇다 치더라도, 말에게 마차를 끌게 하는 것이 아니라, 정교도들에게 멍에를 얹어서 끌게 한다는 말이오. 좀 들어 보시오! 내가 말하고 싶은 것은 그것뿐만이 아니오. 유대 계집들은 정교회 수도사들의 의복을 뜯어서 치마를 만들어 입고 다닙니다. 여러분! 우크라이나에서 지금 그런 일들이 벌어지고 있습니다. 그럼에도 불구하고 여러분은 자포로제에서 편안히 앉아서 마시고 놀고 있소. 타타르 놈들에게 혼이 난 뒤, 여러분은 이제 눈도 멀고 귀도 막히고 말았군요. 그래서 이 세상에서 무슨 일이 일어나고 있는지 하나도 듣지 못하고 있는 겁니다."

"그만, 그만해요!"

총대장이 말을 가로막았다. 자포로제 사람들은 중요한 일이 일어났을 때에는 절대로 충동적으로 행동하지 않고 입을 다문 채 침묵 속에서 조용히 분노의 힘을 하나로 모았다. 총대장도 그렇게 하면서 땅만 내려다보고 있었다.

"가만있어 봐. 나도 한마디 하자. 이게 뭐야. 악마가 당신들 아비를 그렇게 망친 것은 할 수 없다손 치더라도, 그러면 당신들은 도대체 무엇을 했단 말이오? 당신들에게는 칼이 없단 말이오? 어떻게 당신은 그런 불법 행위에 그대로 당하고만 있었소?"

"아하! 왜 그런 불법 행위에 당했냐고요! 5만 명이나 되는 폴란드 놈들만 있는 데서 여러분들도 한번 겪어 보시면 알 겁니다! 솔직히 말해, 우리들 가운데 그들의 신앙을 받아들인 개 같은 놈들도 있소."

"당신들의 총대장이나 그 밑의 지휘관들은 무엇을 했소?"

"지휘관들은 참으로 끔찍한 변을 당했소."

"어떻게?"

"지금쯤 총대장은 구리 솥 속에서 잘 구워져 바르샤바에 누워 있을 겁니다. 그리고 지휘관들은 목이고 팔이고 다 잘렸는데, 사람들에게 보여 주려고 놈들이 장터마다 끌고 돌아다닌답니다. 지휘관들이 무엇을 할 수 있었겠소!"

모든 군중이 흥분했다. 처음엔 맹렬한 폭풍 전야의 고요함과도 흡사한 무시무시한 침묵이 강 언덕 전체를 뒤엎었지만, 갑자기 한꺼번에 분노가 터져 나왔다.

"뭐가 어쩌고 어째! 유대인 놈들이 그리스도 교회를 저당 잡았다고! 폴란드의 수도사 놈들이 마차에다가 말 대신에 정교도에게 멍에를 씌웠다고! 뭐, 저주받을 불신자들이 우리 러시아 땅에 그런 고난을 뿌렸다고! 그런 변이 있을 수가 있나? 암, 없고말고!"

이런 말들이 여기저기서 터져 나왔다. 자포로제 사람들은 시끌시끌 들뜨기 시작했다. 그들은 샘물처럼 용솟음치는 힘을 느꼈다. 여기에는 이미 경박한 민중의 동요라고는 없었다. 함부로 쉽사리 화내는 일은 없었지만, 한번 분노가 터지면 자기 마음속에 맹렬한 불길과 열을 끈질기게 간직하는 강인한 성격이 송두리째 흔들렸던 것이다.

"유대 계집들이 그리스도교 수도사의 의복으로 치마를 만들게 해서야 되나! 유대인들이 신성한 부활절을 선언하게 해서는 안 된다! 그 이교도 놈들을 모조리 드네프르 강 속에 집어넣자!"

군중 속 누군가의 입에선가 그런 말들이 튀어나오자, 번갯불처럼 모든 사람들의 머리에도 그런 생각이 스쳐 지나갔다. 그리고 군중들은 이곳에 살고 있는 유대인을 모조리 참살하려고 마을로 돌진했다.

가엾은 이스라엘의 아들들은 혼비백산하여 빈 술통이나 난로 속으로 숨었다. 심지어는 여편네들 치마폭 속으로 기어들기까지 하였으나 카자크들은 곳곳에서 그들을 찾아냈다.

　"고귀하신 고관 나리!"

　막대기처럼 키가 크고 기다란 유대인 하나가 무리 지어 있는 자기 동료들 사이에서 공포 때문에 일그러진 불쌍한 낯짝을 내밀고서 말했다.

　"고관 나리! 한마디만 하게 해 주셔요, 한마디만! 여러분들이 아직 한 번도 들어 보지 못한 그런 중대한 말씀을 드리려고 합니다."

　"좋다, 어디 말해 봐!"

　항상 피고의 말을 들어 보기 좋아하는 불바가 말했다.

　"훌륭하신 나리!"

　유대인이 말했다.

　"여러분처럼 훌륭하신 나리들은 아직 한 번도 본 적이 없습니다. 맹세코 정말입니다! 여러분처럼 선량하시고 용감하신 분들은 아직 이 세상에 없었습니다."

　그의 목소리는 공포에 떨렸다.

　"저희들이 자포로제 주민들을 왜 나쁘게 생각하겠습니까? 우크라이나에서 토지를 소유하고 있는 자들은 저희와는 전혀 다른 족속입니다. 정말입니다. 저희들의 동족이 아닙니다. 그들은 유대인이 아니고, 악마 이외에는 아무도 근본을 알지 못하는 놈들입니다. 침을 뱉어도 될 그런 놈들입니다. 그 놈들도 똑같은 말을 할 겁니다. 그렇지! 쉴레마야! 쉬물리, 그렇지 않나?"

"신에게 맹세코 정말입니다!"

갈기갈기 찢어진 모자를 쓴 쉴레마와 쉬물리가 대답했다. 둘 다 마치 백점토처럼 하얗게 질려 있었다.

"저희들은 아직까지 한 번도 원수 같은 놈들과 가까이한 적이 없습니다. 그리고 가톨릭교도들은 알고 싶지도 않습니다. 꿈에서 악마나 데려가라지요! 자포로제 주민들과 저희는 피를 나눈 형제와도 같지요……."

키다리 유대인이 말을 이었다.

"뭐라고? 자포로제 사람들이 너희들과 형제라고?"

군중 속에서 한 사람이 말했다.

"지체할 것 없어요. 여러분! 이런 저주받은 유대 놈들을 드네프르 강에 던져 버리시오. 이교도들을 몽땅 물속에 집어넣어라!"

그 말은 신호가 되었다. 자포로제 사람들은 유대인들의 두 손을 붙잡아 파도 속에 집어 던지기 시작했다. 사방에서 울부짖는 소리가 들렸다. 그러나 혹독한 자포로제인들은 양말과 구두를 신은 유대인들의 두 다리가 공중에서 허우적거리는 모양을 보면서 웃고만 있었다.

스스로 자기 목에다 밧줄을 매는 결과를 자아낸 그 불쌍한 유대인 달변가는 카프탄에서 몸을 빼어 얼룩덜룩한 속옷 바람으로 불바에게 매달려 가련한 목소리로 애원했다.

"위대하신 영감님! 고귀하신 나리! 저는 돌아가신 당신의 큰형님 도로시를 알고 있습니다. 그분은 진정으로 위대한 분으로 기사 전체의 자랑이었습니다. 그분이 터키인들에게 붙잡혀 몸값이 필요했을 때에, 저는 800냥의 금화를 내드린 적이 있습니다."

"네가 큰형님을 알고 있단 말이냐?"

불바가 물었다.

"알고말고요! 참으로 관대하신 분이었습니다."

"네 이름이 뭐냐?"

"얀켈입니다."

"좋아."

불바가 말했다. 그리고 잠깐 입을 다물고 있더니 카자크 일행을 향해 말했다.

"이 유대인 놈은 언제든지 매달 수 있으니, 오늘 하루만 내게 맡겨 주시오."

이 말을 하고 나서 불바는 그를 자기 수레 쪽으로 데리고 갔다. 그 옆에는 자기 수하의 카자크들이 있었다.

"이 수레차 밑으로 기어 들어가. 거기 엎드려 꼼짝 말고 있어. 그리고 너희들은 이 유대 놈을 놓치지 마라."

이렇게 말하고 나서, 그는 광장으로 나갔다. 모든 사람들이 그곳에 벌써 모여 있었기 때문이다. 사람들은 준비하고 있던 뱃일에서 금방 손을 뗐다. 이제 물길로 가는 것이 아니라 육로로 가기 때문에 군선이나 돛단배가 아닌 수레차와 말이 필요하게 된 것이다. 지금은 이미 늙은이나 젊은이나 할 것 없이 모두 원정을 원하고 있었다. 그들은 장로들과 아타만들이 총대장과의 상의를 끝내는 대로, 또는 자포로제 전 군대의 의사에 따라 폴란드로 돌진할 것이었다. 그리하여 폴란드가 행한 모든 악행에 복수하고, 카자크의 신앙과 명예에 대한 오욕을 씻어 버리고자 했다. 또 도시의 금은보화를 모조리 빼앗고, 마을과 곡물에 불을 질러 모두 태워 버리고, 저 멀리 대초원의 끝까지 자신들의 명성을 떨치기를 원하였다. 모든 사람들이 당장 허리 띠와 끈을 졸라매고 무장을 갖추었다. 총대장의 키는 1아르신 이상이나 커졌다. 그는 더 이상 자유로운 군중의 경박한 욕망을 채워 주는 소심한 자가 아니었다. 그는 무한한 절대 권력을 가진 명령자일 뿐만 아니라, 명령만 하는 폭군이 되었다. 제멋대로 행동하는 방종한 기사들일지라도, 총대장이 명령을 내리고 있는 동안에는 공손하게 고개를 숙이고 감히 시선을 높이지 못하고 질서정연하게 대열 속에 서 있었다. 총대장은 신중하게 계획을 세워 모든 전쟁을 수행해 온 관록을 보여 주면서, 음성을 높이지 않고 차분하게 명령을 전달했다.

"조심해야 한다. 모두 조심해야 해!"

이와 같이 그는 말했다.

"수레차들과 기름통을 잘 손질하고, 총을 시험해 보아야만 한다. 옷을 많이 휴대해서는 안 된다. 개인당 내의 한 벌, 바지 두 벌씩으로 하고, 살라마타와 수수가루 한 단지씩, 그 이상은 아무것도 휴대하지 말도록 하라……. 필요한 예비품은 수레차에 다 싣고 간다. 말은 개인당 두 필씩 분배해야 한다. 물을 건너고 습지대를 지나가야 할 때 꼭 필요하니까 황소를 200마리 가량 데려가야 한다. 무엇보다도 군대 규율을 유지해야 한다. 내가 알기로 여러분 가운데는 터무니없는 욕심을 낸 나머지 노획한 중국 천이나 값진 벨벳 옷들을 찢어서 자신의 각반*을 고치려는 사람이 있다. 그런 악마 같은 나쁜 버릇은 고쳐야 한다. 절대로 여자의 치맛자락에 눈이 팔려서는 안 된다. 다만 언

---

* 걸음을 걸을 때 아랫도리를 가뜬하게 하기 위하여 무릎 아래 다리에 감는, 헝겊이나 가죽으로 만든 띠.

을 수 있다면 무기만은 가져가야 한다. 그리고 금전과 은전도 가져야 한다. 그것은 어떤 것으로나 바꿀 수 있을 뿐만 아니라 언제든지 쓸 수가 있다. 여러분! 미리 말해 두지만, 만일 진중(陳中)에서 술을 취하도록 마시는 자가 있다면 군법 회의고 뭐고 필요 없이 강아지 새끼처럼 목덜미를 잡아 수레차에 잡아매라. 그가 누구든지 간에, 전사일지라도 개처럼 그 자리에서 사살하여 관도 없이 새들이 쪼아 먹게 내던져질 것이다. 왜냐하면 진중에서 술에 취하는 놈은 그리스도교인의 장례를 받을 가치가 없기 때문이다. 젊은이들은 매사에 나이 먹은 사람의 말에 순종해야 한다. 만일 총탄이 뺨을 스치거나 혹은 칼에 머리나 다른 곳을 긁히더라도 그런 일은 대수롭지 않은 일이다. 술 한 잔에 화약을 한 줌 집어넣어 섞어서 단숨에 마셔버리면 해결된다. 열이 나는 일도 없을 것이다. 상처가 그다지 크지 않을 때에는 손바닥에 침으로 흙을 개서 붙이면 말라붙을 것이다. 자! 그러면 젊은이들은 일을 시작하라. 부디 너무 덤비지 말고, 주의해서 각자 일을 시작하라."

총대장이 이야기를 끝내자마자 카자크 일동은 곧 출동 준비에 착수했다. 세치 전체가 깨어난 것이다. 어디에서도 주정뱅이라고는 단 한 사람도 찾아볼 수가 없었다. 마치 카자크인 중에는 원래 술에 취한 자가 전혀 없었던 것 같았다. 어떤 사람들은 차바퀴를 수리하고 수레차의 축을 바꿔 끼고 있었다. 또 어떤 사람들은 한쪽 수레차에 식량이 든 포대를 싣고, 다른 차에는 무기를 싣곤 했다. 또 다른 쪽에서는 말과 소들을 몰고 왔다. 말발굽 소리, 시험 발사를 해 보는 총소리, 방향을 돌리는 수레가 내는 끽끽 소리, 기세 높은 고함 소리, 채찍질하는 소리들이 사방에서 울려 퍼졌다. 그러자 어느새 길고 긴 카자크의 대열이 들판 전체를 덮어 버렸다. 이 대열의 선두에서 맨 끝까지 달리려고 하는 자가 있다면, 그는 싫증이 나도록 달려야만 했을 것이다. 자그마한 목조 교회에서는 수도사가 기도를 드리고 사람들의 몸에다 성수를 끼얹었다. 모든 사람들이 십자가에 입을 맞추었다. 이 기나긴 대열이 출동하기 시작하여 세치를 떠나 뻗어 나가게 되자, 자포로제 사람들은 모두 고개를 돌려 둘러보았다.

"잘 있어라! 우리의 어머니 세치여!"

그들은 거의 이구동성으로 이렇게 말했다.

"하느님이 너를 모든 불행에서 수호하여 주시기를!"

다음 마을을 지나갈 때, 타라스 불바는 유대인 얀켈이 차양 달린 노점 같은 것을 짓고 부싯돌, 포장지, 화약 그리고 행군 중에 필요한 갖가지 군부대용 양념, 심지어는 흰 빵과 검은 빵까지도 팔고 있는 것을 보았다.

'유대인 놈이란 지독해!'

불바는 혼자 생각하면서, 그의 옆으로 말을 타고 갔다.

"이 멍청아, 여기 앉아서 뭘 하나? 참새 새끼처럼 정말 총에 맞고 싶어?"

이 말에 대한 답변으로 얀켈은 그에게 가까이 다가서면서, 무엇인가 비밀 이야기나 하듯이 두 손으로 손짓을 하면서 말했다.

"나리만 알아 두세요! 제발 아무에게도 말씀하지 마세요. 실은 카자크 수레차들 가운데에는 저의 것도 한 채 있습니다. 전 카자크 분들을 위해 필요한 모든 물품을 가지고 갑니다. 그리고 행군 중에는 과거에 어떤 유대인도 팔아 본 적이 없는 싼 값으로 모든 양식을 바치겠습니다. 정말입니다. 그렇습니다."

타라스 불바는 어깨를 움츠렸다. 그는 배짱 좋고 눈치 빠른 유대인의 천성에 새삼스럽게 놀라면서 대열 쪽으로 가 버렸다.

5장

　곧 폴란드 남서부 지방 전체가 공포에 사로잡혔다. "자포로
제 놈들이다! 자포로제 놈들이 나타났다!" 하는 소문이 가는
곳마다 떠돌았다. 숨을 수 있는 사람들은 모두 숨었다. 제 발
로 일어설 수 있는 사람은 모조리 달아났다. 왜냐하면 당시에
는 요새나 성벽이 있는 것도 아니어서, 다들 아무 데나 닥치는
대로 초가집을 짓고 살았기 때문이다. 그들은 '오두막집 농가
에다 돈과 노력을 들일 필요가 있을까? 타타르의 습격을 받으
면 한순간에 사라질 텐데!'라고 생각했던 것이다. 모든 사람이
일어나 떠들어 댔다. 어떤 자는 황소와 쟁기를 총과 말로 바꾸
어 군대에 들어갔다. 어떤 이는 가져갈 수 있는 물건을 모두 챙
기고, 가축을 몰아 어딘가로 자취를 감추었다. 때로는 도중에
무기를 들고 저항해 오는 부류도 있었다. 그러나 대다수가 일
찌감치 멀리 도망가 버렸다. 겉으로 보기엔 문란한 것 같지만
유사시에는 큰 힘을 발휘하는 자포로제 군대, 그 사납고 호전

적인 무리와 맞선다는 것이 얼마나 힘든지 누구나 잘 알고 있었기 때문이다. 말을 탄 사람들은 말이 피로해지거나 동요하는 일이 없도록 잘 조종했고, 보병부대는 술을 마시는 일 없이 질서정연하게 행군하였다. 전군은 밤이면 행군하고, 낮에는 숲 속이나 인가가 없는 장소 또는 들판을 골라서 쉬었다. 어디에 무엇이 있으며 어떻게 되어 있는지 탐지하여 보고하도록 미리 첩자나 척후병을 사방으로 파견하였다. 그들은 가장 경비가 허술한 지점을 급습했다. 그럴 때마다 그곳 사람들은 모두 생명을 잃었다. 불이 마을을 삼켜 버렸고, 군대의 뒤를 따라가지 않은 가축과 말들은 그 자리에서 모조리 도살되었다. 그들은 출정해 있다기보다 오히려 주연을 즐기고 있는 듯이 보였다. 자포로제 카자크들이 야생의 시대처럼 도처에서 날뛰며 난폭하게 행동한 짓거리를 보면, 지금도 머리칼이 곤두설 정도로 공포를 느낄 것이다. 맞아 죽은 어린애들, 도려낸 여자의 젖가슴, 요행히 살아 나온 사람들의 무릎 아래를 벗겨 낸 가죽이 보였다. 한마디로 말해 카자크들은 과거의 빚을 크게 되갚았던 것이다. 요컨대 크게 보복한 것이다. 한 수도원의 원장 주교는 그들이 접근하여 오는 것을 알고, 두 명의 수도사를 그들 진영으로 보내어 비난하였다. 자포로제 카자크들과 정부 사이에는 협정을 했기 때문에 그들이 그런 행동을 해서는 안 된다는 것이었다. 그러므로 그들은 국왕에 대한 의무를 위반하고 있으며, 동시에 국민의 모든 권리를 침범하고 있는 것임을 전하였다.

"나는 자포로제 모든 사람의 이름으로 원장 주교에게 말하노니 가서 전하여라."

자포로제 카자크 총대장이 말했다.

"조금도 겁낼 필요 없다, 우리 카자크들이 지금 막 담뱃대에다 불을 붙여서 피우기 시작했을 뿐이다, 라고 전해라."

곧 파괴의 불꽃이 거대한 가톨릭 수도원을 휩쓸었다. 훨훨 타오르는 불길 속에서 장엄한 고딕식 창문들이 무시무시하게 보였다. 도시는 수도사와 유대인과 부녀자 같은 피난민들로 들끓었다. 모두들 수비대와 도시 의용군이 어떻게든 도시를 구해 줄 것이라는 희망만 품고 있었다. 그러나 정부에서 파견한, 연대 단위로 편성된 구원 부대는 때를 놓쳐 적과 마주치는 일이 없거나 혹은 지레 겁을 먹어 적을 만나자마자 말에 채찍질을 가하며 뒤돌아 달아나 버렸다. 과거에 여러 차례 전쟁에서 승리를 거둔, 왕 직속의 많은 장군들이 힘을 합해 자포로제 군대와 결전을 치를 것을 결의한 것도 한두 번이 아니었다. 그런 경우, 젊은 카자크들은 자신들의 솜씨를 누구보다도 많이 시험해 볼 수 있었다. 그들은 약탈에는 관심이 없었고 특히 힘없는 상대는 거들떠보지도 않았다. 고참병들 앞에서 자기들의 솜씨를 보여 주려는 마음뿐이었다. 날쌘 말을 타고 어깨에 걸친 저고리의 소매를 바람에 훨훨 날리며, 가슴을 펴고 달려드는 민첩하고 오만한 폴란드 귀족과 일대일로 승부해 보겠다는 희망에 불타고 있었다. 실전 경험은 만족스러웠다. 그들은 벌써 개인용으로 마구, 총, 검 등을 노획하고 있었다. 단 한 달 사이에 젊은 카자크들은 어른답게 되었다. 깃털이 송송한 새끼 새였던 그들이 어느새 변하여 사내대장부가 되어 버린 것이다. 지금까지 청년다웠던, 어떻게 보면 부드러운 듯이 보였던 얼굴이 갑자기 강하고 매섭게 변했다. 늙은 타라스 불바는 두 아들 모두 뛰어나다는 사실에 마음이 흡족했다. 오스타프는 태어날 때부터 전쟁에 필요한 어려운 지식과 전사로서의 길을 알았던 것 같았다. 어떠한 경우에도 경거망동하는 일 없이 침착해서 스물두 살의 젊은이로 보기에는 어색할 정도였다. 매 순간 냉정하게 모든 위험과 사건의 전모를 알아차리고 이내 그 위험으로부터 벗어날 방법과 극복할 수 있는 방법까지도 찾아냈다. 이제 그의 행동에서는 연습이 아니라는 확신이 느껴졌으며, 이러한 행동 속에서 장차 용장의 모습을 엿볼 수 있었다. 그의 몸은 활기차게 숨을 쉬고 있었다. 그의 무사 기질은 이미 사자의 그것과도 같은 광범한 능력을 가지고 있었다.

"오! 그래, 시간이 지나면 이놈은 훌륭한 대장이 될 거야!"

늙은 불바는 중얼거렸다.

"확실히 훌륭한 지휘관이 될 거야. 아니, 이 아비도 맞설 수 없는 그런 거물이 될 거야!"

안드리는 총소리와 칼 소리가 만들어 내는 매혹적인 음악 속에서 자신을 잊어버렸다. 그는 미리 자신과 타인의 힘을 재 보거나 계산하거나 생각해 본다는 것이 무엇을 의미하는지 모르고 있었다. 전투 속에서 그는 미칠 듯한 기쁨과 도취를 느끼고 있었다. 말들이 굉음을 내면서 쓰러진다. 그때 그는 총탄이 울고 긴 칼이 번쩍이는 사이를 달리면서 술 취한 사람처럼 닥치는 대로 칼로 후려친다. 칼에 맞은 사람들의 비명은 전혀 들리지도 않는다. 그는 사람의 머리가 불타고, 두 눈에서는 모든 것이 가물거려 분간이 잘 안 되며, 목이 막 날아가는 그 순간이 어떤 성대한 향연 같다고 생각했다. 안드리는 불타오르는 감정 하나만으로 냉정하고 이성적인 사람으로서는 도저히 할 수 없는 맹렬한 공격을 하여, 전쟁에 익숙한 노인장들을 놀라게 하는 그런 기적을 만들어 냈다. 안드리의 모습을 보고 아버지도 놀라워하지 않을 수 없었다. 늙은 불바는 경탄하면서 말했다.

"이놈도 좋아. 적에게 붙잡히지만 않기를……! 싸움꾼이야! 오스타프와는 다르지만 좋아, 역시 훌륭한 전사야!"

군대는 두브노 도시로 직접 돌진하기로 결정했다. 그곳에는 거액의 국유 재산과 많은 수의 부유한 주민이 있다는 소문이 퍼져 있었다. 하루 반나절 행군을 한 후 비로소 자포로제 카자크들은 도시의 전면에 나타났고, 이 도시 주민들은 마지막까지 전력을 다해 방어하기로 결심했다. 그들은 적군을 자기 집에 들여놓느니 차라리 자기 집 앞 광장이나 큰길가에서 죽는 것이 낫다고 생각했다. 높은 토벽이 도시를 둘러싸고 있었는데, 다른 곳보다 낮은 토벽의 경우에는 돌담이나 건물 혹은 참나무 울타리가 벽 역할을 대신하였다. 수비대는 강했으며, 자신들의 임무가 얼마나 중대한 것인지 알고 있었다. 자포로제 군대는 그 토벽을 기어오르다가 맹렬한 사격을 받았다. 시내에 사는 소시민들과 다른 주민들이 합세하여 집단으로 토벽을 방어했다. 그들의 눈에서 결사적 저항의 빛을 엿볼 수 있었다. 부녀자들도 전투에 참가하기로 결심했다. 그러자 자포로제군의 머리 위로 돌멩이, 통, 항아리, 끓는 물 등등이 날아왔다. 나중에는 눈을 뜨지 못하도록 모래주머니까지 날아왔다. 자포로제군은 요새전을 좋아하지 않았다. 그들은 포위전에 약했다. 마침내 총대장은 퇴각 명령을 내렸다.

"여러분, 괜찮소. 일단 퇴각합시다. 그러나 만일 우리가 놈들 중 한 놈이라도 성 밖으로 나오게 한다면, 나는 그리스도교인이 아니고 저주받은 타타르인일 것이오! 개 같은 놈들, 다 굶어 죽어라!"

자포로제군은 퇴각하여 도시 주위를 완전히 포위했다. 그리고 할 일이 없어서 가까운 마을들을 약탈하기 시작했다. 주위의 마을들을 불사르고 거두어들이지 않은 곡식 가리도 불태웠다. 그해에는 모든 농가가 풍작을 누리는 바람에 보리 이삭은 아직 낫도 구경하지 못하고 넘실거리고 있었는데, 자포로제군은 공교롭게도 그 밭에 말 떼를 풀어 놓았다. 도시에서 적들은 자신들의 생존 수단이 없어지는 것을 공포의 눈으로 바라보고 있었다. 한편 자포로제 군은 도시 외곽에 두 줄로 수레차를 늘어놓고 세치에서처럼 자리를 잡고 숙영했다. 대통으로 담배를 피우고 노획한 무기를 서로 바꾸거나, 뛰어넘기 놀이를 하거나, 주사위로 홀수 짝수 놀이를 하면서 몸서리날 정도로 냉정하게 도시를 살폈다. 밤이 되면 모닥불을 피웠다. 그리고 식사 당번은 자기 부대에서 커다란 구리 솥에 죽을 끓였다. 밤새도록 타고 있는 모닥불 옆에는 불침번이 서 있었다. 그러나 할 일 없이 지내는 지루함과 연일 계속되는 금주로 자포로제 군대의 원성이 점점 커졌다. 총대장은 어려운 일이나 출전이 없을 때에는 종종 진중에서 마실 술의 양을 두 배로 하라고 명령하였다. 젊은 친구들, 특히 타라스 불바의 두 아들도 이러한 생활은 마음에 들지 않았다. 특히 안드리는 나태하고 지루한 기색이 역력했다.

"이 우둔한 자식 놈아."

불바가 아들에게 말했다.

"참아라, 카자크잖아. 그래야 아타만이 되지! 전투 시에 정신을 똑바로 차리는 것만으로는 훌륭한 군인이라고 할 수 없다. 할 일이 없을 때에도 지루해 하지 않고, 어떤 일이든 꾹 참고, 어떠한 일을 당하더라도 자기주장을 꿋꿋하게 내세우는 사람이 훌륭한 군인이다."

그러나 혈기왕성한 젊은이가 늙은이와 같을 수는 없었다. 두 사람의 성격은 별개의 것이었다. 그들은 같은 사실을 각각 다른 눈으로 보고 있었다.

그럭저럭 지내는 동안에 톱카치가 인솔하는 아군 부대인 타라스 불바의 연대가 응원하러 왔다. 톱카치와 더불어 두 사람의 에사울, 서기, 그 외 연대의 간부들도 몇 명 있었다. 이들 카자크의 총 인원은 4000명이 넘었다. 그들 중에는 소집되지 않았음에도 사정을 듣고 스스로 찾아온 지원병들도 적지 않았다! 에사울들은 불바의 두 아들에게 늙은 어머니가 전하는 축복의 말을 일러 주었고, 키예프 근처에 있는 메지고르스키 수도원의 전나무로 만든 성상도 하나씩 건네주었다. 두 형제는 성상을 가슴에 걸고 나서 늙은 어머니를 떠올리고는 어느덧 수심에 잠겼다. 대체 이 축복이 그들에게 무엇을 말하며 무엇을 예언하려는 것일까? 적을 정복하고 노획물을 가지고 반두라 악사의 영원한 노래로 불리는 영예를 짊어지고 머지않아 즐겁게 귀향할 것을 축복하는 것일까? 그렇지 않으면 무엇일까? 그러나 미래의 일은 알 수 없다. 미래는 마치 연못에서 피어오르는 안개와도 같다. 새들은 날개를 퍼덕이며 그 안개 속을 가볍고 산뜻하게 날면서 오르내리고 있다. 비둘기는 솔개를 못 보고 솔개는 비둘기를 못 보고 그냥 서로 상대방을 알아보지도 못한 채 날아 오르내릴 뿐이다. 그들 모두 자신의 파멸에서 얼마나 먼 곳을 날고 있는지 아무도 모르는 것이다…….

오스타프는 오래전에 막사에 돌아와서 이미 자기 일을 하고 있었다. 그런데 안드리는 왠지 자신도 모르게 가슴이 답답해졌다. 카자크들은 이미 저녁 식사를 마쳤다. 저녁에는 모든 불이 다 꺼졌다. 이상스러운 7월의 밤이 대기를 감쌌다. 그러나 안드리는 병사로 돌아가지도 않고, 잠잘 생각도 하지 않고, 지나간 날의 모든 광경을 무심코 그려 보았다. 하늘에는 수많은 별들이 가늘고 날카로운 빛을 내면서 반짝이고 있었다. 저 멀리 들판에는 적들에게서 노획한 여러 가지 재물과 식량, 가득 찬 타르 통을 달고 있는 수레차들이 죽 늘어서 있었다. 수레차의 옆이나 좀 떨어진 모든 곳에는 이리저리 드러누운 자포로제 군사들이 보였다. 그들은 모두 그림 속 인물처럼 잠들어 있었다. 어떤 사람은 식량이 든 주머니를 베고, 어떤 사람은 모자를, 또 다른 사람은 친구의 옆구리를 베고 있었다. 칼, 화승총, 쇠로 만든 소제용 막대와 부싯돌이 붙은 구리와 철테를 두른 짧은 담뱃대는 카자크가 잠시도 손에서 놓지 못할 소중한 휴대품이었다. 커다란 황소들은 크고 하얀 덩어리가 되어 네 발을 배 아래 굽히고 드러누워 있었다. 먼 곳에서 보면 그것은 마치 들판의 여기저기에 흩어져 있는 돌멩이 같았다. 벌써 풀밭 속 여기저기에서 잠든 군사들의 코 고는 소리가 요란하게 들리기 시작했다. 그리고 그 소리를 마땅치 않게 생각하는 말들이 다리를 매인 채 울음소리로 맞받아쳤다. 아름다운 7월의 밤에는 그사이 무엇인가 일종의 엄숙하고 무서운 것이 끼어들었다. 화재로 거의 다 타 버린 인근 마을이 하늘에 비치고 있었다. 한쪽에서는 불꽃이 조용하고 엄숙하게 하늘에 비치고 있었다. 또 다른 쪽에서는 불길이 무엇인가 타기 쉬운 물체에 부딪쳤는지 별안간 회오리바람처럼 획획 소리를 내며 하늘 높이 타올라 별 밑까지 날아갔다. 떨어져 날아다니는 불꽃은 먼 하늘 끝에서 사라지고 말았다. 전부 타 버린 시커먼 수도원은 불길이 솟아오를 때마다 마치 카르투지오 수도회*의 수도사처럼 거대한 검은 몸집을 드러내면서 우뚝 솟아났다. 연기 속에 묻힌 나무들이 탁탁 소리를 내고 있는 것은 수도원의 정원이 타고 있는 것이었다. 터져 나온 불길은 별안간 적자색 인광을 내며 잘 익은 살구를 비추고, 여기저기 주렁주렁 달려 있는 누런 배를 번쩍이는 금화같이 보여 주었다. 더욱이 그곳에는 건물과 더불어 불에 타서 죽은 불쌍한 유대인과 수도사의 시체가 건물의 벽과 나뭇가지에 걸려 있었다. 하늘에는 새들이 검고 조그마한 십자가 뭉치처럼 떼를 지어 불꽃 위로 빙글빙글 돌고 있었다. 겉으로 보기에 포위된 도시는 깊이 잠들어 있는 것 같았다. 뾰족탑들, 지붕들, 통나무 울타리, 성벽 등 모든 것이 타오르는 불빛에 반사되어 저 먼 곳에서 소리 없이 빛을 내고 있었다. 안드리는 카자크 진영을 한 바퀴 돌았다. 보초병 가까이에 있는 모닥불들은 금방이라도 꺼질 듯이 희미했다. 그리고 보초병들 역시 카자크의 식욕을 발휘하여 음식을 지나치게 많이 먹고 잠들어 버렸다. 안드리는 그들의 몰지각한 행동에 다소 놀랐다. 그리고 '마침 적군이 가까이 없고 두려워할

---

* 1084년 부르노(St. Burno, 1032~1101)가 창립한 수도회. 수도사들은 완전한 금욕 생활을 하며 세속사에 관여하지 않는다. 수도자들은 청빈, 정결, 순종 외에 침묵의 서원을 한다. 11세기와 12세기의 수도원 개혁 운동에 중요한 역할을 하였다.

것이 없으니 다행이다.' 하고 생각했다. 결국 그도 수레차 속으로 기어 들어가 두 팔을 머리 뒤로 돌려 팔베개를 하고 하늘을 쳐다보고 누웠다. 그러나 잠을 이루지 못하고 오랫동안 하늘을 바라보고 있었다. 그의 눈앞에 보이는 하늘은 조금도 가려진 곳 없이 활짝 펼쳐져 있었고, 공기는 맑고 투명했다. 은하수를 이루며 하늘을 가로지르는 무수한 별들이 모두 그 빛 속에 파묻혀 있었다. 안드리는 이따금 자기 자신을 잊어버리는 것 같았다. 흐린 안개가 잠깐 그의 앞쪽 하늘을 가렸다. 그러다 하늘은 또다시 맑아져 똑똑히 보였다.

그때 그의 눈앞에 어떤 이상한 사람의 얼굴이 어슴푸레 스쳐 지나가는 듯했다. 잠을 못 이뤄 보게 된 환상이라고 생각하면서 눈을 더 크게 떴을 때, 그의 눈앞에는 극도로 피로하고 말라빠진 한 얼굴이 그를 향하여 엎어지듯 허리를 굽히면서 똑바로 그의 두 눈을 쳐다보고 있었다. 먹처럼 검고 긴 머리카락은 빗질도 못한 채 산산이 흩어져, 뒤집어쓴 검은 두건 아래로 나와 있었다. 그 괴상한 눈빛과 확실한 윤곽을 드러낸 송장같은 컴컴한 얼굴은 그것이 유령이라는 생각이 들게 했다. 안드리는 자기도 모르게 손으로 총을 잡았다. 그리고 떨리는 듯한 목소리로 말했다.

"넌 누구냐? 귀신이면 꺼져라! 혹시 산 사람이라면 무슨 때 아닌 장난질이냐! 단방에 쏴 죽일 거다!"

이 말에 대한 대답으로 괴물은 입술에 손가락을 갖다 댔다. 그것은 마치 소리를 내지 말라고 애원하는 듯 보였다. 안드리는 손을 내리고 그 괴물을 자세히 보았다. 긴 머리카락과 목과 반쯤 노출된 거무스름한 가슴을 보고 안드리는 그것이 여자임을 알아챘다. 그러나 아무리 보아도 이 고장의 여자는 아니었다. 그녀의 얼굴은 온통 까맸다. 아마도 아파서 그런 것 같았다. 거기다 그 얼굴은 추악하게 찌푸려져 있었다. 널따란 광대뼈는 오므라든 두 뺨 위로 우뚝 솟아 나왔고 활 모양을 한 가느다란 두 눈은 위로 올라가 있었다. 그녀의 용모를 자세히 보면 볼수록, 그는 낯익은 느낌을 떨쳐 버릴 수가 없었다. 그는 참다못해 물어보았다.

"말해 봐라. 너는 도대체 누구냐? 내가 너를 언젠가 알았거나 혹은 어디선가 본 일이 있는 것 같은데?"

"이 년 전 키예프에서."

"이 년 전 키예프에서?"

기억 속에 그대로 남아 있는 관비생 신학교 시절의 모든 일을 더듬어 보려고 애쓰면서 안드리는 되풀이해서 물었다. 그는 다시 한번 그녀의 얼굴을 뚫어지게 바라보았다. 갑자기 그는 있는 소리를 다 내어 고함을 질렀다.

"넌 그 타타르 년이구나! 그 폴란드 귀족 장군 딸의 종년 맞지!"

"쉿!"

타타르 여자는 온몸을 덜덜 떨면서 애원하듯이 두 손을 맞대었다. 그리고 동시에 안드리가 친 고함 소리에 누가 잠을 깨지나 않았나 하고 고개를 두리번거렸다.

"말해 봐라, 빨리 말해 봐. 무엇하러 여기에 왔냐?"

마음속의 동요 때문에 자꾸 끊기는 숨 가쁜 속삭임으로 안드리가 물었다.

"아가씨는 그래 어디 있느냐? 살아 있느냐?"

"아가씨는 여기 시내에 계셔요."

"시내에?"

그는 또다시 절규하듯이 소리를 질렀다. 그리고 전신의 피가 한꺼번에 심장으로 몰리는 듯한 아찔함을 느꼈다.

"그녀가 왜 이곳에 와 있는 거냐?"

"아버님이 여기에 계시기 때문이에요. 그 어른이 두브노의 사령관이 되신 지 벌써 일 년 반이나 되었어요."

"그래, 아가씨는 이미 시집갔느냐? 어서 말 좀 해 봐! 넌 참 묘한 계집이다! 지금은 어떻게 지내느냐?"

"아가씨는 어제 하루 종일 아무것도 먹지 못했어요."

"왜?"

"이 도시 사람들에게는 오래 전부터 빵 한 조각이 없답니다. 모든 사람들이 오래 전부터 흙만 먹고 있어요."

이 말에 안드리는 너무 놀라서 온몸이 꼿꼿하게 굳었다.

"아가씨는 저 성벽 위에서 자포로제 군사들 사이에 당신이 계신 것을 보시고 저에게 말씀하셨습니다. '너 가서 그분에게 말씀드려라. 만일 나를 기억하고 계시면 나에게로 오십사 하고. 만일 기억하고 계시지 않으면, 내 어머님을 위하여 빵 한 조각만이라도 달라고 해라. 정말 어머님이 내 눈앞에서 돌아가시는 것은 보고 싶지 않구나. 오히려 내가 먼저 죽고 어머님이 나중에 돌아가시면 좋겠다. 청을 하고 그분의 무릎에라도 매달려 봐라. 그분도 늙으신 어머님이 계시니 어머님을 위하여서라도 한 조각의 빵은 주실 거야.' 이와 같이 아가씨가 말씀하셨습니다."

젊은 카자크의 가슴속에서 여러 가지로 많은 감정이 일어나 불타기 시작했다.

"그런데 넌 어떻게 여기에 있느냐? 어떻게 왔느냔 말이다?"

"땅속에 파 놓은 길을 따라서 왔어요!"

"정말로 땅굴이 있단 말이냐?"

"있어요."

"어디에?"

"당신은 훌륭한 분이시니 배신하지 않으시겠지요?"

"성스러운 십자가에 맹세하지!"

"낭떠러지를 내려가서 골짜기 물을 건너가면 갈대가 있는 곳이 있어요."

"그러면 도시의 성안으로 들어갈 수 있단 말이지?"

"곧장 도시의 수도원으로 나갈 수 있어요."

"가자, 당장 가자!"

"그런데 그리스도와 성모 마리아를 위하여 제발 빵 좀 가져가세요!"

"좋아, 가져다줄게. 여기 수레차 옆에 서 있어라. 아니면 수레 위에 누워 있는 것이 더 좋겠다. 너를 볼 사람은 아무도 없어. 모두 다 자고 있으니까. 금방 돌아올 테니, 조금만 기다려."

그는 자기 부대의 예비 식량이 저장되어 있는 수레차 쪽으로 걸어갔다. 그의 심장이 둥둥 뛰었다. 지나간 모든 일이 생각났다. 카자크의 현재 야영 생활과 냉혹한 전투 생활로 인해 억눌려 있던 모든 것들이 처음엔 피상적으로 생각나다가 차례대로 하나씩 하나씩 모두 눈앞에 생생하게 떠올랐다. 그리고 이어서 마치 컴컴하고 깊은 바닷속에서 나온 것 같은 거만한 여자의 모습이 나타났다. 그의 마음속에는 아름다운 두 손, 눈동자, 웃음을 띤 입술, 보기 좋고 둥그런 두 가슴에 드리운 암갈색 머리칼, 균형이 잘 잡힌 포동포동한 손과 발 등 모든 기억이 새삼스러웠다. 아니다, 그것들이 시들어 버리지는 않았다. 그것들은 그의 가슴속에서 사라지지 않고 다만 잠시 다른 힘찬 기억에 자리를 내주면서 한쪽 옆으로 피해 있었던 것이다. 그러나 그 때문에 지금까지도 젊은 카자크는 자주 깊은 잠을 이루지 못하고 괴로워했었다. 그는 잠이 깨면 다시는 잠들지 못하였고, 그 원인이 어디 있는지 알아내지 못한 채 어리둥절하여 잠자리에 누워 있곤 하였다.

그는 걸었다. 그녀와 다시 만날 것을 생각만 해도 심장의 고동은 더욱 요동쳤고, 젊고 건강한 두 무릎이 떨렸다. 수레차에 다가갔을 때, 그는 무엇을 하러 왔는지를 까맣게 잊어버렸다. 그는 이마에 한 손을 대고 오랫동안 무엇을 해야 하는지 생각해 내려고 애썼다. 마침내 그의 몸이 떨렸다. 온몸이 공포로 가득 찼다. 그녀가 굶어서 죽어 가고 있다는 생각이 문득 떠올랐기 때문이다. 그는 수레차에 뛰어올라 커다란 검은 빵 몇 덩어리를 움켜 안았다. 그 순간 그는 생각했다. 완강하고 입치레를 하지 않는 자포로제 사람들에게 알맞은 이 먹을 것들이 혹시 그녀의 연약한 몸에는 받아들여질 수 없는 거친 것이 아닐까? 그러고는, 어제 총대장이 세 끼는 충분히 쓸 수 있는 메밀가루를 단 한 끼 분의 죽에 다 써 버렸다고 식사 당번들을 꾸짖던 것을 떠올렸다. 그래서 아직 솥 안에는 죽이 충분히 남아 있으리라고 믿고, 부친의 야전용 식기를 끄집어냈다. 그리고 그것을 들고 두 개의 커다란 가마솥 옆에서 자고 있는 취사병에게로 달려갔다. 아직도 그 가마솥들 아래에는 타다 남은 재가 희미하게 빛을 내고 있었다. 그 가마솥들을 들여다보니 놀랍게도 둘 다 텅텅 비어 있었다. 그 많은 죽을 다 먹어 버리려면 초인간적인 힘이 필요했을 것이다. 더욱이 그의 부대는 다른 부대보다도 인원이 적었으니, 더욱더 놀라운 일이 아닐 수 없었다. 그는 다른 부대의 가마솥들도 들여다보았다. 어디나 마찬가지로 아무것도 없었다. 생각지도 않은 말이 머리에 떠올랐다.

'자포로제의 카자크는 어린애들 같아. 적으면 다 먹고 많아도 알맹이 하나 남기지 않는다.'

어떻게 하나? 그렇다, 수도원 취사장을 털었을 때에 나온 하얀 빵가루가 들어 있는 자루가 아버지 부대의 수레차 짐 속어디엔가 있을 것이다. 그는 곧 수레차 쪽으로 갔다. 그러나 그것은 이미 수레차 위에는 없었다. 형 오스타프가 베개 대신에 그걸 베고 땅에 드러누워 온 들판이 들썩들썩하게 코를 골고 있었다. 안드리는 한 손으로 그 자루를 부리나케 잡아당겼다. 오스타프의 머리가 털썩 땅에 떨어졌다. 그러자 그는 잠결에 벌떡 일어나 앉아서 두 눈을 감은 채 있는 힘을 다해 외쳤다.

"잡아라, 폴란드 개 같은 놈을 잡아라. 그리고 말도 잡아라, 잡아라!"

"입 닥쳐! 죽여 버리기 전에!"

깜짝 놀란 안드리도 자루를 흔들면서 그에게 고함을 쳤다. 그러나 오스타프는 막을 필요도 없이 잠꼬대를 멈추고 얌전해졌다. 드러누운 그의 몸에 깔린 풀들이 콧김에 흔들릴 정도로 굉장히 큰 소리로 코를 골기 시작했다. 안드리는 오스타프의 잠꼬대가 카자크들 중의 누군가의 잠을 깨게 하지는 않았나

하고 겁이 나서 사방을 둘러보았다. 머리칼이 흐트러진 머리 하나가 움쭉 일어나 사방을 한번 휘 살펴보더니 곧 다시 땅 위로 수그러지고 말았다. 약 이 분 동안 가만히 기다린 후에 그는 짐을 가지고 돌아왔다. 타타르 여자는 숨소리를 죽이고 누워 있었다.

"자, 일어나! 가자! 다들 잠자고 있으니 겁낼 것 없어! 내가 혼자서 다 못 가지고 가니 너도 이 빵 한 덩어리쯤은 들 수 있겠지?"

이같이 말하고 그는 자루들을 등에 짊어졌다. 어떤 수레차 옆을 지나다가 수수가루가 든 자루를 끄집어 내려 또 한 자루를 등에 얹었고 타타르 여자에게 들리려고 했던 빵 덩어리까지 자신이 움켜 안았다. 무거워서 몸을 앞으로 구부리면서도 잠들어 있는 자포로제 카자크들 사이를 대담하게 걸어갔다.

"안드리!"

그가 옆을 지나가려고 했을 때, 늙은 아버지 불바가 그를 불렀다. 그의 심장은 고동을 멈추었다. 그는 걸음을 멈추고 떨면서 조용히 말했다.

"네, 왜 그러세요?"

"너 계집년을 데리고 있구나! 이 자식 일어나기만 하면 뱃가죽을 벗겨 버릴 테다! 계집년하고 쑥덕거려 봐야 결국엔 좋을 게 하나도 없어!"

이렇게 말하고 나서 그는 한 팔로 턱을 받치고 너울을 푹눌러 쓴 타타르 여자를 노려보았다.

안드리는 아버지의 얼굴을 쳐다볼 용기가 없어 꼼짝도 못하고 죽은 듯이 서 있었다. 그러나 잠시 후 눈을 들어 보니 늙은 불바는 벌써 팔을 베고 잠들어 있었다.

그는 성호를 그었다. 놀라움은 밀려들어 올 때보다 더 빨리 가슴속에서 되돌아 나갔다. 타타르 여자를 보려고 뒤로 돌아다보니, 그녀는 숄로 전신을 감고, 검은 돌로 만든 동상처럼 그의 앞에 서 있었다. 저 멀리서 노을의 반사광이 한번 번쩍이더니, 죽은 사람처럼 굳어 버린 그녀의 두 눈동자만을 비춰 주었다. 그는 그녀의 소매를 끌었다. 그리고 두 사람은 자주 뒤를 돌아보면서 걸어갔다. 마침내 그들은 완만한 경사면을 따라서 낮은 골짜기로 내려갔다. 어떤 지방에서는 그곳을 깊은 골짜기(협곡)라고도 불렀다.

다년초 식물인 갯보리가 생겨나고 흙덩이가 여기저기 흩어져 있는 시냇물은 바닥을 따라 느릿느릿 흐르고 있었다. 골짜기로 내려오자, 그들의 모습은 자포로제 군이 점령하고 있는 들판에서는 볼 수 없게 되었다. 안드리가 뒤를 돌아보았을 때, 적어도 사람의 키보다 더 높은 언덕이 담처럼 솟아 있는 것이 보였다. 그리고 그 꼭대기에는 들풀 몇 줄기가 바람에 흔들리고 있었고, 그 상공에는 순금으로 만든 낫을 비스듬히 올려놓은 듯한 모양으로 달이 떠오르고 있었다. 들에서 솔솔 불어오는 바람은 날이 밝기까지 시간이 얼마 남지 않았다는 것을 알려 주었다. 그러나 닭 울음소리는 어디에서도 들려오지 않았다. 시내에도 황폐해 버린 근교에도 이미 오래전부터 닭이라고는 한 마리도 남아 있지 않았기 때문이다. 그들이 조그마한 외나무다리를 따라서 냇물을 건너가니 그쪽에는 이쪽보다 더 높은 언덕이 낭떠러지 모양으로 솟아 있었다. 이 장소는 아마 도시의 요새 중 가장 견고하고 믿을 만한 지점인 것 같았다. 적어도 이 구역의 토성은 다른 곳보다 낮게 되어 있어도 그 뒤의 수비대가 보이지 않았다. 그러나 그 대신 좀 떨어진 저쪽에는 수도원의 두꺼운 벽이 솟아 있었다. 낭떠러지로 되어 있는 그 언덕에는 부리얀이 무성했다. 그곳과 개천 사이의 크지 않은 협곡에는 거의 사람 키만큼 큰 갈대가 자라고 있었다. 낭떠러지 꼭대기에는 옛날 어느 땐가 채소밭을 둘러싸고 있었던 울타리가 남아 있는 것이 보였다. 그 앞으로 넓은 우엉 잎이 흔들리고 있었고 그 그늘에는 장미와 가시 돋은 큰 엉겅퀴와 이것들보다 높이 머리를 추킨 해바라기가 보였다. 여기까지 오자, 타타르 여자는 구두를 벗고 맨발로 옷자락을 조심스럽게 추켜올리면서 걸어갔다. 그곳은 물이 가득 찬 진흙탕이었기 때문이다. 갈대 사이를 헤치고 걸어간 그들은 쌓아 올린 마른 나뭇가지와 덤불 앞에서 걸음을 멈췄다. 마른 나뭇가지 단을 헤쳐 옆으로 치우니 아치 모양의 땅굴이 있었다. 그것은 빵을 구워 내는 난로 입구보다 약간 더 큰 구멍이었다. 타타르 여자가 고개를 수그리고 먼저 들어갔다. 뒤이어 안드리도 자루들을 메고 무사히 들어가려고 될 수 있는 한 몸을 굽히고 들어갔다. 곧 두 사람은 어둠 속으로 완전히 사라져 버렸다.

6장

안드리는 빵 자루를 짊어지고 여자의 뒤를 따라 어둡고 좁은 지하도로 간신히 걸어 들어갔다.

"곧 밝아집니다."

앞서 가는 그녀가 말했다.

"제가 멀지 않은 곳에 등불을 놓아두었어요."

잠시 후 정말로 까만 흙벽이 조금씩 밝아졌다. 그들은 조금 더 넓은 곳으로 나왔다. 과거에 그곳엔 교회가 있었던 것 같았다. 제단 모양으로 된 조그마한 상이 벽에 붙어 놓여 있었고, 그 위에는 이미 완전히 빛이 바래서 없어지다시피 한 가톨릭 성모상이 보였다. 앞에 걸린 작은 은 등잔에서 등불이 희미하게 성모상을 비추고 있었다. 타타르 여자는 허리를 굽혀 위에 올려놓았던 등잔대를 집어 들었다. 가늘고 긴 다리가 달려 있고, 주위에는 쇠고리 줄이 달린 집게와 불길을 바르게 세우기 위한 꼬챙이 그리고 덮개가 붙어 있는 등잔대였다. 그녀는 그것을 집어 올려서 등잔에 불을 옮겼다. 주위는 더욱 밝아졌다. 그들은 함께 걸어가며 등불에 환히 비치기도 하고, 때로는 석탄처럼 검은 그림자를 드리우기도 하면서, 제랄드 델라 노테*의 그림을 연상시켰다. 건강과 젊음이 끓어오르는 활기차고 아름다운 기사의 얼굴과 지나치게 쇠약하여 창백한 안내자의 얼굴이 극심한 대조를 이루었다. 통로가 다소 넓어졌다. 그제야 안드리는 허리를 펼 수가 있었다. 그는 키예프 동굴을 떠올리게 하는 이 흙벽을 호기심에 이리저리 쳐다보았다. 키예프 동굴처럼 벽을 깊숙이 파낸 곳이 여기저기 보였다. 그리고 이곳저곳에 관이 놓여 있었다. 뿐만 아니라, 습기 때문에 푸석푸석해지고 잘게 부서진 채 흩뿌려진 사람의 뼈도 곳곳에서 쉽게 볼 수 있었다. 세상의 풍파와 슬픔과 유혹을 모두 피한 성자들이 파묻혀 있었던 것이 분명했다. 어떤 곳은 습기가 너무 심해 그들이 밟은 자국은 전부 물탕이 되어 버렸다. 피로로 인해 점점 더 지쳐 가는 안내자를 쉬게 하기 위해 안드리는 가끔 걸음을 멈추었다. 그녀가 단숨에 삼켜 버린 작은 빵 조각은 오랫동안 식사를 못한 그녀의 위장에 고통을 줄 뿐이어서, 그녀는 움직이지도 못하고 한곳에 한참 동안 웅크리고 서 있어야 했다.

마침내 그들 앞에 작은 철문이 나타났다.

"아이고, 하느님, 이제 다 왔어요."

---

* 야경을 주로 그렸던 네덜란드 화가인 헤릿 반 혼토르스트(Gerrit Van Honthorst, 1592~1662)의 별칭. 그는 사실주의적이며 인공조명을 극적으로 사용하는 카라바조의 기법을 모방하여 개성적인 화풍을 발전시켰다. 빛과 명암을 교차시키는 명암법을 사용하여 그림을 그린 것으로 유명하다.

타타르 여자는 나지막한 목소리로 말하고 나서 문을 두들기려 했으나 손을 들어 올릴 힘이 없었다. 그녀 대신에 안드리가 문을 힘차게 두들겼다. 문 뒤는 텅 빈 넓은 공간인 듯 소리가 울려 퍼졌다. 소리의 반향은 높은 원형 천장에 부딪쳐 나오며 변하였다. 이 분쯤 지나서 열쇠 소리가 들리더니, 누군가 계단을 내려오는 것 같았다. 마침내 문이 열리고 열쇠와 촛불을 손에 든 수도사가 좁은 계단 위에 서서 그들을 맞았다. 그 누구보다 카자크들을 증오했기에 유대인을 대하는 것보다도 그들을 더 가혹하게 대했던 천주교 신부를 보고, 안드리는 무심코 걸음을 멈추었다. 자포로제 카자크를 보자, 그 신부 역시 두세 발자국 뒷걸음질하였다. 그러나 타타르 여자의 무엇인지 모를 말 한마디가 그를 안심시켰다. 그는 문을 닫고 두 사람에게 길을 비춰 주며 계단을 따라서 그들을 위로 데리고 갔다. 그들은 수도원 식당의 높고 컴컴한 원형 천장 밑에 섰다. 높은 촛대와 촛불들이 켜져 있는 제단 옆에서 신부 한 사람이 무릎을 꿇고 조용히 기도를 드리고 있었다. 하얀 레이스가 달린 라일락빛 망토를 입은 두 명의 성가대원 역시 손에 향로를 들고 그의 좌우에서 무릎을 꿇고 있었다. 신부는 주님이 지상에 기적을 내려 주시기를 기원했다. 도시가 구원받고 땅에 떨어진 사기가 진작되고 인내심을 주시기를 원했다. 지상의 온갖 불행에 대한 원망도 사라지고, 소심하고 비겁한 울음소리를 내며 쉴 새 없이 중얼거리는 악마도 물러가기를 기원했다. 유령처럼 보이는 몇 명의 여자들은 너무 지쳐 버린 나머지, 걸상과 시커먼 나무 벤치에 머리를 기댄 채 무릎을 꿇고 있었다. 또 남자들 몇 사람은 원형 천장을 받치고 있는 둥근 기둥과 벽에 있는 기둥에 기댄 채 슬픔에 잠겨 무릎을 꿇고 있었다. 제단 아래에는 색유리를 낀 창문이 장밋빛 아침 햇살에 물들어 청색, 황색 등 여러 가지 색깔의 빛을 마루 위에 내던져 어둡던 성당을 갑자기 밝게 만들었다. 그 때문에 제단도 구석구석까지 훤히 보였다. 향로의 연기는 공기 중에서 무지갯빛 구름처럼 떠다녔다. 안드리는 컴컴한 한쪽 구석에 서서 아침 햇빛이 일으킨 이 기적을 보고 경탄하지 않을 수 없었다. 때마침 울려 퍼진 장엄한 풍금 소리는 온 성당을 가득 채웠다. 풍금 소리는 점점 더 커지면서 퍼져나가 천지를 울리는 천둥소리처럼 되었다가 갑자기 천상의 음악 소리로 변하였다. 처녀의 목청을 상기시키듯 높게 울리는 풍금 소리는 저 높은 원형 천장까지 충만하더니 마침내 천둥처럼 으르렁거리는 독특한 소리로 변한 후 점점 조용해졌다. 그러나 천둥 같은 소리가 오랫동안 원형 천장 밑에서 울리고 있었기 때문에 안드리는 입을 반쯤 벌리고 여전히 이 장엄한 음악에 경탄하고 있었다.

그때 마침 누군가가 그의 카프탄을 당기는 것을 느꼈다.

"가시지요."

타타르 여자가 말했다. 그들은 아무도 모르게 성당을 빠져나와 성당 앞 광장으로 갔다. 아침 일찍부터 햇빛은 하늘에서 뿌려졌고, 만물이 다 해돋이를 알려 주고 있었다. 정방형으로 된 광장은 텅 비어 있었다. 광장 한가운데에 아직 몇 개의 목조 탁자들이 남아 있는 것으로 보아 아마 일주일 전까지 이곳엔 식료품 시장이 섰다는 것을 짐작할 수 있었다. 아직 포장을 하지 않은 큰길은 말라빠진 진흙 더미였다. 광장은 석조 또는 흙벽으로 된 크지 않은 단층집들로 둘러싸여 있었다. 그 집들의 벽은 집 높이만큼 큰 나무 기둥으로 받쳐져 있거나 또는 장방형의 나무로 비스듬히 교차시켜 놓은 것이 보이도록 지어졌다. 이런 방법은 그 시대의 전형적인 주택가의 건축 양식으로 지금까지도 리투아니아나 폴란드 일부 지방에서 볼 수 있다. 그 집들은 모두 채광창과 통풍창이 여러 개 있는 상당히 높은 지붕으로 덮여 있었다. 한쪽 편에는 성당에 거의 붙어 있는 건물이 있었는데, 다른 건물과 모양도 다르고 보다 더 높이 솟아 있는 것으로 보아 아마도 시청이나 그렇지 않으면 무슨 관청 건물 같았다. 이 2층 건물은 두 개의 아치를 이은 모양으로 되어 있었다. 건물의 망루에는 보초병이 서 있었고, 커다란 시계 글자판은 지붕에 박혀 있었다. 광장은 쥐 죽은 듯 조용했다. 그러나 안드리에게는 약한 신음 소리가 들리는 듯하였다. 그래서 자세히 살펴보니 저쪽 구석에 두세 사람이 한곳에 모여 있는데, 조금도 움직이지 않고 땅에 드러누워 있는 것이 보였다. 사람들이 잠자고 있는 것인지, 혹은 죽은 것인지 알아내려고 더 주의해서 보았다. 그때 마침 그의 발길이 누워 있는 무엇인가에 부딪혔다. 그것은 유대인처럼 보이는 여자 송장이었다. 얼굴이 메마르고 찡그려져 있었기 때문에 자세히 알 수는 없었으나 아직 젊은 여자 같았다. 그녀는 머리에 빨간 실크 스카프를 두르고, 진주인지 유리알인지 모를 두 줄로 장식된 귀 덮개를 하고 있었다. 그 밑으로 곱슬곱슬한 머리칼이 두세 가닥 정도 흘러내려 힘줄이 보일 정도로 메마른 그녀의 목 위에 걸려 있었다. 그녀 옆에는 갓난아기가 누워서, 떨리는 한쪽 손으로 시들어진 엄마의 젖꼭지를 붙잡고 젖이 나오지 않자 괜히 화를 내며 손가락으로 마구 비틀고 있었다. 아기는 꺼졌다 부풀었다 하는 배를 보니 아직 죽지는 않았으나, 울음을 터뜨릴 기운도 없는 것으로 보아 이제 곧 숨을 거두리라 생각되었다. 그들은 큰길로 접어들었다. 그때 갑자기 미친 듯한 사내가 길을 막아섰다. 그 사내는 안드리가 귀중한 짐을 지고 있는 것을 보자 호랑이처럼 달려들어 꽉 붙잡고 소리를 질렀다.

"빵이다!"

그러나 그에겐 광포하게 굴 만큼의 힘이 없었다. 안드리가 떠밀자, 땅 위에 나가떨어졌다. 안드리가 동정심에 그 사내에게 빵 한 조각을 던져 주니, 그는 미친개처럼 뛰어들어 빵을 물어뜯으려고 하였다. 그러나 오랫동안 음식을 먹지 못했기 때문에 길가에서 무서운 경련을 일으키며 죽어 버렸다. 안드리는 거의 한 발자국씩 걸음을 옮길 때마다 무서운 기아의 희생자들에 놀라지 않을 수 없었다. 많은 사람들이 매일 집 안에 앉아서 배고픔을 참고만 있을 수 없어 혹시 먹을 것이 하늘에서 떨어지지나 않나 하고 일부러 큰길로 나와 있는 것 같았다. 어느 집 대문 앞에는 노파 한 사람이 앉아 있었다. 그 노파가 잠들었는지 죽었는지 혹은 잠깐 정신을 잃은 것인지는 알 수 없었다. 적어도 그녀는 이미 아무것도 보지도 듣지도 못했고 고개를 가슴에 푹 수그리고 그대로 한자리에 앉아 있었다. 또 다른 집 지붕 끝에는 밧줄에 목을 매고 축 늘어진 채 말라비틀어진 시체가 걸려 있었다. 이 불쌍한 사람은 기아의 고통을 끝까지 참을 수가 없어 자살로 최후를 재촉했다.

그와 같은 무서운 굶주림의 희생자들을 보고서 안드리는 타타르 여자에게 묻지 않을 수 없었다.

"그런데 왜 이 사람들은 목숨을 구할 방법을 찾아내지 못했지? 사람이 극한 상황에 이르면 어쩔 수 없어. 이때까지 침을 뱉어 오던 것이라 해도 먹어야 해. 그렇게 되면 법으로 금지된 것, 말하자면 사람이든 무엇이든 먹을 수 있는 거야. 그땐 무엇이든 먹을 수 있는 것이지."

"전부 다 먹어 버렸어요. 가축이라는 가축은 다 먹어 버렸어요. 이 도시에서는 말이고 개고 할 것 없이 심지어 쥐까지도 한 마리도 남기지 않고 먹어 버렸어요. 이곳 사람들은 식량을 저장해 본 일이 없어요. 모두 시골에서 그냥 가져오기만 하면 됐었지요."

"그런데 그런 참혹한 죽음을 당하면서 왜 아직까지도 도시를 지키려고 생각하는 거지?"

타타르 여자가 말했다.

"그래요, 사령관님은 아마도 항복할 생각을 하셨는지도 몰라요. 그런데 실은 어제 아침에 부드쟈크에 있는 지휘관이 이곳을 사수하라는 쪽지를 가진 매를 보냈어요. 그분이 연대 병력을 이끌고 곧 구원하러 올 것인데, 함께 올 다른 지휘관 한 분을 기다리고 있다고 했어요. 그래서 그분들이 오기만 기다리고 있었어요……. 그건 그렇고 이제 집까지 다 왔어요."

안드리는 벌써 멀리서부터 다른 집들과는 모양이 다른, 이탈리아의 어떤 건축가가 지은 듯한 건물을 보고 있었다. 얇은 벽돌로 쌓아 올린 아름다운 이층집이었다. 아래층 창문들은 불쑥 튀어나온 화강암으로 만든 지붕 아래를 장식했고, 위층은 전부 회랑을 형성하는 아치로 되어 있었다. 아치 사이로는 문장 무늬가 들어간 격자창이 보였다. 집 네 귀퉁이에도 역시 문장이 있었다. 채색된 벽돌로 쌓은 넓은 현관 앞 층계는 광장

쪽으로 바로 뻗어 있었다. 층계 아래에는 양쪽에 한 사람씩 보초병이 앉아 있었다. 그들은 그림처럼 한 손으로는 도끼 모양의 창을 단정하게 잡고, 다른 한 손으로는 기울어진 머리를 받쳤다. 그렇게 함으로써 그들은 산 사람이라기보다는 오히려 조각상을 더 닮은 듯이 보였다. 그들은 잠자고 있는 것도 아니요, 졸고 있는 것도 아니었다. 모든 감각이 없어져 사람이 층계로 올라오는 것에도 주의를 돌리려고 하지 않았다. 층계를 다 오르자 옷을 잘 차려입고 머리에서 발끝까지 완전 무장한 군인이 성경책을 손에 들고 있는 것이 보였다. 그는 이 두 사람 쪽으로 피곤한 두 눈동자를 돌리려고 하다가 타타르 여자가 무엇이라고 한마디 하자 다시 펼쳐 놓은 성경으로 시선을 떨어뜨렸다. 그들은 응접실이나 단순히 대합실로 쓸 것 같은, 꽤 넓은 첫 번째 방으로 들어갔다. 그 방에는 벽 쪽에 다양한 모습으로 앉아 있는 군사들, 하인들, 서기들, 술 따르는 사람들로 가득했다. 그 외에도 군인이자 영지의 주인으로서 그리고 군지휘관으로서 폴란드 귀족의 높은 지위를 보여 주기 위해 반드시 필요한 일꾼들도 있었다. 지금 막 꺼진 양초의 탄내가 났다. 벌써 아침 햇빛이 커다란 격자 모양의 창문으로 들어와 방을 비추고 있는데도, 방 한가운데에 있는 거의 사람 키만큼이나 큰 촛대 위에서는 촛불 두 개가 타고 있었다. 안드리는 꽃문장과 여러 가지 장식으로 꾸며진 큰 참나무 문 쪽으로 가려고 했다. 그러나 타타르 여자가 그의 소매 끝을 끌어 옆쪽 벽에 있는 작은 문을 가리켰다. 그 문을 통해서 복도로 나가 또다른 방으로 들어갔다. 그곳에서 그는 방을 자세히 살펴보기 시작했다. 덧문 틈으로 새어 들어온 광선이 새빨간 휘장, 황금색 문턱 위의 장식, 벽에 걸린 그림들의 이곳저곳을 비추었다. 여기서 타타르 여자는 안드리에게 걸음을 멈추라고 손짓을 한 다음 옆방으로 통하는 문을 열었다. 그 방에서 등불 빛이 흘러나왔다. 그는 속삭이는 소리와 조용한 말소리를 들으며 모든 것을 다 잊어버렸다. 그는 열려 있는 문을 통하여 한 손으로 길고 아름다운 머리채를 추어올리고 있는 날씬한 여자의 모습이 살짝 비치는 것을 보았다. 타타르 여자가 돌아와서 들어오라고 말했다. 그는 어떻게 들어와서 어떻게 뒷문을 닫았는지 몰랐다. 그 방에는 두 개의 촛불이 켜져 있고, 성상 앞에는 등불이 타고 있었다. 그 밑에는 가톨릭의 관습에 따라 기도할 때 무릎을 꿇기 위한 계단이 있는 큰 탁자가 놓여 있었다. 그러나 그의 두 눈이 찾고 있는 것은 이런 것이 아니었다. 그는 다른 쪽으로 몸을 돌려 빠르게 움직이다가 갑자기 굳어져 화석이 된 듯한 여자를 보았다. 그녀의 온몸은 그에게로 달려오려다가 갑자기 멈춘 것 같았다. 그 역시 너무 놀라서 그저 그녀 앞에 서 있을 뿐이었다. 그는 그녀의 이런 모습을 보리라고는 상상도 못했다. 지금의 그녀는 그가 전에 알고 있었던 여자가 아니었다. 지금의 그녀는 이전의 그녀와는 비슷한 데가 하나도 없었다. 그러나 전보다도 두 배, 세 배나 더 아름답고 거룩하게 보였다. 그때 그녀에게는 어딘가 좀 미숙한 점이 있었다. 그러나 지금은 화가가 마지막 한 번의 붓놀림으로 완성시킨 작품과도 같았다. 전에는 다만 매력 있는 경박한 소녀에 지나지 않았었다. 그러나 지금은 모든 아름다움이 극치에 이른 여인이요 미인이었다. 쳐다보는 두 눈에는 단편적인 것도 아니고 암시적인 것도 아닌 완전히 성숙한 감정이 모두 나타나 있었다. 그

두 눈에서는 아직 마르지 않은 눈물이 영혼에 젖은 채 흘러나와 빛나는 윤기를 보여 주었고, 가슴, 목, 양어깨는 활짝 핀 꽃에서만 볼 수 있는 아름다운 선을 지녔다. 전에는 얼굴로 살짝 흘러내렸던 매끄러운 곱슬머리가 이젠 탐스럽게 땋아 내려져 있었다. 위쪽은 땋아 내렸고 아래쪽은 곱슬곱슬한 머리칼이 길게 흘러내려 가슴을 덮고 있었다. 그녀의 모습은 최후의 하나까지 다 변해 버린 것 같았다. 그는 기억에 남아 있는 그녀의 모습을 하나라도 찾아내려고 애썼으나, 부질없는 일인 듯 도저히 찾을 수가 없었다. 그녀의 얼굴은 너무나 창백했다. 그러나 그것이 그녀의 아름다움을 흐리게 하지 못하였을 뿐만 아니라, 오히려 그와는 반대로 물리칠 수 없는 승리를 자랑하는 듯한 힘찬 무엇인가를 덧붙여 준 것 같았다. 그래서 안드리는 마음속에 일종의 경건한 공포감을 느낀 채 미동도 없이 그녀 앞에 서 있었다. 그녀 역시 온갖 아름다움과 힘을 지니고 있는 이 카자크 청년의 모습에 경탄하고 있는 듯하였다. 그 청년은 꼼짝하지 않고도 그의 수족으로 이미 모든 동작의 거침없는 자유로움을 보여 주고 있는 듯했다. 두 눈은 맑고 강하게 빛났고 벨벳 같은 두 눈썹은 대담하게 반달을 그려 내고 있었다. 햇볕에 그을린 양 볼은 청춘의 불길로 찬란하게 타올랐고, 솜털 같은 시커먼 코밑수염은 비단결같이 반짝였다.

"당신은 관대한 기사세요. 저는 당신의 은혜를 무엇으로 갚아야 할지 모르겠어요."

그녀가 말했다. 은방울을 굴리는 듯한 그녀의 목소리가 떨렸다.

"하느님만이 당신에게 보답할 수 있어요. 약한 여자인 저로서는 도저히……."

그녀는 시선을 떨어뜨렸다. 화살같이 긴 속눈썹이 아름다운
반달을 그리면서 눈을 내리덮었다. 그녀의 거룩하고 아름다운
얼굴은 약간 수그러들었지만 연한 분홍색으로 물들었다. 이 말
에 대하여 안드리는 아무 말도 할 수 없었다. 그는 마음속에서
끓어오르는 모든 것을 그대로 말하고 싶었다. 그러나 그렇게
할 수 없었다. 그는 무엇인가가 그의 입을 막는 듯한 것을 느꼈
다. 한마디도 말할 수 없었다. 신학교 생활과 제멋대로의 유목
생활 속에서 자라난 그로서는 그처럼 순결한 말에 대답할 자
격이 없다고 느꼈고, 자신의 카자크 기질을 저주했다.

이때 타타르 여자가 방으로 들어왔다. 그녀는 어느새 안드리
가 가져온 빵을 잘라 금으로 된 접시에 담아 아가씨 앞에 갖
다 놓았다. 아가씨는 그녀를 보고 빵을 쳐다보더니 다시 두 눈
을 안드리에게 돌렸다. 그 두 눈 속에는 많은 것이 들어 있었
다. 그녀의 감정을 표현해 주는, 피로함과 무기력함을 담고 있
는 그녀의 상냥한 시선은 모든 말보다 안드리에게 더 잘 이해
되었다. 그의 영혼은 갑자기 가벼워졌다. 그는 모든 것에서 해
방되어 자유롭게 된 것 같았다. 지금까지 누군가가 무거운 재
갈을 물려 제어하는 것 같았던 그의 감정과 영혼의 움직임이
이제는 자유롭게 해방됨을 느꼈고, 그것은 주체할 수 없는 말
들로 쏟아져 나오려 했다. 이때 갑자기 미녀 아가씨가 타타르
여자를 돌아보면서 걱정스럽게 물었다.

"어머님은? 어머님께는 갖다 드렸니?"

"주무세요."

"아버님께는?"

"갖다 드렸어요. 이리로 오셔서 직접 인사를 드리시겠다고 하셨어요."

그녀는 빵을 집어서 입으로 가져갔다. 안드리는 그녀가 빛나는 손가락으로 빵을 뜯어서 먹고 있는 것을 말할 수 없는 기쁨으로 보고 있었다. 이때 갑자기 굶주림에 발광하던 사내가 빵 한 조각을 삼키고 그 자리에서 숨이 넘어가 버린 것이 생각났다. 그는 창백해지더니 그녀의 손을 잡고 소리를 질렀다.

"됐어요! 더 들지 마세요! 오랫동안 먹지 않았으니, 많은 빵은 지금 몸에 해로워요."

바로 그때 그녀는 들었던 손을 내려 빵을 도로 접시에 내려놓고 순한 어린애처럼 그의 눈을 들여다보았다. 누구든지 좋으니 이것을 말로 표현해 보시라⋯⋯. 그러나 어떠한 조각가의 끌도, 화가의 붓도, 힘찬 시인의 말도, 이 순간 처녀의 눈에 떠오르는 것이나, 그러한 처녀의 눈을 응시하고 있는 남자의 감동적인 감정을 절대로 표현할 수 없을 것이다.

"나의 여왕이시여!"

진실한 감정으로 가득 찬 안드리가 외쳤다.

"무엇이 필요하신가요? 무엇을 원하시나요? 제게 명령만 하세요! 세상에서 제일 참기 어려운 힘든 일을 시키세요. 당장 그것을 실행하겠습니다! 아무도 할 수 없는 그런 일을 하라고 말씀하세요. 난 꼭 할 것이고, 목숨을 바치겠습니다, 바치고말고요! 당신을 위하여 목숨 바칠 것을 하느님께 맹세합니다. 난 너무 기쁩니다⋯⋯. 이루 말할 수 없이 기쁩니다! 난 농장을 세 개나 가지고 있습니다. 그리고 아버지가 소유한 말들의 절반도 내 것이고, 어머니가 시집올 때 가지고 오신 재산도 전부

내 것이고, 아버지가 남몰래 감추어 놓으신 것도 모두 다 내 것입니다. 여기 내가 가지고 있는 좋은 무기는 우리 카자크 중에서는 아무도 가져 보지 못한 것입니다. 이 칼자루 하나만으로도 좋은 말들과 3000마리의 양을 얻을 수 있습니다. 그러나 당신이 한마디만 말해 주신다면, 아니 그 가늘고 검은 눈썹을 조금만 움직여 주신다면 아무 것도 필요 없습니다. 내던지겠습니다. 불살라 버리고 짓밟아 버리겠습니다! 아아, 그러나 알았습니다. 내가 아마도 못난 소리를 하고 있는 것이겠지요. 여기서 이런 말을 하는 것이 아니겠지요. 왕이나 공후 그리고 신분이 높고 훌륭한 고관 귀족들 사이에서나 있을 법한 그런 말을 신학교와 자포로제에서 살아온 제가 해서는 안 되겠지요. 당신은 우리하고 전혀 다른 하느님의 창조물인 것을 알고 있습니다. 다른 귀부인이나 아가씨들은 당신과는 비교가 되지 않습니다. 우리들은 당신의 노예가 될 자격조차 없습니다. 하늘의 천사들만이 당신에게 봉사할 수 있습니다."

젊은 아가씨는 힘찬 젊은 영혼이 거울에 비치듯이 숨김없이 쏟아 내는 진실한 이 말들을 한마디도 놓치지 않으려고 온몸이 귀가 되어 들으면서도 점점 더 놀라고 있었다. 마음속에서 우러나오는 솔직한 말 한마디 한마디가 커다란 매력을 띠고 있었다. 그녀는 아름다운 얼굴을 앞으로 쑥 내민 채, 귀찮은 듯 머리칼을 뒤로 쓰다듬어 넘기고 입을 벌린 채, 오랫동안 그대로 그를 바라보고 있었다. 마침내 그녀는 무엇인가 말하려고 하다가 급히 그만두었다. 이 기사에게는 다른 중대한 임무가 있는 것을 상기한 것이다. 그의 아버지, 그의 형제, 그의 배후에는 그의 고향이 무서운 복수자로 서 있다는 것, 이 도시를 포위하고 있는 자포로제 사람들의 광포함, 자신들 모두가 이 도시와 죽음을 함께하기로 되어 있다는 것 등등이 생각나자, 그녀의 두 눈에는 갑자기 눈물이 고였다. 그녀는 곧 명주로 지은 손수건을 꺼내어 얼굴에 대었다. 순식간에 손수건은 눈물로 흠뻑 젖어 버렸다. 아름다운 목을 뒤로 젖히고 백설같이 하얀 이로 예쁜 아랫입술을 깨물었다. 그녀는 마치 갑자기 독사에게 물린 듯이 흐느끼더니 자신의 절망적인 슬픔을 그가 보지 못하도록 손수건을 오랫동안 얼굴에서 떼지 않고 앉아 있었다.

"한마디만 해 줘요!"

안드리는 비단결 같은 그녀의 부드러운 손을 잡았다. 이 접촉으로 반짝 빛나는 불꽃이 그의 혈관을 관통했다. 그는 자기 손에 무심히 잡혀 있는 그녀의 힘없는 손을 꽉 잡았다.

그러나 그녀는 얼굴에서 손수건을 떼지 않고, 언제까지나 움직일 줄 몰랐다.

"왜 그렇게 슬퍼하세요? 왜 그렇게 슬퍼하는지 말씀해 주세요!"

그녀는 얼굴에서 손수건을 거두고 눈꺼풀을 덮고 있던 긴 머리카락을 쓰다듬어 올리고는 낮고 조용한 목소리로 말하면서 슬픈 이야기를 모두 꺼냈다. 그것은 마치 아름다운 저녁 물가에 무성한 갈대의 숲을 갑자기 스치고 지나가는 바람과도 같았다. 가냘픈 그녀의 목소리가 울리자, 걸음을 멈춘 여행객이 바라보는 저물녘의 경치도, 밭일과 추수를 하고 돌아가는 농군들의 멀어져 가는 즐거운 노랫소리도, 또 저 멀리 어디선가 지나가는 짐수레의 덜컹거리는 소리도 귀에 들어오지 않고,

알 수 없는 애수로 가득한 가냘픈 소리만 넓게 퍼지면서 들리는 것이었다.

"나는 영원히 동정받을 자격도 없는 것일까? 이 세상에 나를 낳아 주신 어머니가 불행해지는 것은 아닐까? 쓰라린 운명이 내게 닥친 것이 아닐까? 가혹한 내 운명이여, 넌 나의 잔인한 사형 집행자가 아닌가? 운명은 모든 사람들을 내 발치로 인도했다. 모든 폴란드 귀족 중에서 가장 뛰어난 사람들, 가장 부유한 지주들도 데려왔고, 백작도 있었고 외국 남작도 있었다. 기사도의 꽃이었던 사람들도 많이 있었다. 그들은 자유롭게 제멋대로 나를 사랑하였다. 그리고 그들은 내 사랑을 최고의 행복으로 생각했을 것이다. 나는 다만 손짓만 하면 됐었다. 그러면 용모나 가문이 더 말할 것 없이 훌륭한 사람이 내 남편이 되는 것이었다. 아아, 가혹한 나의 운명이여, 넌 그들 중 아무에게도 내 마음을 움직이게 하지 않았다. 너는 우리나라의 뛰어난 용사들을 배반하고서 타국 사람에게, 아니 우리들의 원수에게 내 마음을 불타오르게 하였다. 아아, 성스러운 성모님! 무엇 때문에, 무슨 죄를 졌기에, 무슨 중죄를 지었기에 이렇게도 가혹하게 나를 쫓으십니까? 모든 것이 아름다웠고 풍요로 넘쳤던 나의 과거는 지나갔다. 값진 음식과 감미로운 술은 나의 일상 음식이었다. 그러면 그 모든 것은 무엇 때문에 있었던가? 무슨 목적으로 주어졌던 것인가? 최후에는 이 나라의 걸인도 맞이하지 않을 비참하고 무서운 죽음을 내게 떠넘기려 했던 것일까? 그렇기 때문에 이와 같은 무서운 운명에 놓인 게 아닌가. 더욱이 죽기 전에 스무 번, 서른 번이라도 내 생명을 다해 구해 드리고 싶은 아버지와 어머니가 견딜 수 없는 고통 속에서 돌아가시는 것을 그대로 보고 있어야 하는 게 아닌가. 그것으로도 부족해 한 번도 들어보지 못한 사랑과 사랑의 말을 보고 들어야만 하지 않는가. 그리고 이 분한 사랑의 말로 나의 심장을 갈가리 찢어 버리지 않으면 안 되는 것인가. 나의 운명이 더욱 애통하고 어린 날의 생활이 더욱 그리워지고, 나의 죽음이 한층 더 무서워진다. 내 잔인한 운명이여, 죽어 가면서까지 너를 저주하고 비난해야만 하는가! 성스러운 성모님! 용서하여 주십시오!"

이윽고 그녀가 조용해졌을 때, 그녀의 얼굴에 극도의 절망감이 나타났다. 그 얼굴의 모든 선이 슬픈 애수를 띠고 말하기 시작했다. 슬픔에 잠겨 숙인 이마에서부터 내리뜬 두 눈, 살짝 붉게 타오르는 두 뺨을 흐르다 말라 버린 눈물에 이르기까지 모든 것이 "이 얼굴에는 더 이상 행복이 없다!"라고 말하고 있는 듯하였다.

"들어 본 적이 없는 말이군요, 정말 그렇기야 하겠습니까?"
안드리가 말했다.

"모든 여자들 중에서 가장 아름답고 훌륭한 여자가 그와 같은 쓰라린 운명을 겪다니 그럴 수 없습니다. 성물 앞에서 고개를 숙이듯이 당신 앞에서도 이 세상의 모든 훌륭한 사람들조차 고개를 숙일 만큼 당신은 고귀한 존재로 태어난 것입니다. 아닙니다, 당신은 죽지 않습니다! 당신은 죽지 않을 겁니다! 내 생명과 사랑하는 모든 것으로 맹세합니다. 당신은 죽지 않습니다! 만일 그렇게 되어야 한다면, 힘으로도, 기도로도, 용기로도, 무엇을 가지고도 그 애처로운 운명을 피할 수 없다면, 같이 죽겠소. 내가 먼저 죽겠소. 그 아름다운 무릎에서 당신보다 먼저 내가 죽겠소. 다만 죽음을 제외하고는 아무도 나와 당신을 갈라서게 할 수는 없을 것이오."

"기사여, 그런 말로 자신과 나를 속이지 마세요."

아름다운 고개를 조용히 움직이면서 그녀가 말했다.

"나는 알고 있어요. 나에겐 더없이 슬픈 일이지만 당신이 나를 사랑할 수 없다는 것을 나는 너무도 잘 알고 있어요. 당신의 의무와 맹세가 어떠한 것인지 나는 다 알고 있어요. 당신의 아버지가, 친구들과 조국이 당신을 부르고 있어요. 우리는 당신의 원수입니다."

"아버지가, 친구가 그리고 조국이 나에게 무엇이란 말이오?"

그는 고개를 막 흔들고 물가의 백양나무처럼 온몸을 똑바로 하고서 말했다.

"그래요, 그런 것이 있은들, 무슨 소용인가요? 내게는 아무도 필요 없습니다! 아무도, 아무도 없습니다!"

그는 다른 사람들이 생각조차 못할 불가능한 일에 대한 자기의 굳은 결심을 표시할 때 하는, 카자크만의 굳건한 목소리와 손짓을 반복했다.

"내 조국이 우크라이나라고 누가 말했소? 누가 내게 우크라이나를 조국으로 주었소? 조국이란 우리 영혼이 찾는 것이어야 하오. 그래야 무엇보다도 더 그리운 법이오. 내 조국은 당신이오! 나는 당신을, 내 조국을 가슴에 안고 내 삶이 끝날 때까지 가슴속에 간직하고 살아가겠소. 카자크 중 누가 이 조국을 떼어 내려고 하는지 한번 봅시다! 있는 것은 무엇이든지 다 팔거나 내주겠소. 내 그런 조국을 위하여 목숨을 바치겠소!"

그 순간 그녀는 아름다운 조각처럼 몸이 굳은 채 그의 두 눈을 바라보더니 갑자기 울음을 터뜨렸다. 아름다운 애정의 활동을 위하여 창조된, 한없이 관대한 여성만이 가질 수 있는 특유의 불가사의한 열정을 갖고 백설처럼 하얀 두 팔로 그의 목에 매달려 그를 끌어안고 소리 내어 울기 시작했다. 이때 거리에서는 나팔소리와 북소리가 섞인 희미한 고함 소리가 들렸다. 그러나 그는 그 소리를 듣지 못했다. 그녀의 아름다운 입술이 향기롭고 따스한 숨결을 그에게 퍼붓고, 그녀의 눈물이 냇물처럼 자신의 얼굴에 흐르고, 머리에서 흘러내린 그녀의 향기로운 머리칼이 검게 반짝이는 비단처럼 온몸에 휘감겨 그의 모든 감각은 도취되어 버렸다.

이때 기쁨에 찬 소리를 지르면서 타타르 여자가 그들이 있는 방으로 뛰어들어 왔다.

"살았어요, 살았어요!"

그녀는 정신없이 소리를 질렀다.

"아군이 시내에 들어왔어요, 빵과 수수가루와 밀가루를 가지고 자포로제 군대의 포로를 끌고 왔어요!"

그러나 어떤 아군이 시내에 들어왔는지, 어떤 물건을 가지고 왔는지, 그리고 어떤 자포로제 군대의 포로를 잡아 왔는지 두 사람 다 듣고 있지 않았다. 이 세상에서 맛볼 수 없는 온갖 감정에 사로잡힌 안드리는 자기 뺨에 기대고 있는 향기로운 입술에 키스하였다. 향기를 풍기고 있는 입술도 가만히 있지는 않았다. 이렇게 서로 하나가 된 키스는 일생 동안 단 한 번밖에 허락되지 않는 것처럼 둘 다 똑같은 열정으로 응했다.

그 카자크는 그렇게 죽어 버릴 것이다! 모든 카자크의 기사도를 위하여 죽어 버릴 것이다! 그는 이제 다시는 자포로제도, 아버지에게서 받은 장원도, 하느님의 교회도 볼 수 없을 것이다. 우크라이나의 고향 산천은 그것을 지키기 위하여 봉기한 사람 중에서 가장 용감하였던 기사를 볼 수가 없을 것이다. 늙은 타라스는 자기 머리에서 백발이 된 머리칼을 한 줌 잡아 뜯을 것이다. 그리고 이러한 부끄러운 아들을 낳았던 그날 그 시각을 저주할 것이다.

7장

자포로제 군의 진영에서는 소동과 소란이 일어나고 있었다. 처음에는 적군이 어떻게 도시 안으로 들어가게 되었는지 믿을 만한 답을 줄 수 있는 사람이 아무도 없었다. 도시의 옆쪽 성문 앞에 진을 치고 있던 페레야슬랍스키 부대의 모든 사람이 만취해 죽은 듯이 쓰러져 있었다는 사실이 한참 후에 보고되었다. 그중 절반은 맞아 죽었고, 나머지 절반은 무엇이 무엇인지도 모르는 사이에 포로가 되었다. 놀랄 이유가 아무것도 없었다. 이 소란 통에 잠이 깬 근처 부대의 군사들이 간신히 무기를 잡았을 때, 적군은 이미 성문 안으로 들어가 버렸다. 아직 잠에서 깨어나지 못한 자포로제군은 그 후위 부대의 돌격으로 격퇴되고 말았다. 총대장은 전군에게 집합을 명령하였다. 전군이 둥그렇게 모여 모자를 벗고 조용해졌을 때, 그가 말했다.

"형제 여러분! 간밤에 사고가 일어났다. 술에 만취되었기 때문에 그렇게 된 것이다! 적은 우리에게 도저히 참아 내기 어려운 모욕을 주었다! 음주는 명백히 우리들의 관례다. 그러나 만일 술통을 두 배로 늘린다면, 적군이 그리스도의 군대인 여러분의 바지를 벗겨 버려도, 여러분의 얼굴 바로 앞에서 재채기를 한다 해도 듣지 못할 정도로 취해 버릴 것이다."

카자크 모두 잘못을 깨닫고 고개를 숙인 채 서 있었다. 단 한 사람, 네자마이콥스키 부대의 아타만 쿠쿠벤코만이 대답하였다.

"총대장님, 좀 가만히 계십시오. 총대장님께서 전군 앞에서 훈시하시는데 그것을 거역하는 것은 군대 규율에 위배되는 줄 압니다. 그러나 지금 말씀하신 것과는 상황이 다릅니다. 그렇기 때문에 한마디 하겠습니다. 총대장님께서 그리스도의 군대인 우리 전부를 책망하신 것은 전적으로 옳지 못합니다. 가령 행군 도중이라든가 전투 중이라든가 또는 힘든 임무 수행 중에 술을 마시고 취해 버렸다면, 당연히 우리 카자크는 처벌을 받아야 하며 또 사형을 내려도 마땅합니다. 그러나 우리들은 이 도시를 앞에 놓고서 하는 일도 없이 서서 기다리며 쓸데없이 어물어물하고 있었던 것입니다. 단식도 없었고 또 다른 그리스도교의 금지 사항도 없었습니다. 아무 할 일도 없는데 어찌 사람이 술을 마시지 않을 수가 있겠습니까? 그 점에는 죄가 없는 것입니다. 오히려 무방비의 죄 없는 사람들에게 달려든다는 것이 얼마나 비겁한 것인지 적들에게 알려 주어야 할 것입니다. 지난번에도 상당히 충격을 주었지만, 이렇게 된 바에는 다시 일어서지도 못하게 타격을 가해야 합니다."

카자크들은 그 아타만의 말이 마음에 들었다. 그들은 모두 수그렸던 머리를 들었다.

"쿠쿠벤코가 말 한번 잘했네."

많은 사람들이 감동한 듯 고개를 끄덕였다. 총대장에게서 멀지 않은 곳에 서 있던 타라스 불바가 말했다.

"어떻소, 총대장. 쿠쿠벤코가 한 말이 옳지 않소? 그 말에 대하여 어떻게 답변을 하시겠소?"

"어떻게 답변을 하다니? 말하지. 저런 아들을 낳은 아버지는 축복받은 거지! 비난하는 말만 하는 것도 역시 현명한 일이 아닙니다. 사람의 불행을 꾸짖지 않고, 오히려 그를 칭찬하고 격려하는 것이 현명한 일입니다. 물을 먹고 기운을 차린 말에게 박차가 기운을 더 북돋워 주는 것처럼, 사람의 마음속에 생기를 넣어 주는 말을 하는 것이 최고의 지혜입니다. 나도 실은 나중에 위로의 말을 하려고 했으나 쿠쿠벤코가 미리 선수를 친 것입니다."

"총대장님도 좋은 말을 하셨어!"

그런 소리가 자포로제 카자크 대열 속에서 나왔다.

"옳은 말씀이지!"

다른 사람들이 되풀이했다. 회색 비둘기처럼 반백이 다 된 사람들까지 고개를 끄덕이거나 은빛 수염을 만지면서 조용히 말했다.

"음, 참으로 옳은 말이야!"

"여러분, 들으시오!"

총대장이 말을 이었다.

"독일 기사들이 하듯이 이 요새를 탈취하기 위해 기어오르고 땅을 파는 것은 적으로 하여금 요새에 붙어 있게 합니다!

쓸데없는 짓이지요. 카자크가 할 일이 못됩니다. 현재의 정세로 판단하건데, 적군은 많지 않은 양식을 가지고 시내로 들어 갔습니다. 수레차는 많지 않은 것 같습니다. 시내에 있는 놈들은 굶주리고 있었을 테니, 순식간에 양식을 다 먹어 버릴 것입니다. 그리고 말에게 줄 건초도 역시……. 그들의 하느님이 하늘에서 포크로 내려 보낼지는 모르나……누가 압니까. 그자들의 수도사 놈들은 말만은 잘하니까……. 하여튼 이런 형편이니 조만간 그들은 시내에서 나와 싸우려 들 것입니다. 그러니 여러분은 셋으로 갈라져 삼면의 각 성문으로 통하는 세 개의 큰길 앞에 진을 쳐야 합니다. 정문 앞에는 다섯 개 부대의 병력, 다른 문 앞에는 세 개 부대의 군사로 맞섭니다. 댜디킵스키 부대와 코르순스키 부대는 복병이 되는 것이오! 타라스 불바도 부대를 인솔하여 복병에 참가하시오! 티타렙스키 부대와 티모솁스키 부대는 예비대로 수레차 부대의 우측에! 시체르비놉스키 부대와 스테블리킵스키 부대도 역시 예비대로 수레차 부대의 좌측에! 그리고 적을 전멸한다고 늘 호언하던 젊은 친구들은 각자의 대열에서 더욱 분발하시오! 폴란드 놈들은 머리가 텅 비었소. 참을성 있게 견디지 못하오. 그러니까 아마 오늘 안으로 성문에서 쏟아져 나올지도 모르오. 각 전투부대의 아타만들은 자기 부대를 잘 점검하시오. 부족한 것이 있으면 페레야슬랍스키 부대에서 남는 것으로 보충하시오. 다시 한번 전부 점검하시오! 전군에게 술 한 잔과 빵 한 개씩을 지급하시오! 그런데 모두 다 어제 먹은 것으로 아직 배가 부를 것이오. 사실 어제는 모두 너무 많이 먹었소. 밤에 배 터진 사람이 없었다니 놀라운 일이오. 또 한 가지 말해 둘 것이 있소. 만일 어떤 놈이든 술 파는 유대 놈이 우리 카자크에게 한 잔이라도 술을 파는 일이 있다면, 그 짐승 같은 놈, 그 개새끼의 이마빼기를 때려 부수고 거꾸로 달아맬 것이오. 자, 여러분. 각자 자기 부대로 가서 임무를 다하시오!"

총대장은 그와 같이 훈시를 했다. 일동은 그에게 허리까지 고개를 숙여 인사를 하고 나서 모자를 벗은 채 각자의 수레차와 말 떼가 있는 곳으로 갔다. 멀리 떨어진 곳에 가서야 그들은 모자를 썼다. 전원이 전투 준비를 시작했다. 검과 창을 검사하였고, 화약을 주머니에서 꺼내어 화약통에 넣었다. 수레차를 밀어다가 적당한 자리에 세운 다음, 말을 선택했다.

자기 연대 쪽으로 걸음을 옮기면서 불바는 안드리가 어디로 숨었는지 생각해 보았으나 알아낼 수가 없었다. '잠자다가 다른 놈들과 같이 묶여 포로가 된 건가? 살아 있으면서 포로가 될 안드리는 결코 아닌데…….'

피살된 카자크 중에서도 그의 사체는 보이지 않았다. 깊은 생각에 잠긴 채 불바는 자기 연대 앞을 걸어가고 있었다. 누군가가 그의 이름을 불렀으나 그는 듣지 못했다. "나를 부르는 자가 누구냐?" 하고 정신을 차리고 말하는 그의 앞에는 유대인 얀켈이 서 있었다.

"대장 나리, 대장 나리!"

전혀 헛소리가 아닌 용건을 말하려는 듯이 다급하게, 때때로 끊어지는 목소리로 유대인이 말했다.

"대장님! 제가 시내에 다녀왔습니다!"

불바는 유대인의 얼굴을 바라보았다. 그가 어느새 시내에 갔다 올 수 있었는지 놀라웠다.

"어떤 적군 놈이 네놈을 거기로 데려갔다는 말이냐?"

"지금 말씀드리겠습니다."

얀켈이 계속했다.

"새벽에 갑자기 소란해지고 카자크들이 총을 쏘기 시작하자마자, 저는 카프탄을 들고 제대로 입지도 못한 채 그리로 달려갔습니다. 가면서 겨우 옷을 입었지요. 그때는 그 소란이 뭔지, 꼭두새벽에 왜 총을 쏘는지 한시라도 빨리 알려고 했으니까요. 카프탄을 입자마자, 거리로 빨려 들어가듯 군인들이 몰려가고 있는 성문 쪽으로 뛰어갔습니다. 마침 마지막 부대가 성문으로 들어가는 참이었습니다. 바라보니 그 부대 선두에 기수 갈랸도비치가 서 있었어요. 그는 제가 아는 분이지요. 삼년 전에 제게서 100체르보네츠를 꾸었거든요. 마침 잘되었다 싶어, 저는 빚을 받으러 가듯이 그분의 뒤를 따라 결국 시내로 들어갔습니다."

"네놈이 무슨 일로 도시로 들어갔으며, 더욱이 어떻게 빚을 받아 낼 생각을 했단 말이냐?"

불바가 물었다.

"그래, 그놈이 너를 당장에 개처럼 목 졸라 죽이라고 명령하지 않더냐?"

"그래요, 제 목을 졸라 죽이려고 했지요."

유대인이 대답했다.

"이미 부하 놈들이 저를 잡아 목에다가 밧줄을 걸었습니다. 그래서 저는 그분에게 돈은 갚고 싶을 때까지 원하는 대로 기다릴 것이고, 다른 기사들에게서 빚 받는 것을 도와준다면 더빌려 드릴 수 있다고 약속했습니다. 다 말씀드리겠습니다만, 왜냐하면 그 기수의 주머니에는 돈 한 푼 없었으니까요. 그분은 작은 마을 정도의 소유지도 가지고 있고, 대저택들도 몇 개 있고, 성도 네 개나 되고, 대초원의 땅은 시크로프 지역까지 소유하고 있는데, 돈만은 카자크 분들처럼 한 푼도 없습니다. 이번에도 브레슬라프에 사는 유대인들이 출정 준비를 해 드리지 않았으면 전쟁에 나오지도 못했을 것입니다. 그런 이유로 그분은 지방 의회에도 나가지 않습니다."

"너는 시내에서 대체 무엇을 하고 있었냐? 우리 쪽 사람들을 보았나?"

"아, 보고말고요! 거기에 많이 있었어요. 이스카, 라훔, 사무일로, 하이발로흐, 소작농 유대인……."

"그놈들 다 꺼지라고 해. 개 같은 놈들!"

크게 화가 난 불바가 소리를 질렀다.

"네놈은 무엇 때문에 유대인들 말만 하는 거냐? 난 우리 자포로제 카자크에 관한 것을 묻고 있다."

"자포로제 분들은 보지 못했습니다. 그런데 단 한 분, 안드리 나리를 봤어요."

"안드리를 보았다고?"

불바가 소리를 질렀다.

"네놈이 어디에서 어떻게 안드리를 봤단 말이냐? 지하실이냐? 동굴이냐? 욕을 보이더냐? 묶여 있더냐?"

"감히 누가 안드리 나리를 묶겠습니까? 지금 그분은 대단히 고귀한 신분의 기사가 되셨습니다. ……하느님, 처음엔 정말로 알아보지 못할 뻔했습니다! 두 어깨의 장식도, 모자도, 팔꿈치 받침도, 허리띠도 모두 다 황금이었습니다. 밭의 새들이 노래

하고 풀이 싹트는 향기로운 봄날의 태양처럼, 그분은 온통 황금색으로 빛나고 있었습니다. 게다가 사령관은 그분께 두 번째로 가장 좋은 말을 주셨는데, 그 말 값이 200체르보네츠 정도나 된다고 합니다."

불바는 말뚝같이 되어 버렸다.

"그놈이 왜 다른 나라의 옷을 입었을까?"

"그쪽이 좋으니까 입으신 거지요……. 그분이 말을 타고 가면, 다른 사람들도 말을 타고 따라갑니다. 그분이 다른 사람들을 가리키시면, 다른 사람들도 그분을 알아보고 가리킵니다. 마치 폴란드 최고의 부자 귀족 같았습니다!"

"누가 그놈에게 그런 짓을 시킨 거냐?"

"누가 시켰다고 할 수 없습니다. 대장 나리는 그분이 원해서 그리로 넘어간 것을 모르셨단 말씀입니까?"

"누가 넘어갔다는 말이냐?"

"안드리 나리가 말씀이에요."

"어디로 넘어갔다는 말이냐?"

"저쪽으로요. 이제는 아주 저쪽 사람이 다 되어 버렸어요."

"거짓말 마라! 이 짐승 같은 놈아!"

"거짓말이라고요? 제가 어찌 거짓말을 할 수 있습니까? 이런 거짓말을 할 정도로 제가 바보란 말인가요? 모가지가 날아가려고 제가 거짓말을 합니까? 저희 유대인이 대장 나리 앞에서 거짓말을 하면 개처럼 목을 달아 죽인다는 것을 모를 리가 없지 않습니까?"

"그럼, 네놈 말대로라면, 그놈이 조국과 신앙을 팔아먹었단 말이냐?"

"팔아먹었다는 말이 아니라, 저는 단지 그분이 저쪽으로 넘어갔다는 것을 말씀드리는 겁니다."

"거짓말이야. 악마 같은 유대인 놈! 그런 일은 그리스도교가 지배하는 땅에서는 전례가 없었다. 이 개 같은 놈이 어디서 감히 헛소리나 지껄이고 다녀!"

"제가 헛소리를 한다면, 우리 집 문턱에 풀이 나도 좋습니다! 누구든지 마음대로 우리 조상의 무덤에 침을 뱉어도 좋습니다. 아니, 누구든지 마음대로 우리 아버지, 어머니, 할아버지, 외할아버지의 산소에 침을 뱉어도 좋습니다. 원하신다면 그분이 왜 넘어갔는지도 말해 드리지요."

"이유가 뭐냐?"

"적군의 장군에게는 딸이 하나 있는데, 맹세코 아주 최고의 미인입니다!"

여기서 유대인은 두 손을 좌우로 펴고, 눈을 가늘게 뜨면서 마치 무엇인가 맛보듯 입을 한쪽으로 삐죽거리며 모든 재주를 다 부려 그녀의 아름다움을 그의 얼굴에 나타내려고 애썼다.

"그래, 그래서 어찌 되었단 말이냐?"

"그분은 아가씨를 위하여 모든 것을 바쳤습니다. 그래서 넘어간 겁니다. 사람이 사랑에 빠지면, 물속에 잠긴 구두 밑창이나 다름없습니다. 꺼내서 구부리면 아무 쪽으로나 휘어지지요."

불바는 깊은 생각에 잠겼다. 연약한 여자의 위대한 힘이 많은 남자들을 무릎 꿇게 했고, 안드리 역시 이것에서 예외가 될 수 없다는 생각이 들었다. 그는 오랫동안 땅에 박힌 듯 꼼짝도 않고 한곳에 서 있었다.

"들어 보세요, 대장 나리, 제가 다 말씀드릴 테니."

유대인은 말했다.

"제가 그 소동을 알아차리고 적군이 성문으로 들어가는 것을 보자마자, 저는 비상용으로 진주 목걸이를 몸에 숨겼습니다. 왜냐하면 시내에는 미녀들과 그 하녀들이 있을 테니까요. 아무리 먹을 것이 없다 하더라도, 그들은 진주 목걸이를 꼭 살 것이라고 생각했습니다. 기수의 부하 놈들이 저를 놓아주자마자, 저는 그 진주를 팔려고 장군님 댁으로 뛰어갔습니다. 그리고 그곳에 있던 타타르 하녀에게 이것저것 캐물어 모든 것을 알아냈습니다. '아가씨는 자포로제 카자크를 격퇴하자마자, 당장 결혼식을 올릴 거예요. 안드리 나리가 자포로제군 격퇴를 약속하셨어요.'라고 말하던데요."

"그래 그놈을, 그 악마의 자식 놈을 그 자리에서 당장에 죽여 버리지 않았단 말이냐?"

불바가 소리를 질렀다.

"왜 죽입니까? 그분은 자진해서 넘어갔는데, 무슨 잘못이 있습니까? 그쪽이 좋으니까 그쪽으로 넘어간 거죠."

"그래 그놈을 눈앞에서 보았단 말이지?"

"네, 보고말고요! 멋있는 군인처럼 보였습니다! 누구보다도 훌륭했습니다. 신이시여! 그분의 건강을! 저를 곧 알아보셨지요. 제가 가까이 가니까, 그 자리에서 말씀하시기를……."

"그놈이 무슨 말을 했느냐?"

"먼저 손가락으로 저를 부르시더니, '얀켈.' 하고 말하기에 제가 '안드리 나리님!' 하고 대답하니, '얀켈! 아버님께 전해라, 형님께 전해라, 자포로제 사람들에게 전해라, 카자크들에게 전해라, 그리고 모든 사람들에게 전해라. 이제 나에겐 아버지도 아버지가 아니고, 형도 형이 아니고, 친구도 친구가 아니다. 난 그들과 싸울 것이며, 모든 사람들과 싸울 것이다!'"

"거짓말이야, 악마 같은 유대인 놈!"

불바는 정신이 뒤집혀 소리를 질렀다.

"거짓말이다. 개새끼! 넌 그리스도를 십자가에 매단 놈이야. 하느님 저주를 받을 놈. 죽여 버릴 거다. 악마 놈! 당장 꺼져 버려라. 그렇지 않으면 목숨을 끊어 놓을 테다, 이놈!"

이 말을 한 다음 불바는 칼을 빼어 들었다.

유대인은 깜짝 놀라서 말라빠진 그의 두 다리로 뛸 수 있는 한 최대로 빨리 달아나 버렸다. 불바는 흥분한 상태에서 우연히 만난 첫 사람에게 노여움을 퍼붓는 일은 우둔하다고 생각하여 유대인의 뒤를 쫓아가지는 않았다. 그는 오랫동안 뒤도 돌아보지 않고 카자크의 진영들을 지나 인적이 없는 광활한 들판을 멀리까지 정신없이 달렸다.

그제야 처음으로 불바는 안드리가 어젯밤 한 여자를 데리고 말 떼 사이를 지나갔던 것이 생각났다. 백발이 다 된 머리가 힘없이 저절로 떨어졌다. 그러나 그런 수치스러운 일이 일어났음에도, 불바는 여전히 친아들이 신앙과 영혼을 적에게 팔아먹었다는 것을 믿고 싶지 않았다.

마침내 그는 자신의 연대를 인솔해 매복지로 갔다. 아직까지 카자크에 의해 불타지 않고 남아 있는 단 하나의 숲 뒤에 숨었다. 자포로제군은 보병이나 기병 할 것 없이 한꺼번에 세 군데의 성문을 향하여 각기 다른 세 갈래 길로 진군하였다. 각 부대들은 연이어 몰려 나갔다. 우만스키, 포포비쳅스키, 카넵스키, 스테블리킵스키, 네자마이콥스키, 구르구지프, 티타렙스키, 티모솁스키 부대들이 전부 출동한 것이다. 단 하나, 페레야 슬랍스키 부대만 보이지 않았다. 이 부대의 카자크들은 너무 많이 마셔 버리는 바람에 자신들의 운명을 한 줌의 연기로 날려 보내고 말았다. 어떤 이는 밧줄에 묶인 채 잠에서 깨어났고, 어떤 이는 아직 완전히 잠도 깨지 못한 채로 축축한 땅으로 내쳐졌고, 아타만 흐립은 바지도 못 입고 복장도 갖추지 못한 채 정신을 차려 보니 폴란드 진영에 와 있었다.

카자크들의 움직임이 있다는 소식이 시내에 전해졌다. 모든 사람이 성벽 위에 흩어져 서자, 카자크군의 눈앞에는 뜻밖의 활기찬 광경이 펼쳐졌다. 폴란드의 기사들은 각자 자신만의 아름다움을 뽐내며 성벽 위로 줄지어 나타났다. 백조처럼 하얀 깃털을 꽂은 청동 투구들이 태양처럼 눈부시게 반짝거렸다. 그 외의 사람들은 목 뒤로 구부러진 장미색과 하늘색의 가벼운 모자를 쓰고 있었다. 기사들의 카프탄에는 황금 장식이 달려 있고, 금줄이 붙은 소매는 걷어 올려져 있었다. 그들의 윗도리에 둘려 있는 값비싼 테에는 무기와 칼들이 매달려 있었고, 그 외에도 갖가지 장식으로 치장되어 있었다. 그 선두에는 붉은 모자를 쓰고 황금으로 몸치장을 한 부드쟈크의 지휘관이 거만하게 서 있었다. 지휘관은 누구보다도 키도 크고 몸도 뚱뚱하여 무게가 있어 보였다. 그래서 큼지막한 웃옷이 간신히 그의 몸을 감싸고 있었다. 옆쪽의 다른 성문 가까이에도 또 한 사람의 지휘관이 서 있었다. 키가 그리 크지 않고 바싹 마른 사나이였다. 비록 키가 작기는 했지만, 진한 눈썹 밑에서 반짝이고 있는 두 눈은 날카롭게 이쪽을 노려보고 있었다. 그리고 가늘고 말라빠진 손을 민첩하게 놀리면서 여러 가지 명령을 내리고 사방으로 쉬지 않고 몸을 움직였다. 몸집은 작지만 전술에는 능한 것이 분명했다. 그가 있는 곳에서 얼마 떨어지지 않는 곳에 진한 코밑수염을 기른, 키가 정말로 큰 기수가 서 있었다. 보건대 그의 얼굴에는 부족한 점이라고는 하나도 없는 것 같았다! 이 귀족은 강한 밀주와 잘 차린 술상의 애호가였다. 그리고 그의 뒤로 폴란드 귀족이 여럿 보였다. 어떤 자는 조상으로부터 물려받은 재산을 담보로 유대인에게 돈을 빌려 몸치장을 하였다. 원로원 의원들로부터 때때로 식사 초대를 받았던 식객들도 적지 않았다. 그들은 식탁이나 찬장에서 은잔 등을 훔치기도 했고, 그날의 경의를 표시하고 나면 다음 날에는 마부석에 앉아서 다른 귀족의 말을 모는 친구들이었다. 그곳에는 가지각색의 사람들이 모여 있었다. 다른 때에는 술 마실 돈조차 없는 사람들이었으나 그래도 전쟁에 나간다고 이같은 옷차림을 했던 것이다.

카자크의 대열은 성벽 전면에 조용히 서 있었다. 그들은 아무도 황금 장식을 몸에 달지 않았다. 다만 칼자루와 총자루의 장식이 여기저기서 번쩍일 뿐이었다. 카자크는 전쟁터에서 화려하게 옷 입는 것을 좋아하지 않았다. 그들의 몸에 두른 갑옷이나 외투는 지극히 검소한 것이었고, 멀리서 보면 검게도 보이고 붉게도 보이는, 붉게 물들인 양털만을 모자 꼭대기 끝에 달았다.

두 사람의 카자크가 자포로제 군대의 대열 속에서 말을 몰고 나섰다. 한 사람은 아주 젊고, 다른 한 사람은 나이가 더 들어 보이는데, 둘 다 말 타는 실력으로나 전투 실력으로나 뒤떨어지지 않는 카자크들이었다. 아흐림 나시와 미키타가 바로 그들이었다. 그들의 뒤를 따라서 몸집이 좋은 카자크인 데미드 포포비치도 말을 몰고 나왔다. 그는 안드리아노폴 전쟁에 참가해 이미 많은 고난을 경험한 인물이었고, 오래전부터 세치에서 고생을 해 온 사람이었다. 그는 불에 타서 온통 타르로 뒤범벅이 된 시커먼 머리와 눌려 버린 코밑수염을 한 채로 세치로 들어왔지만, 다시 살이 쪘고 머리채는 귀 뒤로 드리워졌고 타르처럼 시커먼 수염도 길렀다. 그리고 포포비치는 독설도 마구 퍼붓는 맹장이었다.

"이야, 너희 군사는 모조리 빨간 상의를 입었네. 그런데 좀 알고 싶다. 군대의 힘도 열정적이냐?"

"이 자식, 어디 보자!"

성벽 위에서 지휘관이 건장한 목소리로 소리쳤다.

"모조리 다 잡아 엮어 버릴 거다! 네 부하하고 말을 다 내놓아라. 네놈들 편이 묶인 것을 보고 싶으냐? 자포로제 포로 놈들이 잘 보이게 끌어내라!"

밧줄로 묶인 자포로제 포로들이 성벽 위로 끌려 나왔다. 맨 앞에 있는 자는 전투부대의 아타만 홀립이었다. 그는 바지도 입지 못했고, 웃옷도 없었다. 만취하여 아무것도 모르는 사이에 잡힌 것이다. 그는 카자크 군대 앞에서 벌거벗은 몸뚱이를 드러내 놓은 것도 수치스러웠고, 개처럼 잠든 동안에 포로가 된 것도 창피했다. 아타만은 땅에 코가 닿도록 머리를 숙였다. 하룻밤 사이에 그의 억센 머리털이 다 세고 말았다.

"홀립! 슬퍼 말아라! 구해 줄 테다!"

성벽 아래에서 카자크들이 소리를 질렀다.

"전우들이여! 슬퍼 말아라."

전투부대의 아타만들 가운데 한 사람인 보로다티가 맞장구를 쳤다.

"벗긴 채로 잡힌 것은 여러분의 죄가 아니다. 불행은 누구에게나 있을 수 있다. 오히려 알몸을 제대로 가려 주지도 않고, 창피하게 구경거리로 만든 적군 놈들이 더 부끄러워해야 할 일이다!"

"분명히 네놈들은 잠자는 사람과 맞설 때만 용감한 군대구나!"

성벽을 쳐다보면서 골로코퍼텐코가 말했다.

"기다려라, 네놈들의 그 머리채를 다 잘라 버릴 테니까!"

성벽 위에서 폴란드군이 큰 소리로 맞받아쳤다.

"우리 머리채를 몽땅 자르겠다니, 어디 솜씨를 보고 싶은데!"

적군 앞에서 말의 방향을 바꾼 포포비치가 말했다. 그다음, 카자크 쪽을 돌아보면서 말을 계속했다.

"아니 어쩌면 폴란드 놈들이 옳은 말을 하는지도 모른다. 만일 저 뚱보가 군대를 인솔하여 이리로 나온다면, 저놈들은 훌륭한 방어전을 할 거다."

"어떻게 저놈들이 훌륭한 방어전을 한단 말이냐?"

카자크들은 포포비치가 틀림없이 무슨 욕설을 준비했다는 것을 알고서 물었다.

"저 뚱보 놈의 뒤에 군대가 모두 숨을 거다. 저놈 배때기 뒤에 숨어 버리면, 창으로 찔러도 닿지 않을 거다!"

카자크들이 모두 웃기 시작했다. 그들 중 많은 사람들이 오랫동안 고개를 끄덕이면서 말했다.

"역시 포포비치야! 말로만 싸운다면, '누*' 한마디만으로도 충분하다니까……."

그러나 카자크들은 그 '누'가 무엇인지는 말하지 않았다.

"후퇴하라! 빨리 성벽에서 물러서라!"

총대장이 소리를 지르기 시작했다. 왜냐하면 이 독설을 참지 못한 지휘관이 폴란드 군사들에게 손을 흔들어 신호를 했기 때문이다.

카자크들이 성벽에서 다 물러서기도 전에, 그곳에서 일제 사격이 시작되었다. 갑자기 성벽 위가 떠들썩해졌다. 백발 장군이 직접 말을 타고 나타난 것이었다. 성문이 활짝 열리자 적군이 돌진해 나왔다. 아름다운 장식이 달린 옷을 입은 표기병(驃騎兵) 부대가 말굽 소리를 맞추면서 선두에 섰고, 그 뒤로 갑옷을 입은 부대, 그다음은 창을 든 창기병 부대, 그다음에 청동 투구를 쓴 부대, 그리고 제각각 마음대로 복장을 한 폴란드 상류 귀족들의 독립 부대로 이어지며 차례로 진격했다. 오만한 그들은 다른 부대와 대열이 섞이는 것을 원치 않았다. 그리하여 그들은 명령이나 지휘를 받는 일 없이 단독으로 각자 자기 부하들을 인솔하여 진격하였다. 그들의 뒤를 따라 또 다른 부대가 진격했고, 그 뒤를 기수가 말을 타고 따랐다. 그 뒤로 또 새로운 부대가 계속 따랐고, 건장한 지휘관이 말을 타고 나왔다. 제일 뒤에 키가 작은 또 한 명의 지휘관이 말을 타고 나타

---

* 러시아어 누(Hy)는 요청·강청·놀라움·불쾌·환희·강조·양보·의문·강한 의문·회의·거절·기피·위협 등의 뜻으로 쓰이는 감탄 소사(小詞)로서, 문맥에 따라 다양한 해석이 가능한 다의어이다.

예) 자, 빨리 가자! / 그래, 틀림없어! / 그래서 다음은…….

났다.

"여유를 주지 마라! 모여서 대열을 이루게 하지 마라!"

총대장이 소리를 질렀다.

"일제히 돌격! 다른 성문 공격을 전부 그만둬라! 티타렙스키 부대는 저쪽 측면을 공격하라! 댜디킵스키 부대는 반대 측면을 공격하라! 쿠쿠벤코와 팔리보다는 적 후방을 쳐라! 돌격하라! 돌격해서 적 진영을 흩트려 놓아라!"

카자크들은 사방으로 공격하여 폴란드군을 혼란시켰다. 폴란드군을 분리시키고 자신들도 그 혼란 속에 파묻혔다. 사격할 여유조차 주지 않고 칼과 창으로 맞섰다. 서로 뒤섞여서 한 덩어리가 되어 버렸다. 드디어 개개인의 솜씨를 보여 줄 기회가 온 것이다. 데미드 포포비치는 세 명의 졸병을 찔러 죽였다. 두 명의 훌륭한 폴란드 놈들도 말에서 떨어뜨렸다. 그런 다음 "참 좋은 말이다! 오래전부터 난 이런 말을 가지고 싶었어."라고 말하면서 또 두 명의 폴란드 귀족을 말에서 떨어뜨렸다. 그리고 뒤에 서 있는 카자크들에게 붙잡아 달라고 소리를 지르면서, 그 말을 멀리 들판까지 쫓아 보냈다. 또다시 한 덩어리가 된 적의 한복판을 뚫고 들어가서 폴란드 귀족을 때려 말에서 떨어뜨린 다음 한 명을 죽이고, 또 다른 놈의 목에는 포승을 걸어 말안장에 결박하였다. 값비싼 칼자루가 붙은 칼을 빼앗고, 돈주머니를 허리띠에서 풀어내고서는 온 들판을 끌고 다녔다. 선량하고 아직 나이가 어린 카자크 코비타는 폴란드군 가운데 가장 용감한 장수와 맞섰다. 그들은 오랫동안 싸웠다. 육박전을 벌인 끝에 결국 카자크가 이겼다. 그는 적을 쓰러뜨리고 예리한 터키제 칼로 적의 가슴을 찔렀다. 그러나 그 자신도 무사하지는 못했다. 때마침 불덩어리 같은 적의 총탄이 그의 귀밑에 명중했기 때문이다. 그를 거꾸러뜨린 것은 폴란드 귀족층 중에서도 가장 명망이 높고 고귀한 왕족의 혈통을 이어받은 기사였다. 그는 균형 잡힌 아름다운 백양나무처럼 단정한 모습으로 갈색 말을 타고 있었다. 그는 귀족의 영웅적 대담성을 이미 여러 번 보여 주었다. 그는 자포로제 카자크 두 명을 두 동강 내 버렸다. 또 말을 탄 채로 선량한 카자크인 표도르 코르시를 쓰러뜨렸고, 말을 사살하고 말 밑에 깔린 카자크도 창으로 찔러 버렸다. 수많은 적들의 목을 베고 팔을 잘랐다. 그리고 마침내 코비타의 관자놀이에 총탄을 명중시켜 그마저도 쓰러뜨렸다.

"이야, 난 저런 적군하고 힘을 겨뤄 보고 싶다!"

네자마이콥스키 부대의 아타만 쿠쿠벤코가 소리를 질렀다. 말을 달려 똑바로 적의 등 뒤로 달려들면서 큰 소리로 고함을 지르니 가까이 서 있던 모든 사람들이 그의 초인간적인 고함소리에 몸을 떨었다. 폴란드 귀족은 급히 말의 방향을 돌려 적과 정면으로 맞서려고 했으나, 말이 마음처럼 제대로 움직여 주지 않았다. 오히려 무서운 고함 소리에 놀란 말은 옆으로 뛰어갔다. 그러자 쿠쿠벤코는 총탄으로 그를 맞췄다. 뜨거운 총탄이 그의 등뼈에 박히자, 그는 말에서 떨어졌다. 그래도 이 폴란드 귀족은 여전히 굴복하지 않고 끝끝내 적에게 일격을 가하려고 애를 썼으나, 칼과 함께 땅에 떨어진 손에는 힘이 없었다. 쿠쿠벤코는 그의 묵직한 칼을 양손으로 잡아 혈색이 없어진 적의 두 입술 사이로 찔러 넣었다. 칼은 앞니 두개를 꺾고 혀를 두 조각으로 내면서 목젖을 뚫고 땅속으로 깊이 들어갔다. 이처럼 그는 적을 그곳의 축축한 대지에 영원히 묻어 버렸다. 강둑의 깔리나 나무처럼 고귀한 폴란드 귀족의 새빨간 피는 분수처럼 솟아올라 황금 장식을 한 그의 노란 카프탄을 붉게 물들였다. 쿠쿠벤코는 벌써 네자마이콥스키 부대의 부하들을 데리고 다른 곳으로 돌진해 간 뒤였다.

"어이, 이것 좀 봐! 이런 값비싼 장식품을 팽개치고 가 버렸네!"

자기 대열에서 이탈해, 쿠쿠벤코의 손에 죽은 적의 귀족이 쓰러져 있는 장소로 말을 타고 온 우만스키 부대의 보로다티가 말했다.

"내 손으로 일곱 명까지 폴란드의 귀족을 죽였지만, 이처럼 훌륭한 장식을 붙인 자는 없었다."

탐욕에 눈이 어두워진 보로다티는 그 값진 장신구를 빼앗으려고 몸을 앞으로 굽혀 보석이 박힌 터키제 칼로 돈이 가득 들어 있는 주머니를 허리띠에서 떼어 냈다. 또 가슴에 있던 얇은 속옷과 값진 은과 기념으로 간직하고 있던 소녀의 머리칼이 든 주머니 하나를 빼앗았다. 그러나 보로다티는 적의 기수가 배후에서 습격하여 오는 것을 모르고 있었다. 그 기수는 칼을 머리 위로 올려 앞으로 굽힌 보로다티의 목을 후려쳤다. 탐욕은 카자크를 복되게 하지 않았다. 그의 튼튼한 목은 날아가 버렸고 목 없는 몸뚱이만이 땅에 쓰러져 주변의 흙을 흠뻑 피로 적셨다. 격렬한 카자크의 영혼은 건강한 자신의 몸과 너무 일찍 헤어진 것에 놀라면서 불만에 차 하늘로 올라가 버렸다. 그러나 기수가 아타만의 목을 자기 말안장에 비끄러매기 위해 그의 머리채를 잡으려고 할 때, 이미 그곳에는 무서운 복수자가 서 있었다.

공중에서 힘찬 날개로 여러 번 원을 그리면서 날고 있던 솔개가 갑자기 날개를 펼친 채 한곳에 멈추었다가 길가에서 울고 있는 메추리를 향하여 화살처럼 제 몸을 내리치듯 불바의 아들 오스타프가 어느새 기수에게 달려들어 그의 목에 밧줄을 걸어 버렸다. 가혹한 올가미가 그의 목을 죄어들자 기수의 붉은 얼굴이 더욱 새빨개졌다. 권총을 잡았으나 경련하듯이 오그라든 그의 손은 제대로 쏠 수 없었고, 총탄은 헛되게 들판으로 날아갔다. 오스타프는 곧장 포로를 묶기 위해 기수가 가지고 있던 비단 끈을 그의 말안장에서 풀어냈다. 그 끈으로 그의 손과 발을 묶어서 한쪽 끝을 자기 말안장에 비끄러맸다. 그다음, 우만스키 부대에 소속된 카자크들을 큰 소리로 불러 모으고 그들의 아타만에게 마지막 경의를 표한 뒤, 기수를 온 들판으로 막 끌고 돌아다녔다.

우만스키 부대의 카자크들은 아타만인 보로다티가 이미 이 세상에 없다는 소리를 듣자마자 곧 전투를 그만두고 그의 시체를 거두기 위해 달려왔다. 그리고 그 자리에서 누구를 전투 부대의 아타만으로 뽑을 것인가 의논하기 시작했다. 마침내 그들은 말했다.

"그런데 의논을 할 필요가 있을까? 작은 불바, 오스타프를 아타만에 앉히는 것이 가장 좋을 것이다. 사실 그는 우리보다 나이는 젊지만, 나이 든 사람처럼 올바른 판단력이 있어."

카자크 동료들이 준 이 명예에 대하여 오스타프는 모자를 벗고 모두에게 감사를 표했다. 지금은 전쟁 중이기 때문에 자기가 너무 젊다는 소리를 할 때가 아니라는 것을 알고 거절하지 않았다. 곧 그는 모든 전우들을 적의 밀집 부대에 대항시켰고, 그를 아타만으로 선출한 것이 헛되지 않다는 것을 그 자리에서 모두에게 보여 주었다. 폴란드군은 전투가 너무 격렬해진 것을 보고, 일단 다른 한쪽에 모이기 위하여 들판을 가로질러 퇴각했다. 그때 키가 작은 지휘관이 그 자리에서 별도로 성문 바로 옆에 떨어져 있던 신예 병력 400명의 정예병에게 손짓을 하자, 그들은 카자크의 밀집 부대를 향하여 일제히 사격을 가하였다. 그러나 맞은 사람은 거의 없었다. 총탄은 놀란 눈으로 전투장을 바라보고 있었던 카자크군의 소 떼를 타격하였다. 놀란 황소들은 갑자기 음매 소리를 내면서 카자크 군대의 말 떼에 달려들어 수레차를 파괴하고 많은 물건을 짓밟아 버렸다. 그러나 이때 타라스 불바가 자기 부대 병력을 데리고 매복지에서 급히 뛰어나와 소리를 치며 소들을 붙잡으려고 돌진하였다. 아주 미친 듯이 날뛰던 소 떼는 그의 고함 소리에 놀라서 뒤로 돌아서더니, 이번에는 폴란드군을 향해 돌진하여 기마병을 말에서 떨어뜨리고 모든 것을 짓밟아 버렸다.

"아아, 고맙게도 소들이 대단하군!"

자포로제 사람들이 소리 질렀다.

"수송 임무를 완수하더니, 이번엔 전투 임무까지 완수하는구나!"

전의에 불탄 그들은 진격하여 적에게 타격을 주었다.

많은 카자크인들이 솜씨를 발휘하여 수많은 적을 무찔렀다. 메텔리차, 실로, 두 피사렌코, 봅투젠코 그리고 많은 다른 카자크인들이 자신들의 솜씨를 보여 주었다. 폴란드 군대는 마침내 전세가 불리해지자, 결국 패전할 것을 알고서 군기를 내던지고 성문을 열어 달라고 소리 지르기 시작했다. 철판을 붙인 성문이 삐걱하는 소리와 함께 열리면서 먼지를 잔뜩 뒤집어쓴, 피곤에 지친 기마병들이 집으로 돌아가는 양 떼처럼 성문 안으로 들어갔다. 자포로제 카자크의 많은 사람들이 그들을 추격하려고 하였으나, 오스타프는 자기가 지휘하는 우만스키 부대를 제지하면서 말했다.

"더 떨어져요. 여러분! 벽에서 더 멀리 떨어져야 해요! 성벽에 가까이 접근해서 좋을 게 없어요!"

그의 말은 옳았다. 별안간 성벽에서 총탄이 쏟아져 나와 너나 할 것 없이 많은 사람들이 총탄에 맞았다. 이때 총대장이 말을 타고 달려오더니 오스타프를 칭찬했다.

"지금 막 아타만이 되었지만 지휘를 노련하게 잘하는구나!"

늙은 불바는 그 신임 아타만이 어떤 놈인가 보려고 휙 돌아섰다. 우만스키 부대의 선두에서 오스타프가 말을 타고 있었다. 모자 꼭대기는 한쪽으로 꺾어 놓았고, 한 손에는 아타만의 지휘봉을 들고 있는 것이었다.

"이야, 훌륭하다!"

그를 쳐다보면서 노인은 기뻐했고, 자기 아들에게 준 명예에 대하여 우만스키 부대의 카자크 일동에게 감사하였다.

카자크 군대는 말 떼가 있는 방향으로 갈 준비를 하면서 퇴각하였다. 성벽 위에는 폴란드 군사들이 다시 나타났는데, 이제는 다 찢어진 외투를 입고 있었다. 그들의 값진 웃옷은 피로 범벅이 되었고, 보기 좋은 청동 모자는 먼지투성이가 되어 버렸다.

"어때? 다 잡혀 버렸나?"

그들을 향하여 자포로제 카자크들이 아래에서 소리를 질렀다.

"저 자식들을!"

뚱뚱보 지휘관이 포승줄을 내보이면서 고함을 질렀다. 먼지투성이가 되고 심하게 피로해진 군사들도 위협하기를 멈추지 않았다. 한층 더 화가 난 그들은 서로 험악한 말을 주고받았다.

결국 모두 흩어져 버렸다. 어떤 사람은 전투로 인해 심하게 피로한 몸을 쉬기 위해 드러누웠고, 어떤 사람은 상처에 흙을 붙이고 손수건이나 적군의 시체에서 벗겨 낸 값진 옷들을 찢어서 붕대를 만들어 감았다. 좀 더 기운이 남는 친구들은 아군의 시체를 거두어 그들에게 마지막 경의를 표하였다. 그들은 칼이나 창으로 땅을 팠다. 모자나 옷자락으로 흙을 담아내어 카자크들의 시체를 정중하게 쌓고 까마귀나 독수리가 눈알을 파먹지 못하게 흙을 높게 덮어 주었다. 그러나 폴란드 놈의 시체를 보기만 하면 한꺼번에 여럿을 묶어서 들판으로 돌아다니는 말꼬리에 붙들어 매어 놓았다. 그리고 온 들판을 쫓아다니면서 말 옆구리에 채찍질을 가했다. 미친 듯이 날뛰는 말들은 밭이랑과 언덕 위의 굴곡과 냇물을 뛰어 넘으면서 나는 듯이 뛰어다녔다. 피와 먼지에 덮인 폴란드 군사들의 송장은 땅에 쓸리며 굴러다녔다.

마침내 모든 부대의 군사들이 둥글게 모여 앉아 저녁 식사를 했다. 그들은 각자 오늘 전투에서 일어난 여러 가지 사건과 운수 좋게 세운 무공들에 대한 이야기를 했다. 즉, 다른 나라 사람들과 자자손손에게 영원히 전해 주어야 할 무공들에 대하여 오랫동안 이야기했다. 그들은 늦게까지 잠자려고 하지 않왔다. 누구보다도 오랫동안 잠을 못 잔 사람은 늙은 타라스 불바였다. 그는 안드리가 적군 속에 보이지 않으니 웬일일까 그 생각만 하고 있었다. 유다 같은 배신자가 아군을 상대로 나서서 싸우는 것이 양심에 꺼려진 걸까? 아니면 그 유대 놈이 나를 속인 것이다. 안드리 그놈이 어쩔 수 없이 붙잡혀 있는 것은 아닐까? 그러나 사실 안드리의 마음이 여자의 말에 아주 흔들리기 쉬웠다는 것을 생각하자, 늙은 불바는 깊은 슬픔에 잠겼다. 자기 아들을 유혹한 폴란드 여자를 마음속으로 맹렬하게 저주하였다. 할 수만 있다면 그가 저주한 대로 실행했을 것이다. 즉, 그녀의 아름다움에는 눈길도 주지 않고, 숱이 많은 그녀의 아름다운 머리채를 움켜잡고 들판에 흩어져 있는 카자크들 사이로 끌고 돌아다녔을 것이다. 높은 산을 덮고 있는 만년설같이 빛나는 그녀의 아름다운 어깨와 가슴은 피투성이와 먼지투성이가 되어 땅에 부딪혔을 것이다. 그는 그녀의 화려한 몸을 집어 던졌을 것이다. 불바는 하느님이 인간에게 내일 어떤 운명을 주실지 모르고 있었다. 그는 졸기 시작하더니 결국 잠들고 말았다. 그러나 다른 카자크들은 저희들끼리 이야기를 계속했다. 그곳 모닥불 옆에서는 술을 한 방울도 마시지 않은 채, 눈도 깜빡거리지 않고 서 있는 경비병이 사방을 살피고 있었다.

8장

태양은 아직도 하늘 한가운데까지 이르지 못했고, 자포로 제 카자크들은 모두 원형으로 모여 회의를 하고 있었다. 그때, 카자크군이 출동한 사이에 타타르인들이 세치를 급습하여 모든 것을 약탈해갔다는 소식이 전해졌다. 카자크들이 땅속에 몰래 감추어 두었던 재물을 파내 가져가고, 세치에 남아 있던 사람들을 포로로 잡아가거나 죽여 버렸다는 것이다. 그들은 카자크들의 가축과 말 떼를 모두 이끌고 곧장 페레코프로 향해 갔다고 했다. 막심 골로두하라고 불리는 카자크 한 사람만이 도중에 타타르인의 손아귀로부터 빠져나왔다. 그는 타타르 족장 한 사람을 찔러 죽이고 돈주머니를 빼앗았다. 그리고 타타르 옷을 입은 채 타타르인의 말을 타고 추격자들을 피해 2박 3일 동안 도망쳤다. 그는 말을 심하게 달리게 한 나머지 죽게 만들었다. 중간에 새로운 말로 갈아탔지만, 그 말도 달리다 지쳐 죽어 버렸다.

막심 골로두하는 도중에 자포로제 사람들이 두브노 부근에 있다는 것을 알아내고, 세 번째 말로 간신히 자포로제군 진영까지 달려왔다. 그는 그러한 불행한 사건이 있었다는 말만 했다. 그러나 그 사건이 왜 일어났는지, 남아 있던 카자크들이 포로가 된 것이 평소 습관처럼 깊이 잠들었기 때문인지 아니면 술에 취해 있었기 때문인지는 말하지 않았다. 그는 타타르인들이 파묻혀 있는 군수품을 어떻게 찾았는지에 대해서도 아무 말도 하지 않았다.

그 카자크는 너무나 피로해 있었다. 온몸이 퉁퉁 부었고, 얼굴은 햇볕에 그을리고 바람에 부딪쳐 터져 있었다. 결국 그는 그 자리에서 쓰러져 그대로 깊이 잠들어 버렸다.

이런 경우에 자포로제 사람들은 당장 약탈자들을 추격하여 도중에서 그들을 따라잡게끔 되어 있었다. 왜냐하면 포로들은 곧바로 소아시아의 시장이나 스미르나 섬이나 크리트 섬 등지로 팔려 갈 수 있었고, 자포로제 사람들의 변발 머리가 어디에서 튀어나올지 아무도 모르기 때문이었다. 그래서 자포로제 군대가 지금 이렇게 모여 있는 것이다. 그들은 한 사람도 남김없이 모두 모자를 쓰고 서 있었다. 그 이유는 그들이 총대장의 명령을 들으려고 온 것이 아니라, 서로 동등한 입장에서 이 문제를 논의하기 위하여 모였기 때문이다.

"먼저 연장자들부터 의견을 말하라!"

군중 속에서 큰 소리가 나왔다.

"총대장에게 의견을 물어라!"

다른 사람들이 말했다.

총대장은 모자를 벗고 더 이상 우두머리로서가 아닌 동료로서 자기에게 발언을 하는 영광을 준 모든 사람에게 감사한 다음 말했다.

"우리들 중에는 연장자로서 좋은 의견을 말씀해 주실 분들이 많습니다. 그러나 만일 나의 의견을 듣겠다면 말하겠소. 동지 여러분, 타타르인들을 추격하는 데 시간을 지체하면 안 됩니다. 타타르인들이 어떤 놈들인지는 여러분들도 잘 알고 있지 않소. 그들은 우리에게서 약탈해 간 재물을 지체 않고 순식간에 흔적도 없이 다 소비해 버립니다. 우리는 즉각 출동해야 하오. 우리들은 이곳에서 이미 재미를 보았소. 폴란드 놈들은 우리 카자크가 어떤지 알았을 것이오. 종교를 위해서도 할 수 있는 복수를 다했소. 이 배고픈 도시에는 욕심나는 것 그리 많지 않소. 그렇기 때문에 내 의견은 즉각 출동이오."

"출동!"

그 소리는 일제히 자포로제 카자크들의 모든 부대에 울려 퍼졌다. 그러나 타라스 불바는 그와 같은 말들이 마음에 들지 않았다. 그의 반백 눈썹은 높은 산 그늘진 곳에서 자라 꼭대기가 바늘 같은 서리로 덮인 북쪽 나라의 관목 숲처럼 더욱 낮추어져 우울한 두 눈을 가렸다.

"아니, 당신의 의견은 옳지 못하오!"

그가 말했다.

"당신 말에 동의할 수 없소. 당신은 우리 쪽 사람들이 폴란드 놈들에게 붙잡혀서 적진의 포로가 되어 있다는 것을 분명히 잊어버린 거지요? 보건대, 당신은 우리들의 가장 신성한 법도인 동포의 결합을 존중하지 않으려는 것 같소. 당신은 우리들의 동포를 이대로 방치해, 폴란드 놈들이 이미 우크라이나에서 자행했던 대로, 또 우리 대장 한 사람과 러시아의 훌륭한 기사 몇 명에게 자행했던 대로 산 채로 껍질을 벗기고 봄을 각 떠서 거리와 마을로 끌고 다니도록 놔두려는 것 같소. 그것은 고사하더라도, 그놈들은 우리의 신성한 종교를 욕하지 않았소? 우리들은 도대체 무엇이오? 여러분들에게 물어보겠소. 불행 속에 빠진 전우를 개새끼처럼 적의 수중에 버려두고 돌보지 않는 게 무슨 카자크란 말입니까? 스스로 자기 백발 수염에 침을 뱉으면서 또 모욕적인 말로 자신들을 모욕하도록 놔두면서 말입니다. 우리가 카자크의 명예를 지키지 않는다면, 그것을 누구 탓이라고 하겠소. 난 혼자서라도 남겠소!"

서 있던 모든 자포로제 사람들이 동요하였다.

"하여간 용감한 지휘관이야! 당신도 잊은 건 아니겠지."

그때에 총대장이 말했다.

"타타르 놈들 수중에도 우리 쪽 사람들이 포로로 잡혀 있소. 만일 지금 우리가 그들을 구출하지 않는다면 그들의 생명은 저 이교도 놈들 손에 영원한 노예로 팔려 버릴 것이오. 이것은 그 어떠한 무서운 죽음보다도 더 나쁜 일이오. 더욱이 그놈들 수중에는 우리 그리스도교도의 손으로 얻은 재물까지 전부 들어가 있소. 당신도 그것을 잊지 않았겠지요?"

모든 카자크인들이 깊이 생각해 보았으나 어떻게 말해야 할지 알 수 없었다. 그들 중 어느 누구도 명예가 손상되는 것을 원하지 않았다. 그때 모든 자포로제 군대 중에서 제일 연장자인 카시얀 보브듀크가 앞으로 나왔다. 그는 모든 카자크들의 존경을 받았고, 두 번이나 총대장에 선출되기도 했다. 여러 번 전쟁을 치를 때마다 역시 대단히 훌륭한 카자크임을 입증했었다. 그러나 이제는 나이가 너무 많아 어떠한 출정에도 참가하지 않았다. 또 그는 아무에게도 자기 의견을 말하기를 좋아하지 않았다. 이 늙은 전사는 카자크들이 모여 앉은 자리 옆에 누워서 여러 가지 옛이야기와 원정에 대한 이야기들을 듣는 것을 좋아했다. 그러나 그들의 이야기에 참견하는 일은 전혀 없이 늘 듣고만 있었다. 그는 입에서 잠시라도 떼는 일이 없는 짧은 담뱃대의 재를 슬그머니 손가락으로 누르면서 오랫동안 눈을 지그시 감고 자리에 앉아 있었다. 그렇기 때문에 다른 카자크들은 그가 잠자는 자세 그대로 이야기를 듣고 있을 줄은 꿈에도 몰랐다. 그런데 원정 때마다 남아 있던 그가 이번에는 분개하여 카자크식으로 팔을 흔들면서 말했다.

"어디로 가든지 좋다! 나도 간다! 어디서든 카자크를 위하여 나도 쓸모가 있을 것이다!"

집회에서 그가 앞으로 나서자 모든 카자크들이 조용해졌다. 왜냐하면 오랫동안 그에게서는 아무 말도 들은 일이 없었기 때문이다. 모든 사람들이 보브듀크가 무슨 말을 하려고 하는지 알고 싶었다.

"여러분, 나에게도 한마디 말할 차례가 돌아왔소!"

그렇게 그는 말하기 시작했다.

"젊은이들이여, 이 늙은이의 말을 들어 주시오. 총대장은 지당한 말씀을 하셨소. 군대를 아끼고 군수품을 관리해야 하는 카자크 군대의 사령관으로서 그 이상 훌륭한 말을 할 수는 없소. 참으로 맞는 소리요! 이것이 내가 첫째로 하고 싶었던 말이오. 그리고 이번엔 내가 하는 두 번째 말이 무엇인지 들어 주시오! 지휘관 타라스 불바도 역시 큰 진리를 말했다는 것이오! 하느님! 그가 더 오래 살게 해 주시고, 그와 같은 지휘관들이 우크라이나에 더 많아지기를 빕니다! 카자크의 최고 임무와 명예는 동료와의 형제애를 지키는 일이오. 이 나이가 되기까지 살아오는 동안에 여러분, 나는 아직껏 카자크가 자기 동료를 버렸다든가 또는 팔아먹었다는 말을 어디에서도 들어 본 적이 없소. 전자나 후자나 우리의 동료요, 인원이 적으나 많으나 매한가지로 우리의 동료인 것이오. 우리에게는 모두 귀중한 것이오. 그러니 나는 다음과 같이 말하고 싶소. 타타르 놈들에게 끌려간 동료들이 불쌍하다고 생각하는 사람은 타타르 놈들을 추격하는 것이 좋소. 또 폴란드군에 붙잡힌 동료가 불쌍하다고 생각하는 사람은 여기에 남는 것이 좋소. 총대장은 직책상 전군의 반수를 인솔해서 타타르 놈들을 추격해야 하오. 뒤에 남은 반수는 임시로 새로운 총대장을 선출해야 하오. 그 임시 총대장으로는, 머리가 다 샌 내 말을 들어준다면, 타라스 불바를 빼놓고는 더 적당한 사람이 아무도 없다고 생각하오. 우리 군대 중에 용맹성에 있어서는 그와 맞설 사람이 없을 것이오.”

그렇게 말하고 난 보브듀크는 입을 다물었다. 카자크인들 모두 노인의 지혜에 기뻐하였다. 모두가 모자를 높이 올리며 외쳤다.

“어르신, 고맙습니다! 오랫동안 묵묵히 계시다가 마침내 훌륭한 일을 해 주셨습니다. 원정을 떠나려고 할 때 무엇이든 카자크군에 유익한 일을 할 것이라고 말씀하시더니 헛소리가 아니었습니다. 정말 그대로 되었습니다.”

“어떻소, 어르신의 의견에 모두 찬성하십니까?”

총대장이 물었다.

"다들 찬성이오!"

카자크들이 외치기 시작했다.

"그러면 회의를 마쳐도 좋겠소?"

"회의는 끝났소!"

카자크들이 소리를 질렀다.

"그러면 여러분, 군령에 따라 주시오."

총대장은 앞에 나서서 모자를 썼다. 그러자 모든 자포로제 카자크들은 윗사람이 무엇을 말하려고 할 때에 그들 사이에서 늘 하듯이 한 사람도 빠짐없이 모자를 벗고 맨머리로 서서 공손히 아래를 보았다.

"그러면 여러분, 두 패로 갈라서 주시오! 추격을 원하는 사람은 우측으로! 남을 사람은 좌측으로! 각 부대의 인원 다수가 가는 곳으로 아타만도 따를 것이오. 인원이 적은 데는 다른 부대와 합할 것이오."

모든 사람들이 움직이기 시작했다. 누구는 우측으로 누구는 좌측으로 오고 갔다. 총대장도 부대의 인원 다수가 간 곳으로 이동했다. 그리고 소수 인원은 다른 부대에 합병되었다. 그 결과, 쌍방의 인원이 거의 반반이 되었다. 네자마이콥스키 부대의 거의 전원, 포포비쳅스키 부대의 과반수, 우만스키 부대의 전원, 카넵스키 부대의 전부, 스테블리킵스키 부대의 과반수, 티모솁스키 부대의 과반수가 남기를 원하였다. 그 외의 모든 사람이 타타르인들을 추격하러 갈 것을 요청하였다. 양쪽 모두 강하고 용감한 카자크들이 많았다. 타타르인들을 추격하려고 결심한 사람들 중에는 늙어 버린 선량한 카자크인 체레

바티를 위시하여 포코티폴레, 레미시, 프로코포비치 호마 등등이 있었고, 데미드 포포비치도 그쪽으로 넘어갔다. 왜냐하면 그는 몹시 성급한 카자크여서 한곳에 오랫동안 있을 수가 없었기 때문이다. 그리고 폴란드군과는 이미 싸울 만큼 싸웠으니, 이제는 타타르군하고 솜씨를 겨뤄 보고 싶다는 것이었다. 전투부대장으로는 노스튜간, 포크리시카, 네빌리치키 등이 있었고, 이외에도 많은 카자크들이 타타르인과의 승부에서 자신들의 칼과 힘을 시험해 보고 싶어 했다. 남기를 원한 사람들 중에도 매우 우수한 카자크들이 적지 않았다. 전투부대장으로는 데미트로비치, 쿠쿠벤코, 베르티흐비스트, 발라반, 불벤코, 오스타프 등이 있었다. 그 외에도 강하기로 이름난 카자크들이 많았다. 봅투젠코, 체레비첸코, 스테판 구스카, 오흐림 구스카, 미콜라 구스티, 자도로쥬니, 메텔리차, 이반 자크루티구바, 모시 실로, 됴그탸렌코, 제삼의 피사렌코, 그리고 그 외에도 훌륭한 카자크들이 많이 있었다. 그들은 모두 보병과 기병이었다. 그들은 아니톨리아 연안, 크리미아의 소금 호수와 황야, 드네프르 강으로 흘러 들어가는 크고 작은 무수한 강 연안과 섬에 출몰하였다. 몰다비아, 볼로그다, 터키 땅에도 원정을 갔었다. 그들은 타(舵)가 두 개 있는, 카자크 특유의 통나무배인 촐른을 타고 흑해의 모든 곳을 휩쓸었고, 오십 척의 촐른으로 선단을 만들어 물자를 잔뜩 실은 큰 배를 습격하였다. 그 당시로서는 상당히 많은 탄약을 발사했고, 적지 않은 수의 터키 병선을 침몰시켰다. 그들은 값진 외국산 가죽을 찢어서 각반을 만든 일도 여러 번 있었다. 바지 띠에 붙은 가죽 주머니가 돈으로 꽉 찬 일이 한두 번이 아니었다. 그러나 그들은 누구나 할 것 없이 평생 편안히 살 수 있을 만큼의 수많은 재물을 다 술과 도박으로 탕진해 버렸다. 카자크식으로 온 세상을 점령하고, 사람들이 흥겹도록 음악대의 비용을 지불해 가면서 왕창 써 버렸던 것이다. 그들 중에는 재물을 땅속에 묻지 않는 사람들이 많이 있었다. 그들은 갑자기 타타르인이 습격하는 불행이 있을 때에 적들이 발견하지 못하도록 은잔, 은그릇, 팔찌 등의 재보(財寶)를 드네프르 강의 섬에 있는 갈대숲 속에 감추어 두었다. 사실 타타르인들이 그 재물들을 찾기란 쉽지 않았을 것이다. 왜냐하면 그 물건의 임자들도 이제는 그것들을 어디에 감추었는지 잊어버릴 정도가 되었기 때문이다. 충실한 전우들과 그리스도의 신앙을 위하여 남아서 폴란드군에게 복수하기를 원한 이들은 그와 같은 사람들이었다. 늙은 카자크 보브듀크도 역시 그들과 더불어 남아 있기를 원한다고 말했다.

"난 이제 타타르 놈들의 뒤를 쫓아다닐 나이가 아니다. 이곳이 바로 훌륭한 카자크가 삶을 끝마칠 장소다. 이미 나는 생을 끝내야 한다면, 신성한 그리스도교의 사업을 위한 전쟁에서 죽겠다고 하느님께 맹세했다. 그 소원이 성취된 것이다. 이 늙은 카자크에게는 이곳 외에 더 영광스러운 죽음의 장소가 없다."

전원이 두 패로 나누어져서 양쪽에 부대 별로 두 줄로 정렬하였다. 총대장이 그 줄 사이로 지나가면서 말했다.

"어떤가, 여러분! 어느 쪽이나 다들 만족하는가?"

"모두 만족하고 있습니다! 총대장님!"

카자크들이 대답하였다.

"그러면 서로 입을 맞추고 작별 인사를 하시오. 생전에 또

다시 만날 수 있을지 알 수 없는 것이니 자기들 대장의 명령에 복종하고 각자가 믿는 바를 실행하시오. 카자크의 명예가 무엇을 요구하는지는 제군들이 더 잘 알고 있을 것이오."

그러자 카자크 일동은 한 사람도 빠짐없이 서로 입을 맞췄다. 제일 처음에는 대장들이 시작하였다. 한 손으로 그 백설 같은 수염을 쓰다듬으면서 입을 맞추고 나서는 손을 마주 잡고 굳게 굳게 악수를 했다. 그들은 서로에게 다음과 같이 물어보고 싶었다.

"어떨까, 또다시 만날 수 있을까?"

그러나 다들 묵묵히 있었다. 그런 정도는 그들의 흰머리로도 서로 짐작할 수 있었다. 이것저것 할 일이 많다는 것을 알면서도 카자크들은 모두 한 사람도 남김없이 작별 인사를 주고받았다. 그러나 곧바로 서로 갈라지지 않고, 카자크의 병력이 감소한 것을 적군에게 알리지 않도록 어두운 밤이 올 때까지 기다리기로 했다. 마침내 그들은 모두 점심 식사를 하러 각자 자기 부대로 돌아갔다.

식사가 끝나자 출발하기로 되어 있는 사람들은 모두 드러누워 오랫동안 잠을 푹 잤다. 이처럼 자유롭게 단잠을 자는 것은 이것이 아마 마지막일 것이라고 느끼고 있는 듯했다. 그들은 해가 질 때까지 잠을 잤다. 해가 지고 좀 어두워지자 짐수레에 기름을 공급하기 시작했다. 무장을 하는 동안 먼저 수레차 부대를 출발시켰다. 부대원들은 다시 한번 이곳에 남는 전우들에게 모자를 흔들어 작별을 고하고서 조용히 수레차의 뒤를 따라갔다. 말을 탄 전우들은 호령하는 소리나 휘파람 소리도 내지 않고 도보로 행군하는 부대의 뒤를 조용히 따랐다. 곧 그들의 모습은 어둠 속으로 사라졌다. 아직 멀리 가지 않은 탓인지 말발굽 소리가 들려왔다. 기름칠을 잘해 주지 못한 탓인지 밤의 어둠 속에서 수레차 바퀴가 내는 삐걱 소리가 아득하게 들려올 뿐이었다.

이미 아무것도 보이지 않는데도 뒤에 남은 전우들은 오래도록 멀리멀리 그들을 향하여 손을 흔들었다. 그러나 그 자리를 떠나서 각자가 제자리에 돌아와 황량하게 빛나는 별빛 아래에서 수레차의 절반이 이미 없어지고 더욱이 많은 전우들이 떠난 것을 보자 모든 사람들의 마음이 어두워졌다. 그들은 걱정 없이 지내던 머리를 땅에 떨어뜨린 채 웬일인지 깊이 생각에 잠겼다.

타라스 불바는 카자크 군사들이 용감한 전사답지 않게 우울해지고 우수가 점점 그들의 마음을 감싸기 시작하는 것을 보았다. 그러나 그는 아무 말도 하지 않고 모두에게 시간을 주어서 전우들과의 이별이 준 슬픔을 이겨내도록 했다. 그 잠깐 사이에 카자크식으로 고함을 질러 단번에 그들을 분기시키고, 또 각자의 영혼에 새로운 용맹성이 전보다도 더 크게 되살아나게 하려고 준비하고 있었다. 이와 같은 일은 다만 거대한 힘을 가진 슬라브의 영혼만이 할 수 있는 것이었다. 달리 비유한다면 그것은 바다와 강의 차이일 것이다. 일단 풍파가 일어나면 바다는 완전히 포효와 진동으로 변하여, 힘없는 강물은 도저히 만들 수 없는 파도를 일으켜 산같이 들어 올린다. 그러나 바람이 없고 고요할 때에는 어떤 강보다도 한없이 맑은 유리 표면 같은 영원한 사랑의 눈동자를 보여 주는 것이다. 불바는 자기 하인들에게 명령하여 수레차들 가운데 저 멀리 따로 떨어져 서 있는 것을 풀게 하였다. 그것은 카자크들의 수레차 중에서 제일 크고 제일 튼튼하게 꾸며진 것이었다. 견고한 이중의 쇠바퀴로 거대한 차바퀴를 에워싸고 산더미 같은 짐을 질긴 쇠가죽으로 덮고 기름을 먹인 튼튼한 밧줄로 동여매 놓은 수레차였다. 거기에 실려 있는 짐은 전부 타라스의 집 지하 창고에 오랫동안 묵혀 두었던 좋은 포도주 통과 술 그릇들이었다. 만일 위대한 시기가 와서 자자손손에게 전할 만한 가치 있는 사건이 일어나게 된다면 그 중대한 시기에 위대한 감정이 그들을 지배하도록, 그때까지 금지하고 있던 술을 카자크 일동에게 한 사람도 빠짐없이 마시게 하려고 예비로 가지고 온 것이었다. 부대장의 명령을 듣고 하인들은 수레차로 뛰어가서 칼로 튼튼한 밧줄을 끊어 두꺼운 쇠가죽 덮개를 벗기고 수레차에서 술통을 끌어 내렸다.

"자, 다들 가지고 오시오."

불바가 말했다.

"여기 있는 사람들은 모두 한 사람도 빠지지 말고 무엇이든지 가지고 있는 그릇을 가지고 오시오. 국자건, 말 먹이는 물통이건, 장갑이건, 모자건, 무엇이든 좋으니 가지고 오시오. 두 손바닥이라도 좋으니 갖다 대시오."

카자크들은 모두가 제각기 다른 물건을 가지고 모여들었다. 국자를 가진 사람, 말 먹이는 물통을 가진 사람, 장갑을 가진 사람도 있고, 모자를 손에 든 사람도 있었다. 또 어떤 사람은 그대로 두 손바닥을 가져다 댔다. 불바의 하인들은 사람들 사이를 다니면서 모두에게 일일이 술통에서 퍼낸 맛있는 술을 그릇에 부어 주었다. 그러나 불바는 단숨에 마셔 버리라는 신호를 하기 전까지는 마시지 말라고 명령하였다. 분명히 그는 무엇인가 한마디 하고 싶었던 것이다. 이 오래된 좋은 술은 그 자체로도 충분히 강하여 사람의 마음을 굳세게 만드는 힘이 있지만, 만일 적절한 말로 그 술에 양념을 할 수 있다면 술의 힘도 정신력도 두 배나 강해진다는 것을 그는 알고 있었다.

"여러분, 오늘은 내가 여러분들을 대접하는 것이오. 형제 여러분! 이것은 물론 큰 명예이지만 여러분들이 나를 대장으로 선출해 준 것에 대한 축하도 아니요, 또 떠나 버린 전우들과의 작별 때문에 마시자는 것도 아닙니다. 두말할 것 없이, 다른 때 같았으면 마실 만한 일들이지요. 그러나 지금은 그럴 때가 아니오. 우리 앞에는 많은 땀과 위대한 카자크의 용맹을 요구하는 일들이 있소! 그러니 여러분, 무엇보다도 먼저 성스러운 우리의 정교 신앙을 위하여 단숨에 잔을 듭시다. 성스러운 우리들의 신앙만이 남고, 모든 이교도들이 남김없이 그리스도의 신도가 되는 그런 때가 이 세상에 오도록! 그리고 또 세치를 위하여 다 같이 잔을 듭시다! 모든 이교도의 멸망을 위하여 잔을 듭시다! 우리의 세치가 길이길이 존속하고, 해마다 그 속에서 더욱더 훌륭하고 용감한 청년들이 속속 나오도록 잔을 듭시다! 그리고 동시에 우리 자신의 명예를 위해서도 잔을 듭시다. 우리의 아들과 손자들이 그들의 자손에게 동지들 간의 단결을 욕보이지 않고 아군을 배반하지 않았던 시대가 있었다고 이야기할 수 있도록, 자, 여러분. 잔을 듭시다. 신앙을 위하여, 신앙을 위하여 잔을 듭시다!"

"신앙을 위하여!"

앞줄에 서 있던 사람들이 굵은 목소리로 떠들기 시작했다.

"신앙을 위하여!"

뒷줄에 서 있던 사람들도 따라 외쳤다. 늙은이나 젊은이나 할 것 없이 모두가 신앙을 위하여 잔을 들었다.

"세치를 위하여!"

불바가 머리 위로 높이 술잔을 들었다.

"세치를 위하여!"

굵직한 목소리가 앞줄에서 울려 나왔다.

"세치를 위하여!"

눈처럼 하얗고 긴 수염을 흔들면서 늙은 카자크들이 조용히 말했다.

"세치를 위하여!"

젊은 카자크들은 젊은 매처럼 몸부림을 치면서 되풀이했다. 모든 카자크들이 자기들의 세치를 축복하는 요란한 소리가 저 멀리 떨어진 들판에까지도 들렸다.

"자, 여러분. 이제 마지막 한 모금을 이 세상에 살고 있는 모든 그리스도교도의 영광을 위하여 마십시다!"

그러자 모든 카자크들이 한 사람도 빠짐없이 이 세상에 살고 있는 모든 그리스도교도의 명예를 위하여 최후의 한 모금을 꿀꺽 마셔 버렸다. 그러고 나서도 한참 동안 "이 세상에 살고 있는 모든 그리스도교인을 위하여!"라는 소리가 모든 부대 모든 대열 사이에서 되풀이되었다.

잔은 벌써 비었지만 여전히 카자크들은 팔을 들고 서 있었다. 그들의 눈동자는 모두 술기운으로 빛나서 즐거운 듯 보였지만 사실은 매우 깊은 생각에 빠져 있었다. 그들은 지금 탐욕이나 전쟁의 이득에 대하여 생각하고 있는 것이 아니었다. 금전, 값진 무기, 금은으로 장식을 한 카프탄, 체르케스산의 말 따위를 노획하는 행운이 누구에게 오느냐를 생각하고 있는 것도 아니었다. 그들은 독수리처럼 높고 험한 산꼭대기에 앉아 자신들의 운명을 점치고 있었다. 그 산꼭대기에서는 저 멀리 끝없이 펼쳐져 있는 바다가 보였다. 그 바다에는 큰 배와 군함, 다양한 종류의 배들이 작은 새들처럼 흩어져 있었고, 양쪽으로는 날벌레 떼 같은 해변 마을들과 작은 풀처럼 누운 숲으로 형성된 날씬한 해안이 둘러져 있었다. 독수리 같은 눈을 번쩍이면서 그들은 자신들의 주위와 저 먼 곳에 있을 자신들의 어두운 운명을 둘러보고 있었다. 수많은 울타리와 길이 있는 들판은 아낌없이 흐르는 카자크들의 피와 그들의 백골로 뒤덮이고, 파괴된 수레차와 부러진 칼과 창들로 뒤덮일 것이다. 더 먼 곳에서는 뒤틀어지고 피 묻은 머리채와 축 늘어진 수염이 달린 그들의 머리가 이리저리 굴러다닐 것이다. 독수리들이 날아와 그 머리에서 카자크들의 눈을 쪼아 댈 것이다. 그러나 이처럼 아주 넓게 또 자유롭게 흩어져 있는 주검의 야영지 속에는 위대한 것이 숨겨져 있다! 위대한 사업은 어떤 것이든 멸망하지 않는다. 그와 같은 카자크의 영광은 총구에서 나오는 작은 화약 가루처럼 쉽게 없어지지 않을 것이다. 가슴까지 내려오는 긴 수염을 가진 반두라 악사가 나와서, 아니 원기 왕성하고 예언적인 영혼을 가진 백발노인이 나와서 묵직하고 기운찬 말로 그들의 공적에 관하여 이야기할 것이다. 그리고 그들의 영광이 전 세계로 놀랄 정도로 마구 퍼져 나갈 것이다. 또 후에 태어나는 모든 사람들은 그들에 관한 이야기를 다시 시작할 것이다. 힘 있는 이야기는 저 멀리 떨어져 있는 오두막집과 궁전과 도시까지도 울려 퍼질 것이다. 왜냐하면 힘 있는 이야기란 원래 아름다운 소리가 되어 더 멀리까지 퍼지기 때문이다. 그렇다. 힘 있는 이야기는 사람들을 성스러운 기도로 인도하기 위하여 비싼 순은(純銀)을 넣어 만든 명장의 구리쇠 종소리처럼 멀리 울려 퍼질 것이다.

9장

시내에서는 아무도 자포로제 군대의 절반이 타타르인을 추
격하러 떠난 것을 알아차리지 못했다. 시청 청사 위 망루에 서
있던 보초병들만이 숲 저쪽으로 늘어선 수레차의 일부만을 보
았을 뿐이다. 그러나 그들은 카자크 군대가 복병을 준비하고
있을 것이라고 생각했다. 폴란드군의 포병 기술 고문관인 프랑
스인 대위도 역시 그렇게 생각했다. 한편 카자크 총대장의 말
도 헛된 것은 아니었다. 시내에는 식량 부족 사태가 일어났다.
과거 몇 세기에 걸친 오랜 관습으로 적군은 자신들에게 얼마
만큼의 양식이 필요한지 제대로 계산하지 못했던 것이다. 그
들은 불의의 출격을 시도하였으나, 결사대의 절반은 곧 카자
크 군대에게 격파되었고 나머지 절반은 아무것도 얻은 것 없
이 다시 시내로 쫓겨 오고 말았다. 그러나 유대인들은 이 출격
을 틈타 그사이에 모든 사정을 탐지하였다. 즉, 자포로제 군대
가 어디로 무슨 목적으로 출발하였는가, 어떤 대장들이 군대

를 지휘하였는가, 어느 부대들이 출격했는가, 그 병력은 얼마였는가, 현재 남아 있는 병력은 얼마인가, 또 그들은 무엇을 하려고 생각하고 있는가 등을 알게 되었다. 그로부터 몇 분 후에는 이 모든 것이 시내의 모든 사람들에게도 알려졌다. 이에 힘을 얻은 적군의 지휘관들은 결전을 벌이려고 준비하였다. 타라스 불바는 시내에서 일어나는 움직임과 소란을 보고 재빨리 그 낌새를 알아차렸다. 민첩하게 돌아다니면서 여러 가지 정보를 수집하고 다양한 명령과 지시를 내렸다. 그리고 군대 전체를 세 등분하여 수레차로 요새같이 성벽을 둘러쌌다. 이는 자포로제 군대가 패한 예가 없는 전법이었다. 그리고 두 개의 부대에게는 복병으로 행동할 것을 명령하였다. 끝을 뾰족하게 만든 말뚝과 부러진 무기와 부러진 창으로 들판의 일부를 막아 놓고, 기회를 엿보아 그곳으로 적의 기마 부대를 몰아넣을 술책을 꾸몄다. 모든 것이 제대로 준비된 다음에 그는 카자크 일동에게 말했다. 그것은 카자크를 격려하고 그들의 사기를 돋우기 위해서가 아니었다. 그렇잖아도 그는 이미 그들의 사기가 높다는 것을 잘 알고 있었다. 다만 군대 전체에 자기 가슴속에 담아 두었던 것을 전부 말해 버리고 싶었던 것이다.

타라스 불바가 말했다.

"여러분, 나는 여러분에게 우리 카자크의 동지애가 어떤 것인가 한마디 하고 싶다. 여러분은 여러분의 아버지와 할아버지들에게서 우리의 영토가 어떤 영광 속에서 보존되어 왔는지를 들었을 것이다. 우리는 그리스인들에게도 우리의 위력을 보여 주었고, 또 차르그라드에서는 금은보화를 뺏기도 했다. 우리 도시들은 훌륭하다. 궁전들도 있었고, 왕자들이 있었고, 불신의 가톨릭이 아니라 우리 러시아의 피를 받은 진짜 왕자들도 있었다. 그러나 이 모든 것을 이교도 마호메트교도 놈들이 빼앗아 가 버렸고, 모든 것이 사라지고 말았다. 다만 우리들만 고아로 남았다. 그렇다, 든든한 남편을 잃은 외로운 과부처럼 우리의 영토도 고아가 되었을 뿐이다! 이런 때 우리 동지들은 손을 굳게 잡고 뭉쳐야 할 것이다! 여기에 우리가 전우애로 뭉쳐야 할 이유가 있다! 동료로 뭉치는 것보다 더 신성한 것은 아무것도 없다. 아버지가 자식을 사랑하고, 어머니가 자식을 사랑하고, 자식들은 아버지와 어머니를 사랑한다. 그러나 형제 여러분, 이것은 짐승들이 새끼를 사랑하기 때문에 그런 것과는 다르다. 핏줄에 따라서가 아닌 정신으로 굳게 뭉칠 수 있는 것은 인간뿐이다. 다른 나라에도 그러한 동지애가 있었지만 우리 러시아 땅에서 보이는 그런 동지애는 아무 데도 없었다. 타향에서 목숨을 잃는 일이 빈번한데, 그것은 단지 여러분에게만 일어나는 것이 아니다. 보라! 저곳에도 많은 사람들이 있다! 그들도 역시 우리처럼 하느님이 창조하신 사람이라고 말한다. 따라서 동포들과 하듯이 그들과도 이야기할 수는 있다. 그러나 어떻게 진심에서 우러나오는 대화를 할 수 있을지. 보시다시피 그렇지 않다, 현명한 사람들도 그렇게 하지 못한다. 그런 사람들도 그러지 못해! 여러분! 우리가 러시아의 영혼을 사랑하는 것처럼 사랑하는 것은 지혜나 다른 것으로 사랑하는 것이 아니라, 하느님이 주신 것, 즉 여러분 각자의 마음속에 있는 모든 것으로 사랑하는 것이다! 아…….”

그리고 타라스 불바는 손을 한번 흔들고, 백발 머리를 흔들고, 수염을 쓰다듬고, 다시 말을 계속했다.

"그렇다, 그런 사랑은 아무나 할 수 없다! 지금 우리 영토의 모든 상황이 별로 좋지 않다는 것을 나도 잘 알고 있다. 사람들은 다만 자기 집에 산더미 같은 양식과 낟가리, 말 떼 그리고 움막 속에 밀봉해 둔 꿀이 온전하기만을 걱정하고 있을 뿐이다. 도대체 귀신도 모를 마호메트교의 풍습에 젖어 모국어를 싫어하고, 자기 나라 말로 말하기를 싫어한다. 그리고 시장에서는 짐승을 팔듯이 자기 동포를 팔아먹는다. 다른 나라 왕의 총애, 굳이 왕의 총애가 아니더라도 자기의 누런 농부 신발로 낯짝을 때리는 폴란드의 대지주들이 베푸는 더러운 호의와 친절이 어떤 형제애보다 더 귀중한 것이 되었다. 그러나 여러분, 그런 사람들 가운데 가장 비열한 자에게도, 그가 어떠한 인간이든 간에, 비록 그가 온몸을 검게 칠하여 아주 더럽혀져 동정을 구하면서 산다고 할지라도, 여러분, 그런 사람일지라도 러시아인으로서의 눈곱만 한 감정은 남아 있는 것이다. 그런 감정이 언젠가는 반드시 눈을 뜨게 하고, 그는 주먹으로 땅을 치게 될 것이다. 그는 비굴한 자기 인생을 큰 소리로 저주하면서 머리칼을 잡아 뜯을 것이고, 모든 고난을 감수하고서라도 자신의 굴욕을 벗으려고 할 것이다. 우리 러시아 땅에서 동지들의 단결이 어떤 의미를 갖는지를 그들 모두에게 알려 주어야 한다! 이제 죽음을 눈앞에 두고 있다. 그들 중 아무도 우리처럼 죽지 못할 것이다! ……누구도, 정말 아무도! ……그들의 생쥐 같은 기질로는 감히 죽음을 단행하지 못할 것이다!"

일장 연설을 끝낸 후 불바는 백발 머리를 흔들면서 전투 준비를 하고 있는 카자크들에게 강렬한 인상을 심어 주었다. 그와 같은 강한 연설은 서 있었던 카자크들의 마음을 크게 감동시켰다. 대열에서 제일 나이가 많은 장로들은 흰머리를 땅에 푹 숙인 채 꼼짝도 하지 않았다. 어느새 눈물이 조용히 흐르며 늙은이들의 눈앞을 가렸다. 그들은 천천히 소매로 눈물을 닦았다. 그다음 모든 사람이 마치 미리 약속이나 한 듯 동시에 손짓을 하고, 습관대로 머리를 흔들었다. 실제로 늙은 불바는 슬픔과 노고와 용기를 경험하고 삶의 온갖 불행을 겪고 나서 현명하게 된 사람이었다. 혹 그런 것을 다 알지는 못할지라도, 그는 적어도 그들을 낳아 준 늙은 부모들의 영원한 기쁨을 그들에게 상기시켰다. 그리고 그는 진주같이 젊은 영혼으로 자신이 느낀 것을 상기시켰다.

한편 적군은 벌써 북소리와 나팔 소리를 울리면서 시내에서 속속 빠져나오기 시작했다. 폴란드 귀족들이 수많은 부하들의 호위를 받으며, 허리에 손을 짚고 말을 타고 여유 있게 나왔다. 뚱뚱보 지휘관은 계속해서 명령을 내리고 있었다. 그들은 총을 겨누어 위협하면서 두 눈을 흘기고, 구리쇠로 만든 갑옷을 번쩍이면서 카자크 진영 가까이로 쳐들어왔다. 그들이 소총의 사격 거리에 들어오자마자 카자크군은 일곱 뼘 길이의 총으로 일제히 계속해서 쏘아 댔다. 우렁찬 총소리가 끝없는 반향 소리와 뒤섞여 저 멀리 그 일대의 들과 밭에까지 울려 퍼지면서 온 들판을 연기로 뒤덮어 버렸다. 자포로제 군대는 여전히 숨 쉴 새도 없이 계속 사격을 하였다. 뒷줄에 선 사람들이 장탄만 하여 앞줄 사람들에게 넘겨주는 간단한 전술에도 적군은 너무 놀랐다. 그들은 어떻게 카자크가 장탄할 사이도 없이 지속적으로 발사하는지 알 수 없었기 때문이다. 자욱한 연기가 양쪽 군대를 감싸 버렸고 아무것도 볼 수 없게 되었다. 흩어진 대열 속에서 사람들이 하나둘 연달아 쓰러지는 것도 보이지 않았다. 폴란드 군대에서는 총탄이 비 오듯 쏟아졌지만 전투가 치열하다고 여기진 않았다. 그러다가 화약 연기를 피해 정세를 살피기 위해 일단 후퇴하였을 때 그들은 많은 전우들이 대열에서 보이지 않는다는 것을 깨달았다. 그러나 카자크군 진영에서는 부대마다 불과 두세 명의 전사자를 내는 정도였기에 조금도 여유를 주지 않고 연속적으로 총알을 퍼부을 수 있었다. 적의 프랑스인 포병 기술 고문관까지도 한 번도 보지 못한 그와 같은 전술에 놀란 나머지, 여러 사람들 앞에서 말했다.

"자포로제 군대의 전술은 참 훌륭해! 외국에서 싸울 때, 저렇게 싸울 필요가 있어!" 그리고 대포를 곧 적진으로 돌리라고 명령하였다. 철로 만든 대포들은 커다란 포구에서 묵직한 소리를 내며 으르렁거렸다. 대지는 멀리까지 진동하였고, 들판은 온통 화약 연기로 가득 찼다. 가까운 거리 먼 거리 할 것 없이 큰길과 광장에서는 화약 냄새가 풍겼다. 그러나 사격할 때 표적을 너무 높게 정하여, 달구어진 포탄들이 너무 높게 큰 반원을 그리며 날아갔다. 포탄은 공중에서 무서운 소리를 내며 카자크 진영 위를 지나 땅속 깊이 박히면서 검은 흙을 하늘 높이까지 파헤쳐 올렸다. 미숙한 사격 솜씨를 본 외국인 포병 기술 고문관은 자기 머리를 잡아 뜯으며 분개하였다. 쉴 새 없이 빗발치는 카자크 군대의 총탄에도 불구하고 그는 직접 대포를 조준하기 시작했다.

불바는 멀리 있으면서도 네자마이콥스키 부대와 스테블리킵스키 부대가 전부 큰 피해를 입으리라는 것을 알아차리고,

잘 들리게 큰 소리로 명령하였다.

"수레차 뒤에서 빨리 빠져나와 전원 말을 타라!"

그러나 이때 오스타프가 적진의 한복판으로 돌진하지 않았더라면, 카자크들은 이러지도 저러지도 못하였을 것이다. 적군의 반격 속에 그는 여섯 포병의 손에서 도화선을 떨어뜨렸지만, 네 명의 손에서는 떨어뜨릴 수 없었다. 폴란드 놈들이 그를 뒤로 내몰았다. 마침 이때 적의 외국인 포병 기술 고문관은 카자크들이 지금까지 본 적이 없는 가장 큰 대포를 발사하려고 직접 도화선을 잡았다. 최대 구경의 대포는 무시무시할 정도로 큰 주둥이를 벌리고 있었다. 대포에서 수많은 죽음이 보이는 듯했다. 각기 다른 세 개의 문에서 대포들이 발사되자, 네 번이나 땅이 흔들렸다. 그 대포들은 수많은 슬픔을 자아냈다! 카자크의 늙은 어머니가 아들의 죽음을 슬퍼하며 울부짖는 듯했다. 뼈만 앙상한 두 손으로 늙어 빠진 가슴을 치는 자는 카자크의 어머니 한 사람만이 아닐 것이다. 굴르호프, 네미로프, 체르니고프 등의 도시에는 과부가 아닌 사람이 없을 것이다. 그녀들은 진심으로 매일매일 시장에 뛰어나가 지나가는 모든 사람들을 붙잡고 그들 속에 단 한 사람, 그 누구보다도 보고 싶은 그 사람이 없는가 하고 한 사람도 남김없이 얼굴을 들여다볼 것이다. 그러나 많은 군대가 시내를 지나가도 그들 속에서 누구보다 그리운 단 한 사람은 영원히 찾을 수 없을 것이다.

그리하여 네자마이콥스키 부대는 마치 처음부터 절반이 없었던 것처럼 되어 버렸다! 묵직한 금화처럼 아름답게 무르익은 들판에 갑자기 우박이 쏟아져 모든 농사를 망치듯이 그렇게 부대를 소탕했던 것이다.

카자크들이 얼마나 고함을 질렀을까! 그들 모두 얼마나 분개했을까! 더욱이 자기 부대의 인원 가운데 우수한 인원 절반이 없어진 것을 보고 아타만 쿠쿠벤코는 얼마나 분개했을까! 그는 네자마이콥스키 부대의 나머지 인원을 인솔하여 단숨에 적진 한복판으로 돌진했다. 격분하여 처음 마주친 적을 베어 버리고 이어 수많은 기마병사들을 말에서 떨어뜨렸다. 사람과 말을 창으로 찔러 죽이고, 벌써 포병들 쪽으로 돌진하여 대포 하나를 탈취하였다. 우만스키 부대의 아타만도 닥치는 대로 칼로 후려갈겨 댔다. 스테판 구스카도 이미 다른 주요 대포를 탈취하고 있었다. 잠시 후 그는 그곳을 그들 전우에게 맡기고 자신은 부하를 데리고 방향을 바꿔 적의 다른 밀집 부대를 향하였다. 그리하여 네자마이콥스키 부대가 지나간 곳에는 큰길 같은 통로가 생겼다! 그리고 그들이 방향을 바꾸면 거기에도 길이 생겼다! 그 결과 폴란드군 밀집 부대가 흩어지며 무더기로 쓰러져 가는 것이 보였다. 수레차 바로 옆에는 봄투젠코, 그 앞에는 체레비첸코, 더 멀리 떨어져 있는 수레차 옆에는 됴그탸렌코, 그 뒤에 아타만 베르티흐비스트가 섰다. 됴그탸렌코는 벌써 두 명의 폴란드 귀족을 창끝으로 찔러 올렸고, 굴복시키기가 쉽지 않은 세 번째 적장과 마지막으로 겨루고 있었다. 화려한 마구로 장식한 그 폴란드 귀족은 쉰한 명의 부하를 거느린 강하고 교활한 전사였다. 그는 벌써 됴그탸렌코를 힘껏 밀쳐 말에서 떨어뜨리고, 칼을 흔들어 겨누면서 소리쳤다.

"카자크, 이 개새끼들아. 나를 상대하고자 하는 놈이 네놈들 중에 한 놈도 없냐!"

"여기 있다!"

모시 실로가 앞으로 나섰다. 힘센 카자크였던 그는 해전에서 몇 번씩이나 아타만 직책을 맡은 적이 있는 전사로서 온갖 고난을 다 겪었다. 전에 그의 부대는 바로 트라페존트에서 터키인들에게 모두 포로가 되어 복도에 감금된 적이 있었다. 그들은 손발에 쇠고랑을 찬 채 병선에 실려서 일주일 내내 밀알 하나 얻지 못해 꺼림칙한 바닷물만 먹고 살았다. 이들 모두 정교 신앙만은 바꾸지 않기 위해 온갖 고통을 참고 견디었다. 그러나 아타만 모시 실로는 끝내 참지 못하고, 그들의 명령에 따라 신성한 법칙을 발로 뭉갰다. 죄 많은 자신의 머리에 그들의 더러운 두건을 둘렀다. 그리하여 파샤*의 신임을 얻은 그는 군함의 관리인이 되었고, 모든 포로들의 수장이 되었다. 그 때문에 불쌍한 포로들은 진심으로 많이 슬퍼하였다. 신앙을 함께 하는 자가 신앙을 팔아 압제자들에게 아첨하게 된다면, 그의 지배 밑에서 산다는 것이 다른 이교도의 지배 밑에 있기보다도 더 힘들며 슬프다는 것을 알고 있었기 때문이다. 지금, 결과는 그렇게 되어 버렸다. 모시 실로는 포로들을 한 줄에 세 명씩 새로운 쇠고랑으로 묶어서 앉혔다. 그리고 뼛속까지 파고들 정도로 밧줄로 졸라매고, 돌아가면서 목덜미를 때렸다. 그리고 터키인들이 이처럼 좋은 종을 얻은 것을 기뻐하면서 술판을 벌였다. 그들은 자기들의 법칙을 잊어버리고 모두 술에 취해 버렸다. 그러자 실로는 예순네 개의 열쇠를 가지고 와서 죄수들에게 나누어 주었다. 죄수들은 각자의 쇠고랑을 푼 다음, 쇠고랑과 수갑 그리고 족쇄 등을 바닷속에 내던지고 대신

---

* 옛날 터키의 총독이나 대신을 뜻하는 용어.

에 칼을 잡고서 터키인을 모조리 죽여 버렸다. 그리고 이 카자크들은 많은 노획품을 가지고 영광스럽게 고향으로 돌아갔고, 그 후로도 오랫동안 반두라 악사들은 모시 실로를 노래로 찬양하였다. 그는 총대장에 선출되어도 좋은 인물이었으나, 동시에 완전히 기인 같은 괴짜 카자크였다. 때로는 이 세상에서 가장 현명한 사람도 생각하지 못할 만한 훌륭한 일을 하였으나, 때로는 바보처럼 단순하게 행동했다. 그는 말술을 마셔 대면서 돈을 탕진했다. 세치의 모든 사람에게 빚을 졌고, 게다가 거리의 강도처럼 도둑질까지 했다. 어느 날 밤에는 다른 부대에 침입하여 마구를 한 벌 훔쳐 술집 주인에게 저당을 잡히기도 했다. 그런 수치스러운 행동 때문에 장터 마당에 있는 말뚝에 묶인 채로, 지나가는 사람들에게 옆에 놓아둔 참나무 몽둥이로 매질을 당하게 되었다. 그러나 그의 옛 공로를 모르는 사람이 없기 때문에 자포로제 사람들 가운데 그에게 참나무 몽둥이로 매질을 가할 사람은 하나도 없었다. 모시 실로는 이처럼 위대한 카자크였다.

"네놈을 때려눕힐 만한 사람은 얼마든지 있다. 이 개 같은 놈아!"

적에게 달려들면서 그는 말했다. 칼싸움은 그렇게 벌어졌다! 두 사람의 갑옷과 어깨 장식들이 여러 차례의 타격으로 우그러졌다. 폴란드 귀족이 실로의 철갑옷을 베었다. 칼날이 그의 몸까지 파고 들어가자, 카자크의 속옷은 피로 물들었다. 그러나 실로는 조금도 굴하지 않았다. 오히려 단단하고 힘센 팔을 높이 추켜올려 기습적으로 적의 머리를 후려갈겨 정신을 아찔하게 만들었다. 청동 투구는 간 곳 없이 날아가 버렸고, 폴란드 귀족은 비틀거리다가 마침내 쓰러졌다. 실로는 쓰러진 적을 칼로 막 베기 시작했다. 아, 카자크여. 적을 베는 것을 잠깐 멈추고 뒤를 살폈어야지! 그러나 카자크는 뒤를 돌아보지 않았다. 피살된 적장의 사병 한 명이 칼로 그의 목을 쳤다. 실로는 그제야 뒤를 돌아보았다. 어쩌면 그 대담한 자를 붙잡을 수도 있었다. 그러나 그는 연기 속으로 자취를 감추어 버렸다. 총소리가 사방에서 울렸다. 실로는 비틀거리며 치명상을 당했음을 느꼈다. 순간, 그 자리에 쓰러진 그는 상처에 손을 대 보고 전우들이 있는 쪽으로 돌아보며 말했다.

"여러분, 형제들이여, 전우들이여, 잘 있게! 정교를 신봉하는 러시아 땅이 영원히 번영하기를! 러시아에게 영원한 영광을!"

그러고는 흐려진 두 눈을 감았다. 카자크의 영혼이 자신의 가혹한 몸에서 나와 떠나 버린 것이다. 그때 이곳으로 자도로쥬니가 부하들을 데리고 뛰어들었다. 부대장 베르티흐비스트도 적군 대열을 무너뜨리고 도착했고, 발라간까지도 달려왔다.

"어떤가!"

아타만들과 큰 소리로 말을 주고받으면서 타라스 불바가 말했다.

"화약통에 아직 화약은 있는가?
카자크의 전력이 약해지지 않았는가?
카자크들의 사기가 떨어지지는 않았는가?"

"총대장님, 화약통에 아직 화약이 있습니다.
카자크의 전력도 약해지지 않았습니다.
이까짓 일에 카자크들의 사기가 죽지 않습니다!"

카자크들은 강하게 밀고 들어가 적의 대열을 교란시켰다.

키 작은 적군 지휘관은 북을 두들겨 집합 신호를 보냈고, 들판 멀리까지 흩어진 아군을 모으기 위해 아름답게 채색한 여덟 개 깃발을 꺼내 흔들도록 명령했다. 폴란드 군사들은 모두 깃발 쪽으로 달려왔다. 그러나 그들이 미처 대열을 다 정돈할 새도 없이, 아타만 쿠쿠벤코는 벌써 네자마이콥스키 부대를 이끌고 또다시 적진 한복판으로 돌진하여 직접 뚱보 지휘관에게 달려들었다. 그 지휘관은 견디지 못하고 말머리를 돌리더니 도망치기 시작했다. 그러나 쿠쿠벤코는 그가 자기 연대와 합류할 여유를 주지 않고 들판 멀리까지 추격했다. 측면에 진을 치고 있던 연대에서 이 사정을 알아차리자, 스테판 구스카는 포승줄을 손에 들고 말 목에 머리를 딱 붙여 측면에서 전속력으로 적을 향하여 돌진했다. 그리고 때를 맞추어 단번에 적의 목에 포승줄을 걸었다. 그 지휘관은 얼굴이 벌겋게 되어 두 손으로 포승줄을 잡아 벗기려고 애썼으나 이미 날카로운 창끝이 그의 배에 치명상을 입혔다. 그러나 구스카에게도 불행이 닥쳤다! 카자크들이 도와줄 사이도 없이 구스카도 벌써 네 개의 창에 찔려 허공에 뜬 상태였다. 이 불행한 카자크는 "적은 모조리 망하고, 러시아 땅에 기쁨이 있으리라!"라는 말만 할 수 있었을 뿐이다. 그리고 그 자리에서 숨을 거두었다.

카자크들은 뒤를 돌아보았다. 이때 측면에서 카자크의 용장 메텔리차가 폴란드군을 닥치는 대로 쓰러뜨리면서 공격해 오고 있었다. 그곳에서는 아타만의 한 사람인 네빌리치키가 부하들과 함께 반대쪽 측면에서 공격해 오고 있었다. 또 수레차 옆에서는 자크루티구바가 적병 하나를 끌고 다니면서 마구 때리고 있었다. 또 저 멀리 수레차 옆에서는 세 번째로 피사렌코가 적의 한 무리를 격퇴하였다. 저쪽 다른 수레차에서는 바로 수레차 위에서 격투가 벌어지고 있었다.

"어떤가!"

타라스 불바가 사람들 앞으로 말을 타고 달리면서 소리쳤다.

"화약통에 아직 화약은 있는가?

카자크의 전력은 약해지지 않았는가?

카자크들의 사기가 죽지는 않았는가?"

"총대장님, 아직 화약통에 화약은 있습니다.

카자크의 전력이 약해지지는 않았습니다.

아직 카자크들의 사기가 죽지 않았습니다!"

그런데 그때 보브듀크가 수레차에서 굴러떨어졌다. 심장 바로 밑에 총알을 맞았으나, 이 늙은 카자크는 기력을 다 모아 말했다.

"세상과의 이별이 조금도 섭섭하지 않다. 하느님은 누구에게나 이런 종말을 주시지! 러시아의 땅이여, 세상이 끝나는 날까지 영광이 있으리라!"

보브듀크의 영혼은 먼저 세상을 떠난 조상들에게 러시아 땅에서 사람들이 잘 싸우고 있으며, 성스러운 신앙을 위하여 더 훌륭하게 죽을 수 있다는 것을 말해 주러 하늘로 올라갔다.

곧 아타만 발라간도 땅 위에 꺼꾸러졌다. 그는 창과 총알과 묵직한 칼로 세 곳에 치명상을 입었다. 가장 용감한 카자크 중 한 사람이었다. 그 자신이 아타만의 직책으로 여러 번 해상 원정을 수행한 적이 있었다. 그중 가장 영광스러웠던 것은 아나톨리아 연안 원정이었다. 그때 고대 베니스의 금화, 값진 터키제 양복지, 비단과 모든 장식품을 많이 노획하여 가지고 왔으나 돌아오는 길에서 재앙을 만났다. 이 자랑스러운 용사들은 터키군의 포탄 세례를 받게 되었다. 적의 군함에서 쏜 포탄으로 카자크의 출른 절반이 몹시 흔들려 전복할 뻔했고, 한두 척은 침몰할 위기에 놓여 있었다. 그러나 배의 양쪽에 묶어 놓은 갈대로 인해 침몰의 위기에서 벗어날 수 있었다. 발라간은 곧장 태양을 향해 전력을 다해 모든 노를 젓게 하여 도망쳤다. 그렇게 함으로써 겨우 터키 군함의 눈을 피할 수 있었다. 그다음 바가지와 모자로 밤새도록 물을 퍼내고 포탄으로 인해 구멍 난 곳을 수리하였다. 카자크의 넓은 바지를 뜯어 만든 돛으로 속도가 훨씬 빠른 터키 군함으로부터 도망쳤다. 그리하여 세치로 무사히 돌아오자마자 키예프의 메지고르스키 수도원장에게는 금으로 장식된 의복을, 자포로제에 있는 포크로프에게는 은테 장식을 각각 선물로 드렸다. 그 후 오랫동안 반두라 악사들은 카자크들의 행운을 노래로 찬양하였다. 그러한 그가 지금 죽기 직전의 마지막 고통을 느끼면서 고개를 툭 떨어뜨린 채 조용히 입을 열었다.

"사랑하는 형제 동포들이여! 아마 나는 죽을 것 같다. 지금 난 이것이 적절한 죽음이라고 생각한다. 나는 적 일곱 명을 칼로 죽였고, 아홉 명을 창으로 찔렀다. 또 수많은 적군을 말발굽으로 짓밟았고, 총으로는 얼마나 많이 죽였는지 기억조차 나지 않는다. 러시아 땅이여! 영원히 꽃을 피워라!"

마침내 그의 영혼은 날아갔다.

카자크여, 카자크여! 당신의 군대에서 가장 아름다운 꽃을 빼앗겨선 안 될 것이다! 쿠쿠벤코는 이미 완전히 포위되고 말았다. 그리고 네자마이콥스키 부대의 생존자는 겨우 일곱 명

뿐이었다. 그들도 지금은 간신히 방어만 하고 있었다. 쿠쿠벤코의 옷은 이미 피투성이였다. 그가 이렇게 고전하는 것을 보고 불바가 직접 구하러 달려왔다. 그러나 카자크들이 달려왔을 때는 이미 늦었다. 그들이 쿠쿠벤코를 포위하고 있는 적군을 격퇴하기 전에, 쿠쿠벤코는 이미 심장 바로 밑을 창에 찔리고 말았다. 그는 부축하고 있는 카자크들의 팔에 조용히 기대었다. 조심성 없는 하인들이 지하실에서 가지고 나오다 문 옆에서 떨어뜨려 깨뜨린 병에서 흐르는 포도주처럼 쿠쿠벤코의 젊은 피가 끊임없이 흘러내렸다. 포도주는 전부 대지로 흘러들었다. 나이가 든 후에 젊은 날의 친구를 만나면 그 시절의 행복했던 순간을 회상하려고 포도주를 소중히 보관하고 있던 주인이 다가와 자신의 머리를 붙잡고 원통해 했는데……. 쿠쿠벤코는 주위를 한번 둘러보고 말했다.

"여러 전우들 앞에서 죽을 수 있게 해 주신 하느님께 감사합니다! 우리들이 없어진 후에도 우리들보다 더 훌륭한 사람들이 태어나게 해 주소서. 그리고 그리스도의 사랑을 받는 러시아의 땅이여, 영원히 아름다워라!"

젊은 영혼은 그렇게 날아가 버렸다. 천사들이 그 젊은 영혼을 안아서 천국으로 데려갔다. 그는 천국에서 행복하게 살 것이다.

"쿠쿠벤코여, 오른편에 앉아라."

그리스도께서 말씀하실 것이다.

"너는 동지의 맹세를 어기지 않았고, 수치스러운 짓을 하지 않았다. 또 재앙을 당했을 때에도 사람을 팔아먹지 않았다. 그리고 나의 교회를 수호했다."

쿠쿠벤코의 죽음은 모든 사람들을 슬픔에 빠뜨렸다. 카자크 대열의 숫자가 적어졌다. 용감한 병사들을 너무 많이 잃었기 때문이다. 그러나 카자크들은 여전히 그곳을 수호하고 있었다.

"어떤가!"

타라스 불바가 남아 있는 부대 병사들에게 소리를 질렀다.

"화약통에 아직 화약은 있는가?

칼은 무뎌지지 않았는가?

카자크의 전력은 약해지지 않았는가?

카자크들의 사기가 떨어지지 않았는가?"

"아직 화약통에 화약은 있습니다, 대장님.

칼도 아직 쓸 만합니다.

카자크의 전력도 약해지지는 않았습니다.

이까짓 일에 카자크들의 기가 죽지는 않습니다!"

카자크들은 조금도 손실을 보지 않은 것처럼 또다시 돌격했다. 이제는 겨우 세 명의 아타만이 남아 있을 뿐이었다. 피가 도처에 흘러 붉은 냇물을 이루었고, 카자크들과 적군의 시체로 그 냇물 사이에 높은 다리가 생긴 듯했다. 타라스는 하늘을 쳐다보았다. 하늘에는 큰 솔개들이 줄지어 날아다니고 있었다. 아! 어느 놈의 밥이 될지 알 수 없었다. 저쪽에서는 이미 메텔리차가 여러 명의 창에 찔려 들리고 말았다. 다른 쪽에선 피사렌코도 목이 날아가 눈을 감았고, 오흐림 구스카도 몸통이 네 조각이 나서 땅에 내던져졌다.

"자!"

불바가 손수건을 흔들었다. 이 신호에 따라 잠복하고 있던 오스타프는 적의 기마 부대를 맹렬히 공격하였다. 폴란드군은

이 공격을 견뎌 내지 못했다. 오스타프는 그들을 추격하여 부러진 말뚝과 창을 박아 놓은 장소까지 쫓아갔다. 말들이 걸려서 넘어지자, 폴란드 군사들은 말 머리 위로 굴러떨어졌다. 이때 수레차 뒤에서 이것을 보고 있던 코르수네츠 부대는 폴란드군이 벌써 사격 거리에 도달한 것을 짐작하고 갑자기 총을 쏘기 시작했다. 이 타격으로 폴란드군은 당황했지만, 대신에 카자크군은 용기를 얻었다.

"이제 아군의 대승리다!"

카자크들의 고함 소리가 사방에서 터져 나왔다. 그들은 나팔을 불기 시작하였고, 승전 깃발을 내혼들었다. 격파된 폴란드 군사들은 사방으로 도망쳐 숨어 버렸다.

"아니다, 아니야. 아직 완전한 승리는 아니다!"

성문 쪽을 바라보면서 불바가 말했다. 그의 말은 과연 틀림이 없었다.

성문이 활짝 열리더니 모든 폴란드 기마대의 꽃인 경기병 부대가 날듯이 달려 나왔다. 기사들은 모두 다 똑같이 갈색 말을 타고 있었다. 그들 선두에는 다른 기사보다도 용감하고 멋있게 말을 타고 있는 기사가 있었다. 청동 투구 아래로 검은 머리칼이 삐져나와 바람에 휘날렸다. 세상에서 제일가는 미녀의 손으로 만든 귀한 목도리가 한 팔에 감겨서 바람에 날리고 있었다. 이 기사가 안드리라는 것을 알아보았을 때, 타라스는 너무나 망연해졌다. 한편 그 기사는 미녀가 팔에 감아 준 선물에 보답하려고 전투에 대한 열정과 혈기에 휩싸여 있었다. 그는 떼를 지어 달리는 사냥개들 중에서 가장 아름답고 가장 빠르고 가장 어린 보르조이 수캐처럼 말을 달렸다. 그런데 노련한 사냥꾼이 그 개를 잡으라고 시킨 것이었다. 그 개는 발들을 공중에 일직선으로 버티고, 전신을 삐뚜름하게 굽히고 하얀 눈[雪]을 관통하면서 질주했다. 그러나 달려가는 데만 너무 열중한 나머지, 잡아야 할 토끼보다 열 배나 앞질러 나가 버렸다. 늙은 타라스는 걸음을 멈춰 서서 안드리가 자기 앞을 막는 병사들을 뒤쫓으며 좌우로 칼을 휘둘러 공격하면서 자신의 앞길을 헤쳐 나가고 있는 것을 보았다. 마침내 불바는 분을 참지 못하고 소리 지르기 시작했다.

"어떻게 된 거냐? ……저 악마 새끼가 아군을, 자기편을 베다니?"

그러나 안드리는 자기 앞에 선 자가 누군지, 적인지 아군인지 분간할 수 없었다. 그는 아무것도 보지 못했다. 길고 긴 머리채와 강물 위를 떠다니는 백조같이 둥근 가슴, 백설 같은 목과 어깨 등 열광적인 키스를 위해 창조된 그녀의 모든 것들만 눈앞에 떠오를 뿐이었다.

"에이, 여러분! 저놈만 숲 속으로 꾀어내어 주시오! 저놈만 나 있는 쪽으로 꾀어내시오!"

불바가 소리를 질렀다. 그러자 당장 그 자리에서 가장 빠른 삼십 여명의 카자크 기마병들이 그 임무를 자진해서 맡았다. 그들은 꼭대기가 높은 모자를 다시 고쳐 쓰고, 곧장 말에 올라타, 직접 적군 경기병 부대의 앞을 막으려고 돌진했다. 측면에서 적의 선두를 공격하여 후속 부대와 분리시켰고, 양쪽 모두에게 심한 타격을 주었다. 한편, 이때 골로코피텐코는 안드리의 등에 일부러 칼등으로 일격을 가한 다음 곧바로 안드리로부터 사력을 다해 도망치기 시작했다. 안드리는 얼마나 노발

대발했던가! 젊은 피가 그의 모든 혈관에서 용솟음쳤다! 그는 말에 날카로운 박차를 가하여 전력을 다해 카자크들의 뒤를 쫓아갔다. 그는 뒤도 돌아보지 않았으며, 그래서 뒤따라오는 군사가 약 스무 명 정도라는 것도 모르고 있었다. 카자크들은 전속력으로 말을 달려 곧장 숲 속으로 뛰어 들어갔다. 안드리의 말은 거의 골로코피텐코를 따라잡았다. 이때 갑자기 누군가의 억센 손이 그의 말고삐를 확 잡아끌었다. 안드리는 주위를 둘러보았다. 그의 앞에는 불바가 서 있었다! 그는 전신을 떨더니 갑자기 창백해졌다.

동급생을 화나게 하여 자로 이마를 얻어맞고선 불처럼 화가 난 학생이 걸상을 박차고 일어나 마치 미친 사람처럼 그를 뒤쫓아 가다가 뜻밖에도 교실에 들어오는 선생님을 만났을 때와 같았다. 순식간에 광포한 감정은 진정되고 노여움도 힘없이 사라진다. 꼭 그런 때처럼 안드리의 노여움은 아무 일 없었던 듯이 순식간에 사라졌다. 그는 다만 앞에 서 있는 무서운 아버지만을 보았다.

"자, 지금 우리가 무엇을 해야 할까?"

불바가 안드리의 두 눈을 똑바로 들여다보면서 말했다.

그러나 안드리는 무슨 말을 해야 할지 몰랐고, 시선을 땅에 떨어뜨린 채 서 있었다.

"어찌된 것이냐, 아들아. 폴란드 놈들에게 빚진 것이 있었냐?"

안드리는 대답이 없었다.

"그러면 판 거냐? 신앙을 판 거야? 자기편을 판다는 말이지? 서라, 말에서 내려라!"

그는 어린애처럼 순순히 말에서 내렸고, 죽은 듯이 불바 앞에 멈추어 섰다.

"가만히 서 있어라, 움직이지 마라! 내가 너를 낳았으니, 이제 내가 너를 죽이겠다!"

불바가 말했다. 그는 뒤로 한 발자국 물러나더니 어깨에서 총을 내렸다.

안드리는 하얀 천처럼 창백해졌다. 그의 두 입술이 조용히 움직이더니, 누군가의 이름을 불렀다. 그러나 그것은 조국의 이름도 아니고, 어머니의 이름도 아니고, 형제들의 이름도 아니었다. 그것은 아름다운 폴란드 여자의 이름이었다. 불바는 총을 발사했다.

낫에 베인 곡물 이삭처럼, 심장 밑에 치명상을 입은 어린 양처럼, 그는 고개를 푹 수그리더니 끝내 한마디 말도 없이 풀밭 위에 쓰러졌다.

아들을 죽인 아버지는 서서 오랫동안 숨이 끊어진 시체를 바라보았다. 그는 시체가 되었어도 역시 아름다웠다. 바로 조금 전까지만 해도 여자들이 감당할 수 없을 정도의 매력과 힘으로 충만했던 사나이의 얼굴은 이상스러울 정도로 여전히 아름다웠다. 그의 창백한 얼굴에서는 비단 상복처럼 유독 검은 두 눈썹이 돋보였다.

"어디가 카자크답지 못해서?"

불바가 말했다.

"키도 크고 눈썹도 검고, 귀족 같은 얼굴에, 전투에선 힘도 셌는데! 그런 놈이 죽어 버렸어, 천한 개처럼 수치스럽게 죽었어!"

"아버지, 무슨 일을 하신 거예요? 아버지가 죽였나요?"

때마침 말을 타고 달려온 오스타프가 말하였다.

불바는 고개를 끄덕였다.

오스타프는 죽은 자의 두 눈을 찬찬히 들여다보았다. 그는 동생이 불쌍하게 생각되어 그 자리에서 말했다.

"아버지, 애를 제대로 땅에 묻어 주시죠. 적들에게 욕보이게 해서도 안 되고, 또 탐욕스러운 새들이 쪼아 먹게 놔둬도 안 되지요."

"우리가 아니라도 묻어 줄 사람들이 있단다!"

불바가 말했다.

"그에게는 울어 줄 사람도, 위로해 줄 사람도 있을 것이다!"

불바는 아들의 시체를 늑대들이 먹어 버리게 놔둘까, 아니면 누가 보아도 존경하지 않을 수 없는 그의 기사도적 용기를 가상히 여겨 용서해 주고 매장해 줄까 하고 약 이 분 동안 고심하고 있었다. 이때 골로코피텐코가 말을 타고 그에게로 달려오는 것이 보였다.

"아타만, 큰일 났습니다! 적군은 증원 부대가 도착하여 보강되었습니다……."

골로코피텐코의 말이 끝나기도 전에 봅투젠코가 달려왔다.

"아타만, 큰일 났습니다. 새로운 적군이 계속 쏟아져 나옵니다!"

봅투젠코가 말도 다 끝내기도 전에 피사렌코가 말도 타지 않고 도보로 달려왔다.

"대장님, 어디 계시오? 사람들이 당신을 찾고 있소. 벌써 아타만 네빌리치키도 죽었고, 자도로쥬니도 죽었고, 체레비첸코도 죽었소. 그러나 대장님의 얼굴을 보기 전에는 죽기 싫다고,

카자크들은 여전히 그곳을 지키고 있습니다. 죽기 전에 마지막으로 당신을 두 눈으로 보고 싶답니다."

"오스타프야, 말에 올라타라!"

불바는 급히 말을 달렸다. 다시 카자크들을 만나서 그들의 얼굴도 보고, 자신도 그들에게 얼굴을 보여 주려고 했다.

그러나 숲에서 다 빠져나오기도 전에 적군이 벌써 숲을 완전히 포위했다. 나무들 사이로 곳곳에 칼과 창을 든 적군 기마병들이 보였다.

"오스타프야! ……오스타프야! 패배해서는 안 된다!"

불바가 소리를 질렀다. 그리고 자신도 칼을 뽑아 들고 닥치는 대로 적을 베어 버리기 시작했다. 한편 오스타프에게는 갑자기 여섯 명의 적이 한꺼번에 달려들었다. 그러나 그들은 분명히 때를 잘못 잡았다. 첫 번째 적은 목이 잘렸고, 두 번째 적은 돌아서서 도망쳤고, 세 번째 적은 갈비뼈에 창이 꽂혔고, 네 번째 적은 그나마 용감했다. 그는 고개를 돌려 총탄을 피했지만, 그 불타는 총탄은 그만 자신이 타고 있던 말 가슴에 명중하고 말았다. 광포한 말은 뒷발로 곧게 일어섰다가 땅에 쓰러지면서 기병을 깔아 죽이고 말았다.

"내 아들! 잘한다……. 오스타프야, 잘한다……!"

불바가 소리쳤다.

"나도 네 뒤를 따라간다……!"

그러나 그 자신도 달려드는 적군을 물리치고 있었다. 불바는 칼로 베고, 때려눕히고, 되는 대로 사람들의 머리에다 총격을 가했다. 그러나 그의 눈은 계속해서 저 앞에 있는 아들 오스타프 쪽을 보고 있었다. 그때 또다시 여덟 명이나 되는 적들이 한꺼번에 오스타프에게 달려드는 것이 보였다.

"오스타프야! 오스타프야, 지면 안 된다!"

그러나 그들은 이미 오스타프를 압도하고 있었다. 적군 하나가 그의 목을 향해 포승줄을 던졌다. 그는 틀림없이 오스타프를 사로잡으려고 할 것이다.

"아아, 오스타프야! 오스타프야……!"

불바는 소리를 지르면서, 맞서고 있는 적들을 배추 베듯이 베며 아들이 있는 쪽으로 돌진해 갔다.

"아아, 오스타프야, 오스타프야……!"

그러나 그 순간 그는 무거운 바위에 부딪히는 것 같았다. 모든 것이 그의 눈 속에서 빙빙 돌며 거꾸로 섰다. 그 순간 많은 사람들의 머리, 창, 연기, 불빛, 잎사귀가 달려 있는 나뭇가지 등이 뒤섞여서 그의 눈앞에 가물거렸다. 마침내 그는 잘려 나간 참나무 거목처럼 땅에 쓰러지면서 쿵 소리를 냈다. 그리고 안개가 그의 눈을 가렸다.

10장

"내가 오랫동안 잤구나!"

취중에 괴로운 꿈에서 깬 듯이 주위의 사물을 알아보려고 애쓰면서 타라스 불바가 말했다. 그의 몸과 마음은 극도로 허약해져 있었다. 낯선 좋은 방의 벽과 구석구석이 겨우 눈에 들어왔다. 마침내 그는 자기 앞에 톱카치가 앉아서 그의 모든 숨소리를 엿듣고 있는 것을 알아차렸다.

'그래, 아마도 이대로 영원히 잠들어 버리는 것이 좋을지도 몰라!'

톱카치는 마음속으로 생각했다. 그러면서 말없이 손가락으로 위협하는 척하면서 말하지 말라는 신호를 보냈다.

"내가 지금 어디 있는지 말 좀 해 보게."

정신을 차린 후 지나간 일을 기억해 보려고 애쓰면서 또다시 불바가 말했다.

"쉿!"

전우가 엄하게 말했다.

"또 무엇을 알고 싶은가? 우리 아군이 전멸한 것은 자네도 알지 않는가? 내가 자네하고 숨 돌릴 새도 없이 말을 타고 도망쳤고, 자네가 열병에 걸려 고열로 헛소리를 하기 시작한 지 벌써 이 주째네. 이제야 처음으로 편안히 잠이 들었었네. 몸을 해치지 않으려면, 조용히 아무 말도 말게."

그러나 불바는 여전히 정신을 모아 지나간 일을 생각해 내려고 애를 썼다.

"그래 분명히 난 폴란드 놈들에게 완전히 포위되어 포로가 될 뻔하지 않았나? 그 많은 적군 속에서 빠져나올 수가 없었을 텐데?"

"잠자코 있으라니까, 대장부 같은 소리 하네!"

참다못한 톱카치가 보채는 떼쟁이 아기를 나무라는 성난 유모처럼 말했다.

"어떻게 도망쳤는지 지금 알아 봤자 무슨 소용이 있나? 도망친 것만으로도 다행 아닌가? 자네를 팔아먹지 않는 사람들이 있었네. 자, 이만하면 됐어! 아직도 우리는 며칠 밤이나 더 말을 타고 도망쳐야만 해! 자네를 보잘것없는 보통 카자크의 한 사람으로 여기고 있는 줄 아나? 천만에, 지금 자네 목에는 금화 2000냥의 현상금이 걸려 있다는 것을 똑똑히 알고 있게!"

"그런데 오스타프는?"

불바가 갑자기 소리를 지르더니 몸을 일으키려고 힘을 썼다. 그리고 곧 오스타프가 자기 앞에서 적군에게 붙잡혀 포승줄로 묶인 것을 기억해 냈다. 붙잡혀서 지금은 폴란드 놈들 수중에 있으리라.

늙은이의 머리는 슬픔으로 가득 찼다. 그는 자기 상처에 두른 붕대를 잡아 찢어서 멀리 던져 버리고, 큰 소리로 무엇인가를 말하려고 했다. 그러나 그 대신에 헛소리만 나왔다. 또다시 열이 나고 헛소리만 할 뿐이었다. 무의미하고 쓸데없는 말만 자꾸 정신없이 해 댔다.

그러는 동안 그의 충실한 전우는 곁에서 여러 번 그를 나무라기도 하고, 엄한 질책을 하거나, 비난의 말을 퍼붓기도 했다. 마침내 그는 부상당한 옛 전우의 팔과 다리를 붙잡고 아기를 감싸듯 붕대를 다시 고쳐 매어 주었다. 쇠가죽으로 그를 감싼 다음 부목을 대고 동여매서 말안장에 결박하고 또다시 말을 달렸다.

"비록 죽는 한이 있더라도 끝끝내 자네를 데리고 가겠네! 폴란드 놈들이 카자크인 자네를 우롱한다든가, 자네의 몸을 산산이 조각내어 강물에 던지도록 내버려 둘 수는 없지. 설령 독수리가 자네의 얼굴에서 눈알을 쪼아 먹는 일이 있더라도 말이야. 우리 황야의 독수리가 그런다면 몰라도, 폴란드 땅에서 날아온 폴란드 독수리가 그래서는 안 되지. 설사 죽는 한이 있더라도, 나는 자네를 우크라이나까지 데리고 갈 것이네!"

충실한 전우는 그렇게 약속을 했다. 전우는 밤낮을 쉬지 않고 말로 달려서 의식을 잃은 불바를 자포로제의 세치까지 데리고 왔다. 그리고 여러 가지 약재와 찜질로 꾸준히 그를 치료하기 시작했다. 그 방면으로 유명한 유대인 여자를 찾아냈다. 그녀는 한 달 동안 여러 가지 약재를 그에게 먹였다. 마침내 불바는 호전되었다. 약의 효과가 좋았든지 아니면 강철 같은

그의 체력이 병을 이겨 냈든지 어쨌든 그는 보름이 지난 뒤에
는 걸을 수 있었다. 상처는 아물어 갔지만, 칼에 찔린 자국만
은 여전히 남아 있었다. 그리하여 그 상처는 이 늙은 카자크의
심한 부상을 기억하게 했다. 그러나 그는 눈에 띌 정도로 침울
한 슬픔에 잠겨 버렸다. 깊은 주름살 세 개가 그의 이마에 박
혀 그 자리에서 절대로 사라지지 않았다. 그는 주위를 둘러보
았다. 세치에서는 모든 것이 새로웠다. 나이 먹은 동료 전우들
이 모두 다 세상을 떠났다. 정의를 위하여, 신앙을 위하여, 그
리고 형제애를 위하여 일어섰던 사람 중에는 아무도 살아남은
이가 없었다. 총대장과 같이 타타르인을 추격하러 간 사람들
도 이미 오래전에 세상을 떠났다. 모든 사람들이 죽었고, 모든
사람들이 패망했다. 어떤 사람은 싸움터에서 명예로운 죽음을
맞이했거나 물도 없고 먹을 것도 없는 크림 반도에서 굶어 죽
었고, 혹은 포로가 되어 치욕을 견디지 못해 죽었다. 이전 총
대장도 이미 이 세상 사람이 아니었다. 오랜 동료 전우들 중에
는 살아 있는 사람이 하나도 없었다. 그리고 한때 끓어올랐던
카자크의 힘은 사라지고, 그 자리는 풀밭이 되었다. 큰 잔치나
요란한 잔치가 있었다는 말만 들릴 뿐이었다. 모든 그릇들이
조각조각 깨졌고, 그 어디에도 술은 한 방울도 남아 있지 않았
다. 손님들과 하인들이 값진 술병과 그릇들을 모조리 훔쳐 갔
다. 집주인은 '그런 잔치라면 하지 않는 것이 좋았을 텐데…….'
라고 생각하며 안타까운 마음으로 서 있었다.

사람들이 불바의 수심을 풀어 주고 즐겁게 하려고 몹시 애
를 썼으나 허사였다. 수염이 길고 백발이 된 반두라 악사들이
두셋씩 짝을 지어 길을 지나가면서 카자크로서 그의 공로를

찬양하는 노래를 불러 보았지만, 아무 소용이 없었다. 그는 모든 것을 험상궂고 무관심한 눈으로 바라볼 뿐이었다. 그의 무표정한 얼굴에는 지울 수 없는 슬픔이 드리워져 있었다. 그는 고개를 숙이고 조용히 말할 뿐이었다.

"나의 아들아! 오스타프야!"

자포로제 카자크군은 해상 원정을 준비하고 있었다. 200척의 촐른이 드네프르 강에 진수(進水)되었다. 그리고 소아시아에서는 번성했던 해안 마을을 칼과 불로 황폐화시켜 버리고 있는, 머리꼬리가 긴 카자크들을 볼 수 있었다. 그곳에서는 너울을 쓴 마호메트교도들의 머리가 무수한 꽃들처럼 피에 젖어 들판에 굴러다녔고 바다에도 떠다녔다. 또 소아시아에서는 타르로 더럽혀진 자포로제인들의 샤로바리와 검은 가죽 채찍을 들고 있는 굵은 팔도 적지 않게 볼 수 있었다. 자포로제 카자크들은 포도를 모조리 따 먹고 농사를 망쳐 놓았다. 마호메트교 사원 마당에는 거름이 산더미같이 쌓여 있었다. 값진 페르시아의 목도리를 허리띠 대신 사용해 겹겹이 입은 웃옷 위에 매기도 했다. 그래서 그 후 얼마 동안 이 지방에서는 자포로제 카자크들이 쓰던 짤막한 담뱃대들도 볼 수 있었다. 그들은 행복하게 귀향길에 올랐다. 그러나 열 대의 터키 배가 마치 참새 떼를 쫓기라도 하듯이 일제히 대포를 발사하면서 그들을 뒤쫓았다. 카자크의 촐른 삼분의 일이 바닷속으로 가라앉았다. 그러나 나머지 배들은 다시 집결해 항해를 했고, 마침내 금화를 가득 담은 열두 개의 큰 통을 싣고 드네프르 강어귀에 도착했다. 그러나 이 모든 일들도 여전히 타라스 불바의 마음을 끌지는 못했다. 마치 사냥하러 가듯이 타라스 불바는 목장이나 들판으로 나가기는 했지만, 그의 총탄은 늘 발사되지 않고 그대로 남아 있었다. 슬픔에 가득 차 총을 땅에 내려놓고 그는 바닷가에 앉아 있었다. 그는 오랫동안 그 자리에 앉아서 고개를 떨어뜨리고 계속해서 되풀이하여 말했다.

"오스타프야! 오스타프야!"

그의 눈앞에는 흑해가 반짝이며 펼쳐져 있었다. 저 멀리 갈대숲 속에서는 갈매기가 끼룩끼룩 울었다. 그의 흰 수염이 은빛으로 빛났고, 눈물이 한 방울 두 방울 계속 흘렀다.

마침내 불바는 참지 못하고 말했다.

"무슨 일이 있어도 찾으러 가야 해. 그놈이 살아 있는지, 무덤 속에 있는지, 혹은 무덤조차도 없는지. 어쨌든 꼭 알아봐야겠다!"

그로부터 일주일 후에 그는 우만 시에 나타났다. 그는 창과 칼로 무장한 채 말을 타고 있었다. 안장에는 행군용 물병, 미숫가루가 든 밥그릇, 탄약통, 말 다리를 묶는 밧줄 등이 걸려 있었다. 그는 곧장 거리의 불결하고 허름한 오두막집 앞에 말을 멈추었다. 그 집의 작은 창문들은 무엇인지 모를 것으로 그을려 있어 내부가 거의 보이지 않았다. 굴뚝은 걸레로 틀어 막혀 있었고, 구멍 천지인 지붕은 온통 참새들이 뒤덮고 있었다. 온갖 쓰레기가 문 앞에 산더미같이 쌓여 있었다. 흑진주가 달린 모자를 쓴 유대인 여자가 머리를 창문 밖으로 내밀고 내다보고 있었다.

"집에 남편 있느냐?"

말에서 내린 불바가 문에 달린 쇠고리에 말고삐를 매면서 물었다.

"집에 있어요."

유대인 여자가 대답했고, 곧 밀이 든 말구유와 기사를 위한 맥주잔을 가지고 나왔다.

"대체 네 남편은 어디에 있단 말이냐?"

"다른 방에서 기도를 하고 있습니다."

그녀는 건강을 빌면서 대답했다.

"말에게 먹이도 주고 물도 주면서 여기에 있어. 나 혼자 가서 주인하고 이야기할 테니. 실은 그 사람과 볼일이 좀 있다."

그 유대인이란 여러분이 알고 있는 얀켈이었다. 그는 벌써 이곳에서 토지 임차인이자 술집 주인으로 있으면서 이 부근의 모든 폴란드 귀족들을 서서히 자신의 손아귀에 넣었고, 많은 돈을 야금야금 거두어 끌어모았다. 그리하여 그 지방에서 유대인으로서의 존재를 확고히 하고 있었다. 주위 5킬로미터 내 어디에도 농가 한 채가 없었다. 모든 것이 다 낡아 무너져 내렸다. 술은 바닥까지 다 마셔 버려, 남은 것이라고는 빈곤과 누더기뿐이었다. 화재나 전염병이 쓸고 지나간 뒤처럼, 지방 전체가 사라졌다. 만일 이 지방에서 얀켈이 십 년만 더 산다면, 틀림없이 그는 전 군관구를 완전히 황폐하게 만들었을 것이다. 불바가 방으로 들어갔다. 유대인은 아주 더러운 천을 몸에 감고 기도를 하고 있었다. 그들의 종교 관습에 따라 마지막으로 침을 뱉으려고 막 돌아선 순간 그의 눈이 뒤에 서 있던 불바와 마주쳤다. 그때 무엇보다 먼저 얀켈의 머리에 떠오른 것은 그의 목에 걸려 있는 금화 2000냥의 현상금이었다. 그러나 그 욕심을 대단히 수치스럽게 생각한 얀켈은 유대인의 영혼에 붙어 있는 황금에 대한 영원한 생각을 억제하려고 노력했다.

"그런데 말이야, 얀켈, 내 말 좀 들어 봐!"

불바는 자기에게 인사를 하며, 아무도 자신들을 보지 못하게 조심스럽게 문을 닫는 얀켈에게 이렇게 말했다.

"전에 자포로제 사람들이 자네를 개처럼 때려죽이려고 하는 것을 내가 말려서 살려 주었지. 이번엔 자네 차례야. 이번엔 자네가 나를 도와주게!"

유대인은 얼굴을 약간 찡그렸다.

"어떻게 도와드릴까요? 제가 할 수 있는 일이라면 왜 안 하겠습니까?"

"아무 소리 말게. 나를 바르샤바로 데려다 주게."

"바르샤바요? 바르샤바는 왜요?"

얀켈이 물었다. 너무 놀란 나머지 그의 두 눈썹과 어깨가 위로 올라갔다.

"내게 아무것도 묻지 마. 나를 바르샤바로 데려가게. 무슨 일이 있더라도, 자식 놈을 한 번 더 보고 싶네. 그놈과 단 한마디라도 말을 하고 싶어."

"누구와 말하고 싶은 건가요?"

"그놈, 내 아들 오스타프하고 말이야."

"그런데 영감님도 들어 알고 계실 테지만, 이미……."

"안다. 다 알고 있다. 내 목에 금화 2000냥을 걸었다지. 그 악당 놈들도 내 목의 값어치를 안단 말이야! 난 자네에게 5000냥을 주겠네. 지금 2000냥을 주지, 여기 있네. 나머지는 돌아와서 주겠네."

불바는 가죽 주머니에서 2000냥의 금화를 꺼냈다.

얀켈은 즉시 수건을 집어 들어 금화를 덮었다.

"야, 훌륭한 금화네! 아니 정말 좋은 금화다!"

그는 그중 한 개를 집어서 두 손으로 들어 보고 이빨로 깨물어 시험해 보면서 말했다.

"영감님에게 이 좋은 금화를 빼앗긴 놈은 더 이상 이 세상 사람이 아니겠지요. 이처럼 좋은 금화를 빼앗긴 후엔 곧 강물 속에 뛰어들어 빠져 죽었겠지요."

"난 자네에게 부탁하지 않고, 직접 바르샤바로 가는 길을 찾을 수도 있네. 하지만 그러면 난 발각되어 그 저주받을 폴란드 개새끼들에게 붙잡힐 수도 있을 것이야. 왜냐하면 난 꾸며 대는 것에는 그다지 능하지 못하니까. 그러나 자네 같은 유대인은 그런 일을 하려고 태어났지. 자네라면 악마라도 속일 수 있지. 자네라면 모든 수단을 다 알고 있지. 그래서 내가 자네를 찾아온 것일세! 그리고 나 혼자 바르샤바에 가 봤자, 어찌할 도리도 없고. 자, 곧 마차를 준비해서 나를 데려다 주게!"

"아이고, 영감님 생각으론 그냥 금방 암말을 끌고 와 수레에 걸고 '자, 가자, 시프카*!' 하면 다 되는 줄 아세요? 영감님을 숨기지 않고 그대로 모시고 갈 수 있다고 생각하세요?"

"그래. 자, 숨겨라. 좋을 대로 숨겨라. 빈 술통 속에라도 숨을까?"

"아이고, 맙소사! 영감님은 정말 술통 속에 사람을 숨길 수 있다고 생각하세요? 술통에는 술이 들어 있을 거라고 누구나 다들 생각한다는 것을 알지 않습니까?"

"그래, 다들 술이 들어 있을 거라고 생각하겠지."

---

* 회색 말의 호칭.

"그래요? 술이 들어 있을 거라 생각하게 할까요?"

유대인은 두 손으로 머리 타래를 붙잡고 쓰다듬더니 두 손을 번쩍 위로 들었다.

"아니, 도대체 무엇 때문에 자네는 그렇게 놀라나?"

"아니, 술이라는 것은 모든 사람들이 맛을 보라고 하느님이 만드셨다는 것을 영감님은 모른다는 말씀이신가요? 그곳에서는 모두가 맛 좋은 것만 찾는 판인데, 이것이 폴란드 소귀족들의 눈에 띄기만 한다면 술통을 따라 5베르스타라도 달려와 바로 구멍을 뚫을 겁니다. 그런데 술이 쏟아져 나오지 않는 것을 본다면 즉시 이렇게 말할 겁니다. '유대인 놈이 빈 통을 싣고 갈 리가 없어! 무언가 수상하다, 무언가 있다! 저 유대인 놈을 잡아라, 가진 돈을 다 빼앗아라. 감옥에 처넣어라!' 좋지 못한 것은 모두 유대인 탓으로 돌리지요. 유대인이라면 누구든지 모조리 개로 알고 있지요. 유대인이라고만 하면 이미 인간이 아니라고 생각하니까요."

"그래, 그러면 수레에다 생선하고 같이 나를 싣고 가라!"

"안돼요, 영감님, 어림도 없어요. 지금 폴란드 전역에서 사람들이 개처럼 굶주리고 있어요. 생선을 훔치다가 영감님을 찾아낼 겁니다."

"그럼 아무렇게나 해도 좋으니 데려만 가다오!"

"그런데요, 영감님 내 말 좀 들어 봐요!"

유대인은 소매 깃을 걷어 올리고 두 팔을 펴 그에게 다가서면서 말했다.

"이렇게 하시지요. 요즘 도처에서 요새와 성을 쌓고 있어요. 네메트치나에서 프랑스인 기사들도 왔답니다. 그래서 길마다 벽돌과 돌들을 많이 싣고 다니지요. 영감님은 수레 밑바닥에 누우세요. 그러면 제가 그 위에다 벽돌을 실을 겁니다. 보건대, 영감님은 건강하시고 튼튼하시니까 좀 무거워도 괜찮을 것 같아요. 그리고 수레 밑으로 구멍을 뚫어 음식을 드리지요."

"좋을 대로 하게, 데려다만 주게!"

그로부터 한 시간 후에 말 두 마리가 끄는 수레가 벽돌을 싣고 우만 시를 떠났다. 두 마리 중 하나에는 키다리 얀켈이 타고 있었다. 유대인이 쓰는 털모자 밑으로 삐져나와 드리워진 얀켈의 곱슬머리는 길가에 서 있는 이정표처럼 말 위에서 그의 몸이 흔들릴 때마다 휘날렸다.

11장

여기에 기록된 사건이 일어났던 당시에는 국경 요새의 사업가들에게 제일 무서운 사람들, 세관의 관리라든가 순찰대는 아직 없었다. 따라서 누구나 마음 내키는 대로 무엇이든지 운반이 가능했다. 설령 누군가가 검사나 수색을 한다 하더라도, 그것은 주로 자신의 개인적 만족을 위한 것으로써 수레 위에 특별히 유혹적인 물건이 있을 경우에 한했다. 그리고 그 자신이 상당한 권력이나 힘을 가지고 있을 경우에만 검사나 수색이 가능했다. 그러나 벽돌을 갖고자 하는 사람은 하나도 없었기 때문에, 얀켈의 수레는 아무런 방해를 받지 않고 도시의 큰 대문을 통과했다. 불바는 비좁은 벽돌 짐 속에서 마부들의 고함 소리와 소란한 소리 외에는 아무 소리도 들을 수 없었다. 얀켈은 먼지투성이가 된 말 등에서 몸이 들썩들썩 흔들리면서 몇 번씩이나 모퉁이를 돌아서 어둡고 좁은 길에 들어섰다. 이 길은 부정한 거리라 불리는 동시에 유대인의 거리라고도 불렸다. 왜냐하면 여기에 바르샤바의 유대인들이 전부 살고 있었기 때문이었다. 이 거리는 앞마당도 아닌 뒷마당을 뒤집어 엎어 놓은 것같이 아주 지저분했다. 여기엔 햇빛도 전혀 비치지 않을 것 같았다. 창문마다 시커멓게 그을린 작대기가 무수히 뻗어 나온 목조 가옥들이 거리를 더욱 어둡게 만들었다. 목조 가옥들 사이로 벽돌로 된 벽들이 드물게 붉은빛을 띠고 있었으나, 그것조차도 거의 모두가 완전히 검은색으로 변하고 있었다. 백회를 바른 위쪽 벽 부분만이 가끔씩 햇빛을 받아 눈이 부실 정도로 반짝이고 있었다. 이곳에 있는 모든 것들이 몹시 험상궂었다. 굴뚝, 걸레, 과일 껍질, 내던져 깨어진 통 등 길가에 늘어져 있는 쓰레기는 지나가는 사람들의 눈살을 찌푸리게 만들었다. 한 집에서 건너편 집으로 뻗어 있는 작대기에는 유대인들의 양말, 짧은 속바지, 구운 거위 등이 걸려 있어서 말을 타고 지나가는 사람의 손에 거의 닿을 것 같았다. 때때로 까만 유리알 장신구를 한 예쁜 유대인 여자가 낡아 빠진 창문으로 밖을 내다보았다. 더럽고 찢어진 옷을 입은 곱슬머리의 유대인 아이들이 소리를 지르며 진흙탕 속에서 뒹굴었다. 온 얼굴에 주근깨가 새알같이 박혀 있고 당근빛 머리칼을 하고 있는 유대인 하나가 창문으로 내다보더니, 얀켈과 무슨 말인지 알아듣지도 못하는 말로 이야기를 주고받았다. 그러더니 얀켈은 곧 어떤 마당 안으로 수레를 몰고 들어갔다. 또 한 명의 유대인이 길을 걸어가다가 걸음을 멈추고 이야기에 끼어들었다. 그리고 불바가 간신히 벽돌 밑에서 기어 나왔을 때, 그는 대단히 열심히 이야기하고 있는 세 명의 유대인을 보았다.

얀켈은 그를 바라보며 꼭 어떻게든 해 보겠다고 말했다.

"나리의 아들 오스타프는 지금 거리의 감옥 안에 있습니다. 간수를 설득하기는 힘들지만 어떻게 해서든 만날 수 있을 겁니다."

불바는 세 명의 유대인과 함께 방으로 들어갔다.

유대인들은 또다시 알 수 없는 자기들 말로 자기들끼리 이야기를 시작했다. 불바는 그들의 얼굴을 하나하나 돌아가면서 바라보았다. 무엇인가 그의 마음을 심하게 뒤흔드는 것을 느꼈다. 난폭하고 변화 없는 그의 얼굴에 파괴력이 강한 희망의 불꽃이 타올랐다. 그런 희망은 종종 절망의 마지막 순간에 가서야 사람의 마음에 찾아오는 것이었다. 늙은이의 심장이 청년의 심장처럼 힘차게 뛰기 시작했다.

"여러분! 들어 보시오!"

그가 말했다. 그의 말 속에는 어떤 기쁨이 담겨 있었다.

"당신들은 이 세상에서 어떤 일이든지 할 수 있소. 바다 밑바닥에 있는 것이라 해도 무엇이든지 꺼내 올 수 있소. 그래서 옛날부터 유대인이 훔치려고 마음만 먹으면 자기 자신도 훔친다는 속담이 있지 않소. 내 아들 오스타프를 해방시켜 주시오! 악마들의 손에서 빠져나올 수 있는 기회를 그에게 주시오. 난 이 사람에게 1만 2000냥을 주겠다고 약속했지만* 1만 2000냥을 더 보태도 좋소. 내가 가지고 있는 크고 값진 술잔들과 땅속에 묻어 둔 금, 집, 마지막 한 벌의 옷까지도 모두 다 팔아

---

* 앞서 불바는 얀켈에게 5000냥을 주겠다고 했는데(185쪽), 여기서는 1만 2000냥을 주겠다고 약속했다는 말을 한다. 이는 원문을 그대로 옮긴 것으로, 작가의 착오인지 아니면 내용상 생략된 또 다른 금전적 약속이 있었던 것인지 알 수 없다.

버리겠소. 그리고 이후 내 일생 동안 전쟁에서 노획한 것은 무엇이든 당신들하고 절반씩 나눈다는 계약을 맺어도 좋소."

"아이고, 안 됩니다, 영감님. 그럴 수는 없습니다!"

얀켈이 한숨을 쉬면서 말했다.

"그래요, 그렇게 할 수 없어요!"

다른 유대인도 맞장구를 쳤다.

세 명의 유대인들은 서로 쳐다보았다.

"그러나 시도는 해 보자고."

세 번째 유대인이 다른 두 사람을 돌아보고 떨면서 말했다.

"어쩌면 가능할 수도 있어."

세 명의 유대인들은 독일어로 이야기를 시작했다. 아무리 애써 들어 봐도 불바는 한마디도 알아들을 수가 없었다. 다만 자주 반복되는 '마르도하이'라는 말이 그의 귀에 들어왔을 뿐, 더 이상 다른 어떤 말도 알아들을 수 없었다.

"그러면, 영감님!"

얀켈이 말했다.

"아직 이 세상에는 한 번도 없었던 그런 훌륭한 사람과 상의해 봐야겠습니다. 음, 으응! 솔로몬같이 지혜로운 사람입니다. 그가 어쩔 수 없다고 한다면, 그때는 이 세상의 어느 누구도 어쩔 수 없는 겁니다. 여기 앉아 계세요. 자, 열쇠가 여기 있습니다. 아무도 들어오게 해서는 안 됩니다!"

유대인은 큰길로 나가 버렸다.

불바는 문을 잠그고 작은 창문으로 그 더러운 유대인 거리를 내다보았다. 세 명의 유대인은 큰길 한가운데 멈춰 서서 상당히 흥분한 어조로 열심히 이야기를 나누기 시작했다. 거기에

네 번째 유대인이 끼어들고 마지막으로 또 한 명, 다섯 번째 유대인이 끼어들었다. 그는 또다시 "마르도하이, 마르도하이." 하는 말이 되풀이되는 것을 들었다. 유대인들은 쉴 새 없이 큰 길 한쪽을 바라보고 있었다. 마침내 길 끝에 있는 한 더러운 집 뒤에서 유대인식 양말을 신은 다리가 보이더니 반외투 자락이 아른거렸다.

"아, 마르도하이다! 마르도하이다!"

유대인들이 일제히 소리 지르기 시작했다. 얀켈보다는 다소 키가 작으나 그 대신 훨씬 주름살이 많고 무척 두꺼운 윗입술을 가진 말라빠진 유대인이, 기다리고 있던 사람들에게로 다가왔다. 그러자 모두가 서둘러 그에게 이야기하기 시작했다. 그 이야기를 들으면서 마르도하이는 몇 번이나 그 작은 창문을 바라보았다. 그래서 불바는 자기에 관한 이야기를 하고 있는 것이라 추측했다. 마르도하이는 손을 내저었고, 그들이 말하는 것을 듣다 말다 했다. 그리고 자주 옆에다 침을 뱉더니, 반외투 뒷자락을 올려 호주머니에 손을 넣고 짤랑짤랑 소리가 나는 장난감을 꺼냈다. 그때 지나치게 더러운 그의 판탈롱 바지가 보였다. 그러다가 이들 유대인들은 망을 보고 있던 사람이 조용히 하라는 신호를 보내야 할 만큼 큰 소리를 냈다. 그래서 불바는 자기가 무사할 수 있을까 하고 걱정하기 시작하였으나, 곧 유대인들은 길가가 아니면 의논도 못하는 따위의 것들이라 여겼다. 그들의 이야기는 악마라도 알아들을 수 없으리라고 생각하니 그는 겨우 마음이 놓였다.

이 분 정도 지나서 유대인들이 모두 함께 그가 있는 방으로 들어왔다. 마르도하이가 불바에게 다가와 그의 어깨를 툭 치며 말했다.

"우리와 하느님이 원하는 한, 꼭 그대로 되오."

타라스 불바는 아직 이 세상에 나타난 예가 없다는 그 위대한 솔로몬을 쳐다보고 다소 희망을 얻었다. 사실 그의 용모는 어느 정도 믿음을 줄 수 있었다. 그의 윗입술은 정말 괴물 같았다. 틀림없이 그 입술 두께는 다른 이유 때문에 더 컸다. 이 솔로몬의 턱수염에는 털이 열다섯 개뿐이고, 그것도 왼쪽에만 있었다. 솔로몬의 얼굴에는 용맹의 상징으로 보이는 전투자국이 무수히 나 있었는데 태어날 때부터 있었던 흠으로 생각될 정도로 많았다. 틀림없이 오래전에 그 자국이 몇 개인지도 잊어버렸을 것이다.

자기의 지혜에 대한 경탄으로 흐뭇해진 마르도하이는 친구들을 데리고 나갔다. 불바는 혼자 남았다. 그는 일찍이 경험해 보지 못한 이상스러운 상태에 빠졌다. 생전 처음으로 불안을 느꼈다. 열병에 걸린 것 같은 정신 상태였다. 이전엔 참나무처럼 견고하고 확고부동했던 그가 지금은 겁이 많고 나약해져 있었다. 바스락거리는 소리에도 몸이 떨렸고, 길 끝에 새로운 유대인의 모습이 보일 때마다 떨렸다. 이런 기분으로 종일 먹지도 않고, 마시지도 않고, 길가로 난 조그마한 창문에서 한시도 눈을 떼지 않고 있었다. 마침내 그날 저녁 늦게 마르도하이와 얀켈이 나타났다. 늙은 불바의 심장이 멎는 듯했다.

"어때요? 잘 되었소?"

그는 사나운 말처럼 참지 못하고 물어보았다.

그러나 유대인들이 용기를 내어 대답하기도 전에 벌써 불바는, 어지간히 더럽기는 했지만 모자 밑으로 흘러내려 찰랑댔던 마르도하이의 곱슬머리가 마지막 한 가닥까지 없어진 것을 알아차렸다. 분명히 마르도하이는 무엇인가 말하고 싶어 했다. 그러나 용건은 말하지 않고, 불바가 도무지 알아들을 수 없는 쓸데없는 이야기를 늘어놓았다. 게다가 얀켈까지 감기에 걸린 듯이 자주 입에 손을 갖다 댔다.

"이봐요, 영감님!"

얀켈이 말을 시작했다.

"이젠 완전히 불가능해요! 다 틀렸어요! 에이, 나쁜 놈들 같으니! 대가리에다 침을 뱉어 버릴 놈들이지요! 마르도하이가 말해 줄 거요. 마르도하이가 이 세상에서 한 사람도 해 본 적이 없는 술책을 꾸몄지요. 그러나 하느님의 뜻이 아닌가 봅니다. 3000명의 대군이 지키고 있어요. 내일 포로들을 전부 사형에 처한답니다."

불바는 두 유대인의 눈을 들여다보고 있었다. 그러나 이제는 초조도, 분노도 없었다.

"그러니까 만약 영감님이 아들을 보시려면 내일 아침 해가 돋기 전에 일찍 가셔야 합니다. 보초병 놈들이 허락했고, 레벤타르* 한 놈과도 약속을 했어요. 그런 놈들은 저승에 가서 고생 좀 해야 할 텐데! 편안하지는 않겠지! 참으로 돈에 눈이 어두운 타산적인 놈들 같으니! 우리 유대인 중에도 그런 놈은 없지요. 한 놈 한 놈에게 일일이 50냥씩 주었고, 대장 놈에게는……."

"좋소, 나를 아들이 있는 곳으로 데려다 주시오!"

불바가 단호하게 말했다. 그의 정신에 단호한 결단력이 다시

---

* 폴란드의 경비대장.

생긴 것이다.

그는 독일에서 온 외국 백작으로 변장하라는 얀켈의 제안을 받아들였다. 의복은 선견지명 있는 유대인이 벌써 장만하고 있었다. 이미 밤은 깊었다. 얼굴에 주근깨가 있는 붉은 머리의 유대인으로 알려진 집주인은 돗자리 같은 것으로 싼 얇은 담요를 꺼내, 불바를 위하여 긴 걸상 위에 깔아 주었다. 얀켈도 역시 마룻바닥에 깔린, 똑같은 담요에 드러누웠다. 붉은 머리 유대인은 작은 잔으로 과실주를 한 잔 마시고, 반외투를 벗어 버리고 양말과 신발만 신은 채 마치 병아리 같은 꼴로 자기 처와 함께 장롱 같은 것 속으로 들어갔다. 어린애 둘도 마치 강아지 새끼처럼 그 장롱 옆 마룻바닥에 드러누웠다. 불바는 꼼짝도 않고 앉아서 자지 않으려 했다. 그리고 손끝으로 책상을 톡톡 두들기면서 담뱃대를 입에 물고 연기만 뿜어내고 있었다. 그 때문에 유대인은 잠결에 재채기를 하더니 코를 이불 속으로 파묻었다. 창백한 새벽 기운이 하늘에서 바쁘게 움직이기도 전에, 그는 발로 얀켈을 쿡쿡 찔렀다.

"얀켈, 일어나게. 자네가 준비한 백작 옷을 내놓게!"

불바는 순식간에 옷을 입었다. 그리고 수염과 눈썹 등을 검게 물들이고, 머리 위에는 검고 조그마한 모자를 썼다. 이제 그의 가장 가까운 카자크들이라 할지라도, 아무도 그를 알아볼 수 없을 것이다. 아무리 보아도 서른다섯 살 이상으로는 보이지 않았다. 그의 뺨에 비친 혈색은 건강하게 보였고, 몇 군데 있는 상처 자국은 어딘가 위엄 있게 보였다. 금으로 장식한 의상도 그에게 잘 맞았다.

큰길은 아직 잠들어 있었다. 시내에는 물건이 든 상자를 손으로 나르는 장사꾼 하나 보이지 않았다. 불바와 얀켈은 황새가 앉아 있는 모양을 한 건물에 이르렀다. 그 거무스름한 건물은 낮고 옆으로 넓게 퍼져 있었는데, 황새 목처럼 길고 좁은 망루가 솟아 있고, 망루 위 지붕의 한쪽이 튀어나와 있었다. 이 건물은 여러 가지 공무를 처리하는 곳이었다. 여기에는 부대와 감옥뿐만 아니라 재판소까지 있었다. 두 사람의 손님이 대문을 들어서니 큰 방이라기보다 지붕이 있는 마당이라고 할 만한 곳이 나왔다. 대략 1000명가량 되는 사람들이 함께 잠자고 있었다. 정면으로 나지막한 문이 있었고 그 앞에 두 명의 보초가 앉아서, 한 사람이 다른 한 사람의 손바닥을 두 손가락으로 때리는 내기를 하고 있었다. 그들은 들어온 사람들에 대해 별로 주의를 기울이지도 않았다.

"우리요. 여보시오, 나리들? 우리가 왔소."

얀켈이 말하자 겨우 고개만 돌렸다.

"들어가시오!"

그중 하나가 한 손으로는 문을 열고, 다른 한 손은 맞기 위하여 상대방 쪽으로 뻗치면서 말했다.

그들은 좁고 컴컴한 복도에 들어섰다. 그 복도는 또다시 그들을 조그마한 창문이 몇 군데 뚫린 큰 방으로 이끌었다.

"누구야?"

몇 사람이 소리를 질렀다. 불바는 완전무장을 한 상당수의 병사들을 볼 수 있었다.

"아무도 들여놓지 말라는 명령이다."

"저희들입니다!"

얀켈이 큰 소리로 대답했다.

"아이고, 나리들, 아시잖아요, 저희들인데!"

그러나 아무도 들은 체도 하지 않았다. 다행히도 마침 뚱보 하나가 다가왔다. 모든 정황으로 보아 대장이라고 생각되는 자였다. 왜냐하면 누구보다도 더 심하게 욕설을 했기 때문이다.

"나리, 저희들입니다. 다 아시잖아요. 그리고 이 백작님이 다시 인사를 표하실 겁니다."

"빌어먹을! 하는 수 없군, 들여보내! 이제 더 이상 아무도 안 된다! 이제 누구도 칼을 버리고 개같이 마룻바닥에 엎드려 사정을 해도 안 된다⋯⋯."

이 훌륭한 명령을 우리 두 손님은 미처 알아듣지 못했다.

"저희늘입니다⋯⋯. 저예요⋯⋯. 이쪽 사람들입니다!"

얀켈이 누군가를 만나자 말했다.

"어때요, 지금 들어가도 되지요?"

마침내 그들이 복도의 끝까지 왔을 때, 그는 보초병에게 물어보았다.

"좋아, 그런데 당신들을 감옥 안까지 들여보내야 할지 모르겠단 말이야. 지금은 얀이 아니고 딴 놈이 서 있거든."

보초병이 대답했다.

"아니, 아니."

유대인은 조용히 말했다.

"나리, 그러면 곤란한데요!"

"안내해라!"

불바가 강하게 말했다. 유대인은 그의 말에 따랐다.

위쪽이 뾰족하게 되어 있는 지하실 입구에는 3층으로 된 수염을 기른 병사가 하나 서 있었다. 그의 수염은 제일 위층이 뒤로, 두 번째 층은 똑바로 앞으로, 세 번째 층은 아래로 뻗어 있어, 그의 용모를 고양이같이 만들어 놓았다.

유대인은 죽을죄를 세 번이나 저지른 사람처럼 몹시 황송해하면서, 거의 게걸음으로 그 옆으로 다가갔다.

"대장 나리! 여보세요, 대장 나리!"

"너 이놈, 유대인. 진정 내게 하는 말이냐?"

"그럼요, 대장 나리!"

"음…… 그런데 나는 그냥 졸병인데!"

3층 수염의 병사는 기쁜 듯 눈을 번쩍이면서 말했다.

"그래요, 전 당신이 정말 대장 나리인 줄 알고. 아! 아! 네 네……!"

이때 유대인은 말하면서 고개를 한번 돌리더니 손가락을 활짝 펼쳤다.

"아니, 정말로 풍채가 훌륭하세요! 아이고, 대장님. 정말 대장님 같으세요! 이제 손가락만큼만 더 보태면 대장 지휘관이 되겠네요! 나리를 파리처럼 빠른 말에 타게 하고, 전군을 호령하게 하면 얼마나 좋겠어요!"

졸병은 자기 수염의 제일 아래층을 쓰다듬었다. 그의 두 눈은 정말 기쁜 듯이 빛났다.

"참, 군인이란 훌륭하군요!"

유대인은 말을 계속했다.

"아아, 정말 훌륭해요! 금줄과 번쩍번쩍하는 것을 몸에 달고 있으니……. 햇빛같이 번쩍이네요. 아마도 아가씨들은 군인들을 보기만 해도 반할걸요……. 아이고, 맙소사!"

유대인은 다시 한번 고개를 돌렸다.

졸병은 한 손으로 위층의 수염을 꼬아 틀면서 그 틈으로 말우는 소리 비슷한 소리를 냈다.

"나리에게 부탁이 있어요!"

유대인이 말을 꺼냈다.

"여기 계신 백작님은 외국에서 오셨는데, 카자크들을 보고 싶답니다. 카자크가 어떻게 생겼는지 아직 한 번도 못 보셨답니다."

외국의 백작과 남작이 폴란드에 오는 것은 흔히 있는 일이었다. 그들은 종종 반(半)아시아적인 유럽의 한구석을 구경하고 싶은 호기심에서 방문하기도 했다. 그들은 모스크바나 우크라이나가 아시아에 위치하고 있다고 생각했다. 그렇기 때문에 졸병은 어느 정도 정중하게 고개를 숙였고, 자기도 몇 마디 인사의 말을 해야겠다고 생각했다.

"백작님, 저로서는 도저히 알 수가 없네요. 왜 당신이 그들을 보고 싶어 하시는지요. 그런 놈들은 개지, 사람이 아닙니다. 그놈들은 아무도 존경하지 않는 그런 신앙을 받들고 있지요."

"거짓말 마라, 악마 새끼들아!"

불바가 말했다.

"네놈이 개다! 사람들이 우리의 신앙을 받들지 않는다고? 감히 그따위 소리를 함부로 지껄이고 있어? 아무도 떠받들지 않는 것은 바로 네놈들의 이단 신앙이다!"

"어!"

졸병이 말했다.

"아하, 아! 이 친구 봐라, 자네가 누구인지 이제야 알겠네. 넌 여기 갇힌 놈들과 한패지. 꼼짝 마라. 여기로 우리 병사들을 불러올 테니."

불바는 자신이 경솔하다고 생각했다. 그러나 그는 타고난 외고집인 데다 울화통이 터졌기 때문에 바로잡지 않고 그냥 넘겨 버릴 수가 없었다. 다행히도 때마침 얀켈이 사이에 끼어들었다.

"대장 나리! 이 백작님이 카자크라고요, 어찌 그럴 수가 있겠습니까? 만일 이분이 카자크라면, 어디서 이런 옷들을 구해 백작 모습을 할 수 있겠습니까?"

"네 마음대로 혼자 씨부렁대라!"

큰 소리를 지르려고 졸병은 입을 크게 벌렸다.

"대장 나리! 제발 그만하십시오! 제발! 조용히!"

얀켈이 울부짖었다.

"그만하시죠! 그 대신 지금까지 본 적 없는 큰돈을 드리지요. 금화 두 냥을 드리겠습니다!"

"애개개! 금화 두 냥이라고! 금화 두 냥으로 무엇하란 말이냐. 이발사에게 수염을 절반만 밀어도 금화 두 냥을 내야 하는데. 이 유대인 놈아, 100냥 내라!"

이렇게 말한 졸병은 윗수염을 꼬아 비틀기 시작했다.

"100냥을 안 주면, 당장 소리를 지를 테다!"

"무엇 때문에 그렇게 많은 돈을 내야 한단 말인가요?"

얼굴이 창백해진 유대인은 돈주머니 끈을 풀면서 슬프게 말했다. 그러나 그의 돈주머니엔 그만큼의 금화가 없었지만, 다행히도 이 졸병은 100까지 셀 줄 몰랐다.

"자, 나리, 빨리 통과합시다! 보세요, 이곳 사람들은 정말로 좋은 사람들이 아니지요!"

더 내놓지 않은 것을 불만으로 생각하는 듯이 졸병이 받은 돈을 손에다 놓고 주무르고 있는 것을 보고서 얀켈이 말했다.

"저 새끼 뭐야, 악마 같은 졸병 새끼."

불바가 말했다.

"돈을 받고서도 보여 줄 생각을 않다니? 안 되지, 보여 줄 의무가 있잖아. 돈을 받은 이상, 지금 거절할 권리는 없지."

"꺼져! 악마한테 꺼지란 말이야! 당장 안 보이는 데로 꺼져. 안 그러면 네놈들을 당장에……. 빨리, 빨리 꺼지란 말이다!"

"나리! 나리! 갑시다. 정말 갑시다! 못된 놈들 같으니! 더러운 꿈이나 꿔라!"

가련한 얀켈이 소리를 질렀다.

불바는 고개를 숙이고 천천히 돌아섰다. 그리고 쓸데없이 돈을 써 버린 것에 화가 난 얀켈의 욕지거리를 들으면서 그는 온 길을 되돌아 걸어갔다.

"그놈을 어떻게 손 좀 봐 줬어야 했는데! 에이, 개 같은 놈! 욕이나 실컷 해 줄걸! 정말 두들겨 패지 않으면 안 될 놈들이야! 오! 하느님이 행운을 주셨지! 우리를 쫓아냈는데 100냥씩이나 주다니! 우리들 중엔 머리칼을 다 뽑히고 낯짝을 얻어맞아 보지 못할 지경이 되더라도, 100냥을 그냥 내줄 사람은 하나도 없지. 아아, 하느님이시여! 맙소사, 불쌍히 여기옵소서!"

그러나 이 실패는 불바에게 훨씬 더 큰 영향을 끼쳤다. 실패는 그의 눈 속에서 무엇이든 다 삼켜 버릴 것 같은 불길이 되어 나타났다.

"가자!"

갑자기 충격을 받은 듯이 그가 부들부들 떨면서 말했다.

"광장으로 가자. 나는 놈들이 아들을 어떻게 괴롭히나 꼭 봐야겠다."

"이보시오, 영감님! 뭐하러 가십니까? 이제 그래 봤자, 아무 소용도 없어요."

"가자!"

불바가 우겼다. 유대인도 유모처럼 한숨을 쉬면서 그의 뒤를 따라갔다.

사형 집행을 준비하고 있는 광장은 쉽게 찾을 수 있었다. 사람들이 사방에서 그리로 모여들고 있었기 때문이다. 당시처럼 야만적인 시대에는 보잘것없는 사람들뿐만 아니라, 상류 사회의 인사들에게까지도 사형이 가장 흥미 있는 구경거리였다. 집으로 돌아가 꿈에 나타난 피투성이의 시체를 보고서 술 취한 경기병만이 낼 수 있는 괴성을 지르면서도, 겁 많은 아가씨들과 아주머니들 또 신앙심이 깊은 할머니들까지도 이 기회를 놓치지 않고 구경하려 했다.

"아, 무슨 고통이 저렇게 심할까!"

그들 중의 많은 사람들은 눈을 가리고 또 낯을 돌리면서도 흥분하여 소리를 질렀다. 그러면서도 상당히 오랫동안 그 자리에 머물러 있었다. 사람들은 입을 벌리기도 하고, 팔을 앞으로 뻗기도 하고, 또 어떤 사람들은 더 잘 보기 위해 다른 사람들의 머리 위에라도 올라갈 기세를 보이기도 했다. 보잘것없는 짧은 견해를 가진 군중 속에서 뚱뚱한 얼굴을 한 백정 한 사람이 모습을 드러냈다. 그는 이 일의 전문가답게 모든 과정을 주시하면서, 명절날 술집에서 술을 마시면서 대부님이라고 부르게 된 무기 만드는 장인과 짧게 대화를 나누고 있었다. 어떤 사람들은 흥분하여 시비를 걸었고 또 다른 사람들은 노름을 하였다. 그러나 구경꾼들 대부분은 세상에서 일어나는 모든 것을 손가락으로 콧구멍이나 후비면서 구경하는 족속이었다. 도시 수비대의 맨 앞줄, 수염을 기른 사나이들 바로 옆에 폴란드 귀족이거나 혹은 귀족 티를 내고 싶은 사람이 군복을 입고 서 있었다. 틀림없이 그는 가지고 있는 모든 것을 몸에 걸치고 온 모양이었다. 그렇다면 하숙집에는 다 떨어진 속옷과 낡아빠진 장화만 남아 있을 것이 분명했다. 길고 짧은 두 개의 쇠사슬에는 어느 나라 것인지 알 수 없는 금화를 달아 목에 걸고 있었다. 그는 애인 유지샤와 나란히 서 있었는데 누가 그녀의 비단옷을 더럽히지 않을까 하여 쉴 새 없이 주위를 둘러보고 있었다. 이미 모든 것을 그녀에게 다 설명해 주었기 때문에 그는 더 이상 할 말이 없었다.

"자, 보세요, 유지샤 씨."

그가 말했다.

"당신이 보고 있는 이 군중들 전부 죄인들을 어떻게 사형에 처하는지 보러 왔습니다. 자, 보시다시피 저기 도끼와 다른 여러 가지 도구를 가진 자, 저 사람이 사형 집행인이지요. 그가 사형을 집행합니다. 차바퀴에 매달리거나 다른 형벌을 받는 동안에 죄수는 아직 살아 있지만, 목을 잘라 버리면 금방 죽어 버립니다. 목이 잘리기 전에는 소리를 지르고 몸을 움직이지만, 목을 잘라 버리면 소리도 못 지르고 먹지도 마시지도 못합니다. 이미 머리가 없으니까요."

유지샤는 공포와 호기심을 느끼며 이 모든 설명을 듣고 있었다. 지붕마다 사람들이 흩어져 앉아 있었다. 수염을 기르고 잘 때 쓰는 모자같이 생긴 것을 쓴, 진짜 우스꽝스러운 얼굴들도 여기저기서 지붕 밑 창문으로 내다보고 있었다. 천막 아래 특별석에는 귀족들이 앉아 있었다. 쉴 새 없이 웃어 대는 귀부인의 하얗게 빛나는 아름다운 손이 그곳 난간을 잡고 있었다. 상당한 몸집을 한 고관 귀족들도 교만한 태도로 구경하고 있었다. 그곳에서는 아름다운 옷차림을 한 하인들이 소매를 걷어 올리고 갖가지 마실 것과 먹을 것을 나르고 있었다. 검은 눈동자의 장난꾸러기 소녀가 만두와 과일을 집어서 자꾸 아래에 있는 군중들에게 던졌다. 한 무리의 배고픈 기사들이 그것을 받으려고 모자를 내밀었다. 군중 속에서 단연 돋보이는 키가 큰 귀족은 까맣게 벗겨진 금줄이 달린 빨간 상의를 입고 있었는데, 자신의 긴 두 팔을 이용해 첫 번째로 그것을 받아서 곧바로 키스하고는 심장에 한번 갖다 대더니 입에 넣어 버렸다. 금색 새장에 넣어서 발코니 아래에 매달아 놓은 매 역시 구경꾼의 하나였다. 매는 부리를 옆으로 돌리고 한쪽 다리를 들고서 군중을 유심히 바라보고 있었다. 갑자기 군중이 소란해졌다. 그리고 사방에서 소리가 울렸다.

"끌고 온다……. 끌고 온다! ……카자크들이 왔다!"

그들은 머리에 아무것도 쓰지 않고, 머리채를 길게 늘어뜨리고 걸어왔다. 수염은 자랄 대로 자랐다. 그들은 무서워하는 기색도, 우울한 기색도 없이 조용히 자랑스럽게 걸어 나왔다. 비싼 양복지로 만든 그들의 옷은 다 해어져 낡아 빠진 걸레처럼 펄럭거렸다. 그들은 군중을 보지도 않고, 고개를 수그리지도 않았다. 오스타프가 선두에서 걸어왔다.

자기 아들 오스타프를 보았을 때, 늙은 불바가 무엇을 느꼈을까? 그때 그의 가슴은 어떠했을까? 군중 속에서 그는 아들의 모습을 바라보며 일거수일투족을 놓치지 않았다. 그들은 벌써 사형장 가까이까지 와 있었다. 오스타프는 걸음을 멈추었다. 그가 제일 먼저 이 고배를 마셔야만 했다. 그는 동지들을 돌아본 다음, 한 팔을 높이 쳐들고 큰 소리로 말했다.

"하느님, 우리 그리스도교인들이 당하는 고통을 여기 서 있는 이단자들이 보지 못하게 하여 주소서! 우리 중 누구도 신음 소리 하나 내지 않게 해 주소서!"

그다음 그는 단두대로 걸어갔다.

"훌륭하다. 아들아, 훌륭해!"

불바는 조용히 말하고, 백발 머리를 땅으로 떨어뜨렸다.

사형 집행인은 다 해진 누더기를 그의 몸에서 벗겨 내고는 만들어 놓은 틀에다가 그의 손발을 결박했다. 그리고…… 아니다, 온몸의 털이 곤두설 만큼 무서운 지옥 같은 고통의 장면을 묘사해서 독자 여러분을 괴롭히지 않겠다. 이를 묘사하는 것은 인간적이지 못한 짓이다. 그것은 피비린내 나는 삶 속에서 군인의 공훈을 기리고 강철 같은 정신만을 단련시켰던, 야만적이고 잔인한 시대의 산물이었다. 지혜와 사상이 트인 몇몇 기사들은 그러한 혹독한 형벌이 카자크 민족의 복수심만 불타게 할 뿐이며 쓸데없는 짓이라고 주장했지만 소용없는 노릇이었다. 그러나 귀족들의 경솔함, 선견지명의 결여, 유치한 자존심과 자만심으로 국회를 한낱 정치적 풍자화로 바꾸어 버렸던 무질서와 불손한 의지 앞에서 국왕과 현명한 사람들의 권력도 어찌할 도리가 없었다.

오스타프는 위대한 인물처럼 모든 고통과 고문을 침착하게 참아 나갔다. 팔과 다리의 뼈가 뚝뚝 꺾이기 시작했을 때에도, 그 무서운 소리가 먼 곳에서 죽은 듯이 바라보고 있는 구경꾼들에게까지 들려 여자들이 시선을 돌리고 말았을 때에도, 그는 단 한마디의 비명도, 신음 소리도 내지 않았다. 그의 입술에서는 그와 비슷한 어떤 소리도 나오지 않았고, 그의 얼굴은 조금도 움직이지 않았다. 불바는 머리를 수그리거나 또는 자랑스럽게 시선을 올리거나 하면서 군중 속에 서 있었다. 그리고 칭찬하는 어조로 한마디 했다.

"훌륭하다. 아들아, 훌륭해!"

그러나 오스타프를 죽음의 고통까지 이끌고 갔을 때, 그의 기운도 빠져나가는 듯이 보였다. 그는 주위를 둘러보았다. 아니, 이럴 수가, 모두 낯선 얼굴들뿐이다! 그가 죽을 때 가까운 사람들 중에 누군가가 함께해 주었으면! 그는 연약한 어머니의 슬픔이나 통곡 소리를 듣고 싶지는 않았을 것이다. 또 머리칼을 잡아 뜯고 자신의 흰 가슴을 두들기면서 미친 듯이 슬퍼하는 부인의 통곡 소리도 듣고 싶지 않았을 것이다. 지금 그는 현명한 말로 자신에게 기운을 북돋아 주고, 죽어 가는 자신을 위로해 줄 수 있는 불굴의 사나이를 보고 싶어 할 것이다. 마침내 그는 기운이 다 빠지고 마음이 약해져 소리를 내질렀다.

"아버지! 어디 계세요! 이 모든 고통을 아시겠지요?"

"암, 내가 여기서 보고 있다!"

완전한 침묵 속에서 그 소리가 울려 퍼졌다. 백만 군중이 모두 일시에 몸을 떨었다.

기마 부대 일부가 군중을 조사하기 위해 주의 깊게 살피면서 달려 나왔다. 얀켈은 죽은 사람처럼 창백해졌다. 기마 부대가 그에게서 다소 멀어졌을 때, 그제야 그는 두려움을 참고 불바를 보기 위해 뒤를 돌아보았다. 그러나 불바는 이미 옆에 없었고, 그의 그림자도 보이지 않았다.

12장

타라스 불바의 행방이 밝혀졌다. 12만 명의 카자크군이 우크라이나 국경에 나타났다. 그 군대는 이미 전리품 때문에 혹은 타타르인을 추격하기 위해 나선 어떤 작은 부대나 지대가 아니었다. 그렇다, 참다못해서 전 민족이 일어난 것이었다. 자신들의 권리가 조롱당하고 자기들의 풍속이 짓밟힌 것에 대항하여, 수치스러운 모욕에 대항하여, 조상의 신앙과 신성한 관습이 능욕당한 것에 대항하여, 그들의 교회에 대한 모독에 대항하여 봉기한 것이었다. 그리고 타국인 폴란드 귀족들의 난폭함과 무례함에 대항하여, 카자크에 대한 박해에 대항하여, 그리스교와 로마교의 연합에 대항하여, 그리스도교 지역에 대한 유대 민족의 수치스러운 지배에 대항하여 봉기한 것이었다. 그리고 오래전부터 카자크 민족의 증오심을 증대시키고 더욱 심하게 그들을 억압해 온 모든 것에 대항하여 복수하려고 봉기한 것이었다. 젊지만 정신력이 강한 카자크 총대장 오스트라니

차*가 이 모든 카자크군을 통솔하고 있었다. 그의 측근에는 나이 많고 경험 많은 그의 친구이자 고문인 구냐**가 있었다. 여덟 명의 지휘관이 1만 2000명의 군대를 인솔하고 있었다. 두 사람의 고급 에사울과 대장기를 든 기수가 총대장의 뒤를 따라서 말을 달렸다. 총기수인 장교가 전군단기를 들었고, 그 외에도 부대장급의 지휘관들이 많았다. 즉 수레차 대장, 지대장, 부대 에사울들이 지휘관으로서 각각 보병 부대와 기병 부대를 지휘하고 있었고, 정규군 카자크 병사와 거의 같은 숫자의 지원병과 의용병이 있었다. 모든 곳에서 카자크들이 봉기한 것이었다. 치기린에서, 페레야슬라프에서, 바투린에서, 글루호프에서, 드네프르 강 하류 지방에서, 그 상류의 모든 지방과 섬들에서 일제히 일어났다. 헤아릴 수 없을 만큼 많은 말과 무수한 수레차 무리가 온 들판에 늘어섰다. 이들 카자크군 여덟 부대 중에서 가장 뛰어난 한 부대가 있었으니, 그 부대를 지휘하고 있는 자가 타라스 불바였다. 연령, 풍부한 경험, 군대를 움직이는 능숙한 기술, 그리고 적들에 대한 누구보다도 강한 증오심 등 모든 것에서 다른 사람들을 능가하는 무게감을 느낄 수 있었다. 카자크들에게조차도 그의 무자비한 광포함과 잔인성은 지나쳐 보였다. 백발이 다 된 그는 머릿속으로 적을 불살라 죽이고 목을 달아매 죽이는 것만을 항상 생각하였다. 군사 회의에서 그의 의견은 적을 섬멸시킨다는 것, 한 가지뿐

---

* 17세기 폴란드의 지배에 반대하여 투쟁을 벌인 카자크 지도자로서, 1638년에 바르샤바에서 처형되었다.
** 1638년 원정 당시 오스트라니차의 고문으로서 스타리차 강에서 처형되었다.

이었다.

  카자크들이 자기들의 우월성을 보이며 용맹을 떨친 모든 전투를 여기 적을 필요는 없을 것이다. 또 전쟁의 점진적인 진행 상황을 묘사할 필요도 없다. 그 모든 것은 연대기 속에 적혀 있다. 러시아 땅에서 신앙을 위한 전쟁이 어떤 것인지는 누구나 잘 알고 있다. 신앙보다 더 강한 힘은 없다. 그것은 폭풍이 사납게 몰아치고 끝없이 변화하는 바다에서도 영원히 그대로 남아 있을 큰 바위처럼 극복할 수 없는 무시무시한 것이다. 하나의 단단한 바위는 깨뜨릴 수 없는 장벽이 되어 바다 한가운데의 밑바닥으로부터 하늘을 향해 높이 솟아 있다. 그 바위는 사방에서 보인다. 그리고 옆을 달리면서 지나가는 파도를 똑바로 바라보고 있다. 이 바위에 부딪히는 배는 불행하리라! 힘없는 밧줄들은 산산이 끊어져 날아가고, 그곳에 있던 모든 것은 부스러져서 가루가 되어 물속으로 가라앉고, 죽어 가는 자들의 비명은 놀란 공기를 뒤흔들 것이다.

  폴란드 주둔군들이 어떻게 도시들을 내던지고 도주했는가, 또 수치를 모르는 유대인 토지 임차인들이 어떻게 교수형을 당했는가에 대해서는 연대기에 상세히 적혀 있다. 그리고 적의 총사령관* 니콜라이 포토츠키가 수많은 대군을 갖고서도 카자크의 불가항력에 얼마나 힘없이 무너졌는가, 그가 격파되고 추격당하면서 어떻게 자신의 우수한 병사들을 크지도 않은 강에 빠져 죽게 했는가에 대해서도 연대기에 상세히 적혀 있다.

---

* '게트만'은 16~18세기 폴란드군의 총대장을 지칭할 때에도 사용되었다. 원문의 코로니 게트만(коронний гетман)은 카자크의 총대장과 구별하기 위해 총사령관으로 번역하였다.

무서운 카자크들이 폴로니*라고 부르는 소도시에서 그를 어떻게 포위했는가, 이 파국에 도착한 폴란드 총사령관이 어떻게 모든 조건에 대한 완전한 승낙을 왕과 정부의 관리들로부터 신의 이름으로 약속했고, 아울러 이전의 권리와 재산의 반환을 어떻게 맹세했는가 하는 이 모든 사실들도 연대기에 적혀 있다. 그러나 카자크들은 그따위 것으로 분을 참을 사람들이 아니었다. 폴란드인들의 맹세가 어떤 것인지 그들은 이미 잘 알고 있었다. 따라서 이 소도시에 있던 러시아 수도사들이 구해 주지 않았더라면, 포토츠키는 6000냥을 주고 산 준마를 타고 더 이상 으스대지도 못했을 것이다. 귀부인들의 시선을 끌거나 귀속 전체의 선망도 받지 못하고, 원로원의 위원들에게 호사로운 잔치를 베풀면서 국회에서 떠들어 대지도 못했을 것이다. 그러나 찬란한 금수를 놓은 제의를 걸치고 성상과 십자가를 든 수도사들과 십자가를 손에 들고 법관을 쓴 주교가 선두에 서서 마중하였을 때, 카자크들은 모두 고개를 숙였다. 이 당시 그들은 아무도 존경하지 않았다. 그렇다, 왕이라고 해도 존경하지는 않았을 것이다. 그러나 자신들이 받드는 그리스도교에는 반항할 생각을 감히 하지 못하였고, 따라서 수도사도 존경했던 것이다. 카자크의 총대장은 부하 지휘관들과 더불어, 포토츠키에게서 모든 그리스도 교회를 자유롭게 하고 오래된 원한도 잊어버리고, 카자크 군대에 어떠한 모욕도 주지 않는다는 굳은 서약을 받고 나서 그의 석방을 승낙하였다. 그러나 한 사람의 지휘관만은 그와 같은 결정에 동의하지 않았다. 그 한 사

* 고골이 서술한 상황에 맞추어 살펴본 우크라이나 연대기에 따르면, 폴로니 전투는 1638년에 일어났다.

람이 바로 타라스 불바였다는 것은 두말할 나위도 없다. 그는 자기 머리칼을 한 줌 잡아 뜯으며 소리를 질렀다.

"이보시오, 총대장 및 지휘관 여러분! 그따위 계집 같은 짓은 하지 마십시오! 폴란드 놈들을 믿어서는 안 됩니다. 이 개 같은 놈은 곧 배신할 것이오!"

군대 서기관이 약정서를 내놓고 거기에 총대장이 그의 힘 있는 손을 내려놓았을 때, 그는 최고급 쇠로 만든 값진 터키제 장검을 자기 허리에서 풀어 갈대 지팡이를 꺾듯이 두 동강 내어 왼쪽과 오른쪽으로 따로따로 멀리 집어 던지면서 말했다.

"그럼 여러분, 안녕히 계십시오! 이 두 조각의 칼이 하나로 이어져 한 자루의 칼이 되는 일이 없듯이 우리들도 이 세상에서 다시 만나는 일은 없을 것이오! 내 이별의 말을 기억해 두시오."

이 말을 할 때, 그의 목소리는 갑자기 커졌으며 한층 더 높아졌다. 눈에 보이지 않는 힘을 발휘했던 것이다. 그리고 모든 사람들이 그의 예언적인 말을 듣고 동요했다.

"마지막 순간이 오면 내 말이 기억날 것이오! 지금 여러분은 안녕과 평화를 얻었다고 생각하며 귀족같이 편안한 생활을 할 수 있다고 생각합니까? 평안은 있되 좀 다른 편안함일 것이오. 총대장! 당신의 머리 껍데기는 벗겨질 것이오. 놈들은 거기에 메밀가루를 넣어서 이곳저곳의 장터에서 구경거리로 삼을 것이오! 그리고 여러분들의 모가지도 견뎌 나지 못할 것이오! 눅눅한 지하실에서 새끼 양처럼 산 채로 솥에 넣어져 금방 삶겨 죽지 않는다면, 그 돌벽 속에 갇힌 채로 죽고 말 것이오! 여러분, 젊은 친구들!"

그는 자기 부하들을 돌아보며 계속해서 말했다.

"여러분 중에서 누가 제대로 죽고 싶은가? 난로 옆이나 계집과의 잠자리에서도 아니고, 또 짐승처럼 술집 울타리 밑에서 술에 취한 채 죽는 것도 아니다. 젊은 부부처럼 뜻을 같이하여 동시에 죽기를 원하는가? 혹시 여러분은 집으로 돌아가기를 원하는 건 아닌가? 그리고 배교자가 되려는 건 아닌가? 자기 등에다 폴란드 수도사 놈들을 업고 다니고 싶은가?"

"당신의 뒤를 따르겠습니다. 대장님! 당신의 뒤를 따르겠습니다!"

타라스 불바 부대의 전 병사들이 소리 높여 고함을 질렀다. 그들에게 가담한 다른 부대의 병사들도 적은 수가 아니었다.

"나를 따르려면 좋다. 끝까지 내 뒤를 따라오너라!"

불바가 말했다. 그리고 모자를 더 깊이 고쳐 쓰고, 서 있는 사람들을 무서운 눈으로 흘겨보고 나서 말에 올라타더니 부하 장병들에게 소리쳤다.

"우리들에게 모욕적인 말을 할 사람은 아무도 없을 것이다. 여러분, 가톨릭교도 놈들을 찾아갑시다!"

그는 자기 말을 채찍으로 때렸다. 그 뒤로 100대의 수레차가 따라갔고 수많은 카자크의 기병들과 보병들이 뒤에서 진군하였다. 불바는 휙 뒤를 돌아보고, 남은 사람들을 무서운 시선으로 흘겨보았다. 그의 시선은 분노에 불타고 있었다. 누구도 감히 그들을 멈춰 세우려고 하지 않았다. 불바는 오랫동안 그리고 여러 번 뒤를 돌아보았다. 그때마다 그는 무서운 눈초리로 위협했던 것이다.

총대장과 지휘관들은 아무 생각 없이 서 있었다. 일종의 벽

찬 감정에 억눌린 듯 그들은 심각한 생각에 잠겨서 오랫동안 침묵을 지켰다. 불바의 예언은 헛되지 않았다. 모든 일이 그가 예언한 대로 되어 갔다. 얼마 지나지도 않아서 카네프 부근에서 총대장의 목과 최고위급들의 목이 높은 말뚝 위에 매달리고 말았던 것이다.

그런데 불바는 어떻게 되었을까? 그는 자기 부대를 인솔하여 폴란드 전국을 휩쓸면서 열여덟 개의 소도시와 약 마흔 개의 가톨릭 성당을 불사르고 이미 크라코프에 도달했다. 그는 수많은 폴란드 귀족들을 죽이고, 가장 부유하고 훌륭한 성들을 마음껏 약탈했다. 이 카자크들은 폴란드 귀족의 집 지하실에 소중히 감추어 두었던 꿀과 포도주통을 찾아내어 땅에 쏟아 버렸다. 창고에 있는 값진 양복지, 의복, 가구들을 마구 파괴하고 불을 질렀다.

"아무것도 동정할 것 없다!"

불바는 그 말만 했다. 카자크들은 검은 눈썹의 폴란드 여자들과 백설처럼 하얀 가슴이 보이는 아름다운 아가씨들도 용서하지 않았다. 제단 앞에서도 그녀들은 구원받지 못했다. 불바는 여자들도 제단과 함께 불살랐다. 그 때문에 축축한 땅도 동요했을 것이고, 황야의 뜰도 그들이 너무나 가엾고 애처로워 대지에 고개를 숙일 수밖에 없었을 것이다. 슬픔에 찬 비명과 더불어 타오르는 불길 속에서 하늘을 향해 솟아오르는 것은 백설보다도 더 하얀 여자들의 팔뿐이 아니었다. 그러나 잔인한 카자크들은 그 무엇에도 주의를 돌리지 않았다. 그들은 길가에 있는 어린아이들까지 창끝으로 찔러서 그녀들이 타고 있는 불 속으로 던졌다.

"악마 같은 폴란드 놈들아, 이건 오스타프에게 바치는 제물이다!"

불바는 그런 말만 할 뿐이었다. 그렇게 그는 가는 곳마다 오스타프에게 바치는 제물을 만들었다. 결국 폴란드 정부는 타라스의 행동이 보통 강도들의 소행보다 더 심하다는 것을 알아차리고, 다시 포토츠키에게 다섯 개 부대 병력을 가지고 타라스를 꼭 체포하도록 명령했다.

그 카자크들은 엿새 동안 시골길을 따라 모든 추격 부대로부터 도주했다. 말들은 그 비상한 질주를 계속하여 카자크들을 구출해 주었다. 그러나 이번에 포토츠키는 맡은 임무를 충실하게 수행했다. 그는 꾸준히 카자크를 추격하여 드네스트르 강*가에서 따라잡았다. 이곳에서 불바는 잠시 휴식하기 위해 폐허가 된 한 요새를 점령하고 있었다.

드네스트르 강을 바라보는 낭떠러지 위의 폐허가 된 요새는 허물어진 성벽이 전부였다. 언제 무너져 떨어져 버릴지도 모르는 절벽 꼭대기에는 조약돌들과 벽돌 조각이 여기저기 흩어져 있었다. 이곳을 총사령관 포토츠키가 지휘하는 대군이 들판으로 뻗어 나간 두 방향으로 포위하고 있었다. 벽돌과 돌을 던지면서 카자크들은 나흘 동안 완강히 저항했다. 그러나 양식도 떨어지고 병력도 다 소모된 불바는 적진을 돌파하여 탈출하기로 결심했다. 이들 카자크는 벌써 몇 번씩 포위망을 돌파한 적이 있었다. 이번에도 빨리 달리는 그들의 말들이 또 한번 그 믿음에 어긋나지 않게 탈출시켜 줄 것이었다. 그런데 이때 질주하

---

* 카르파티아 산맥에서 시작하여 흑해로 흘러 들어가는 강.

던 불바가 갑자기 말을 멈추고 소리를 질렀다.

"멈춰라! 담뱃대를 떨어뜨렸다! 담뱃대 하나라도 원수 같은 폴란드 놈들 손에 넘겨주기 싫다!"

늙은 아타만은 허리를 굽혀 바다에서나 육지에서나 원정 때나 집에 있을 때나 한시도 손에서 놓지 않았던 그 담뱃대를 풀 속에서 찾기 시작했다. 그런데 이때 갑자기 적의 한 부대가 따라와 그의 힘센 두 어깨를 잡았다. 그는 온몸을 흔들었다. 그러나 이제는 그를 붙잡은 적의 병사들이 전처럼 땅 위로 나가떨어지지 않았다.

"아아, 나도 늙었구나, 늙었어!"

뚱보 카자크는 대성통곡하기 시작했다. 그러나 그것은 늙은 나이 때문이 아니었다. 힘이 힘을 이긴 것이다. 그의 두 팔과 두 다리에 매달린 사람들은 줄잡아 서른 명보다 적지는 않았다.

"까마귀를 붙잡았다!"

폴란드 병사들이 소리를 질렀다.

"이쯤 되면 이제 이 자식에게 어떤 보답을 해야 할지 생각해 봐야겠군."

그들은 총사령관의 허락을 받고 모든 사람이 보는 앞에서 산 채로 그를 화형시키기로 결정했다. 마침 그곳에는 꼭대기에 벼락을 맞아 부러진, 잎사귀 하나 없는 나무가 서 있었다. 쇠고랑을 채운 그를 나무 옆으로 끌어다가 두 팔에 못을 박아 사방에서 보이도록 높이 매달았다. 그 밑에는 장작을 산더미같이 쌓아 올렸다. 그러나 불바는 그 나무 더미를 보지 않았다. 또 그를 불살라 버리려는 화형에 관해서도 생각하지 않았다. 이 애정 깊은 아타만은 부하 카자크들이 사력을 다해 방어하고 있는 쪽을 바라보고 있었다. 높은 곳에 매달린 그의 눈에 모든 것이 손바닥을 보듯 잘 보였다.

"점령하라! 여러분! 빨리 점령하라!"

그는 소리를 질렀다.

"그 고지를, 숲 뒤에 있는 고지를, 거기는 놈들이 접근하지 못한다!"

그러나 바람은 그의 말을 거기까지 전해 주지 못했다.

"아아, 지고 있어. 아무래도 패배하겠구나!"

절망하듯 소리를 지르고 아래를 보니, 드네스트르 강이 번쩍이고 있었다. 불바의 두 눈에서는 기쁨이 번쩍였다. 그는 관목 숲 그늘에서 움직이고 있는 네 척의 뱃머리를 발견했던 것이다. 그래서 있는 힘을 다하여 큰 소리로 말했다.

"강가로, 강가로! 왼쪽 산기슭 길로 내려가라! 강가에 배들이 있다! 추격을 못하도록 배를 다 가지고 가라!"

이때 마침 바람이 반대 방향에서 불어와 그의 모든 말을 카자크들이 들었다. 이 충고 때문에 그는 곧바로 도끼 등으로 머리를 얻어맞았다. 그의 두 눈에 보이는 모든 것이 뱅뱅 돌았다.

카자크들은 산기슭으로 통하는 협곡을 전속력으로 뛰어 내려갔다. 그러나 추격대의 손은 그들의 등골까지 바짝 추격해 왔다. 협곡은 굴곡이 너무 심해 길이 분명하게 보이지 않았다.

"아아, 막다른 길이다!"

사람들이 모두 잠시 멈췄다가 말채찍을 휘두르면서 휘파람을 불었다. 그러자 타타르 혈통의 말들은 땅에서 펄쩍 뛰어 공중에서 뱀처럼 몸을 돌려 이 낭떠러지를 넘어 일렁대는 드네스트르 강물로 뛰어들었다. 다만 두 사람만 강가에 도달하지 못하고 낭떠러지 꼭대기에서 바위로 추락하여, 악 소리를 지를 새도 없이 그 자리에서 말과 더불어 영원히 잠들었다. 그러나 다른 카자크들은 벌써 말과 더불어 물속을 헤엄쳐서 뱃줄을 풀었다. 폴란드군은 낭떠러지 위에 멈추어 서서 일찍이 보지도 못한 카자크들의 솜씨를 보고 생각했다. 우리들도 할 수 있을까? 어떨까? 불쌍한 안드리를 매혹시킨 폴란드 미인의 친오빠이며 열혈남아인 젊은 지휘관은 잘 생각해 보지도 않고 있는 힘을 다해 카자크들의 뒤를 따라 뛰어내렸다. 그는 말과 더불어 공중에서 세 번 뱅글뱅글 돌아서 뾰족한 바위에 힘껏 들이박혔다. 날카로운 바위는 낭떠러지 사이로 떨어진 그의 몸을 조각조각 찢어 버렸다. 그의 머릿골은 피와 섞여서 깎아지른 절벽에 자라난 관목 숲으로 튀었다.

쓰러진 타라스 불바가 흐릿한 의식에서 회복되어 드네스트르 강을 바라보았을 때, 카자크들은 이미 멀리 가 있었다. 그들의 머리 위로 총탄이 쏟아졌지만 맞지 않았다. 늙은 아타만의 두 눈은 갑자기 기쁨에 젖었다.

"잘 가라, 동지들이여!"

위에서 그들에게 소리를 질렀다.

"나의 일을 기억해 다오! 다음 해 봄이 되면 또다시 이곳에 와서 마음껏 놀아 다오! 악마 새끼 같은 폴란드 놈들아, 네놈들은 도대체 무엇을 얻겠다는 거냐? 이 세상에 우리 카자크가 무서워하는 것이 있는 줄 아느냐? 두고 보자. 때가 되면 러시아 정교 신앙이 어떤 것인지 네놈들도 알게 될 것이다! 벌써 지금도 먼 곳, 가까운 곳 가릴 것 없이 백성들이 그것을 느끼고 있다. 우리 러시아 땅에도 러시아 황제가 나타날 것이다. 그리고 이 황제에게 정복되지 않는 세력은 이 세상에는 없을 것이다!"

불길은 이미 장작더미 위로 빠르게 번져 올라와 타라스 불바의 다리를 삼키고 나무를 따라 활활 타올랐다……. 그러나 러시아의 힘을 이겨 낼 만한 그런 힘, 그런 고통, 그런 불길이 과연 이 세상에 있을까!

드네스트르 강은 작지 않다. 이 강에는 물굽이와 갈대숲, 여울목, 깊은 곳들이 수없이 많고, 높게 째지는 백조의 울음소리에 반쯤 미쳐 버린 거울 같은 수면이 반짝이고, 그 위로 거만한 오리가 재빠르게 헤엄쳐 가고, 황새와 가슴패기가 붉은 쿠루흐탄*과 가지각색의 새들이 갈대숲 속과 강가에서 무리를 지어 살고 있다. 카자크들은 키가 두 개 있는 좁다란 촐른의 노를 활기차게 젓는다. 사이좋게 협력하여 노를 저으면서, 얕은 여울을 피해 조심스럽게 날아오르는 새 떼들을 헤치면서 자신들의 아타만에 관한 이야기를 하고 있다.

1835, 1842.

---

* 도요새의 일종으로 목도리도요라 부른다. 뒷머리와 목덜미에서 앞가슴에 두루 걸치는 긴 깃이 마치 목도리를 두르고 있는 것 같다. 더욱이 이 부위의 깃털은 백색, 자흑색, 등황색, 적갈색 등 여러 가지 빛깔로 되어 있어 매우 아름답다.

작품 해설
고골의 생애와 작품 세계

I. 작가의 생애와 작품

1. 우크라이나 산문 시대

니콜라이 바실례비치 고골(1809~1852)은 카자크 전통이 살아 숨 쉬는 러시아 우크라이나 지방의 시골에서 태어났다. 어릴 때부터 그는 예술과 종교에 관심이 많은 소귀족의 가정에서 성장했고, 우크라이나의 풍부한 전통문화를 체험했다. 고골의 증조부는 사제였고, 할아버지와 아버지는 예술적 재능이 풍부한 사람들이었다. 할아버지는 여러 가지 전설과 민속 이야기를 들려줄 정도로 민속 문화에 능통했고, 아버지는 아마추어 극작가로서 희곡 대본을 쓰고 연출까지 할 정도로 연극적 재능이 뛰어났다. 고골은 이와 같은 아버지의 예술적 재능과 유머 감각을 물려받았다. 네진 고등학교 시절부터 이미 글쓰기에 남다른 재능을 보인 고골은 시와 산문을 써서 잡지사에 보내기도 하고, 학교에서 연극 활동을 하면서 우스꽝스러운 노인이나 여자 역을 연기하기도 했다. 다른 한편으로 고골은 몽상적인 성격의 광신자인 어머니 마리야 이바노브나를 통해 돈독한 신앙심을 물려받았다.

1828년에 고골은 관리가 되려는 원대한 꿈을 안고 상트페테르부르크로 상경하지만 곧 좌절하고 만다. 돈과 인맥 없이 도시 생활을 한다는 자체가 힘들다는 사실을 깨닫게 되었던 것이다. 그래서 그다음에는 배우가 되려고 했으나 심사에서 떨어진다. 관리나 배우가 되는 일이 어렵게 되자, 이번에는 시인으로 문학적 명성을 얻어 보겠다는 허영심과 야망으로 고등학교 시절에 썼던 평범하고 감상적인 전원시를 자비로 출판한다. 위대한 문인들은 종종 시인으로 출발하여 소설가나 극작가가 되기도 하였다. 예외가 없는 것은 아니지만 많은 작가들에게 시는 문학 입문의 첫사랑인 경우가 많다. 고골도 역시 시에 첫사랑을 바친 문인이었다. 그래서 알로프라는 가명으로 시집 『간츠 큐헬가르텐』을 출판하였으나, 그가 얻은 것은 비평가들의 조소뿐이었다. 고골은 시 창작에 재능이 없음을 깨닫고, 자비로 출판한 시집 『간츠 큐헬가르텐』을 모두 사서 태워 버린다. 그다음 미국으로 건너갈 목적으로 일단 고국을 떠난다. 어머니가 농장을 저당 잡혀 마련한 돈을 갖고 독일의 항구 뤼벡으로 가는 배를 탄 것이다. 그러나 고골은 미국에는 가 보지도 못하고 독일에 머물러 생활하다가, 돈이 떨어지자 다시 상트페테르부르크로 돌아와 일자리를 찾아야만 했다. 고골은 재차 관리가 되고자 하는 희망을 품고 내무부에 들어갔으나, 거기서 형편없는 봉급을 받고 일하다가 석 달 만에 자리를 옮긴다.

사실 고골은 시인으로서 실패한 사람이다. 고골이 실패한 시인에서 성공한 소설가로 탈바꿈할 수 있었던 것은 바로 자신의 창조적 재능을 일찍이 소설에서 찾아낸 데 있다. 고골은 우크라이나에서 보낸 어린 시절을 회상하며 흥미로운 글을 썼다. 그의 기억 속 우크라이나의 시골 풍경과 민속놀이는 매력적인 것이었다. 특히 민담에 등장하는 다양한 귀신과 루살카(정령)들에 대한 이야기는 더없이 매력적이었다. 고골은 우크라이나 민담을 소재로 하여 여덟 편의 이야기를 썼다. 그 이야기들은 두 권의 이야기집으로 엮여 『디칸카 근처 마을의 야화』(1831~1832)라는 제목으로 출판되었다. 환상과 현실이 어우러지는 우크라이나 이야기는 러시아 문학에 신선한 충격이었고, 우크라이나의 풍부한 민속적 정취를 풍기는 이 이야기집은 러시아 문단의 폭발적인 관심을 끌었다.

고골은 『디칸카 근처 마을의 야화』로 일약 유명 작가가 되었다. 시인 푸시킨과 주콥스키에게 찬사를 받았고, 소설가 악사코프와 비평가 벨린스키에게도 인정을 받았다. 이후 그는 일 년 정도의 관리 생활을 마감하고 여학교에서 역사를 가르쳤다. 1834년에 고골은 상트페테르부르크 대학교의 중세사 조교수로 임명되었으나, 역사 교수로서 자신의 자질에 회의를 느껴 일 년 후 그만둔다. 그러한 와중에도 고골의 작품 활동은 계속되었다. 1835년에는 두 권의 작품집 『미르고로드』와 『아라베스키』를 출판했다. 그중 『미르고로드』에 실려 있는 네 편의 중·단편 이야기 「옛날 지주들」, 「이반 이바노비치와 이반 니키포로비치가 싸운 이야기」, 「타라스 불바」, 「비이」는 향토색

짙은 전형적인 우크라이나 이야기들로, 『디칸카 근처 마을의 야화』의 후편 격이다.

2. 페테르부르크 산문 시대

1835년은 고골 개인의 창작사에서 중요한 해였다. 그해를 기점으로 고골은 우크라이나 산문 시대를 마감하고 페테르부르크 산문 시대를 열었다. 우크라이나 산문 시대에는 주로 환상적 낭만주의 작품을 발표하였으나, 페테르부르크 산문 시대에는 주로 낭만적 사실주의 작품을 발표하였다. 그의 작품집『아라베스키』에는 상트페테르부르크를 배경으로 한 세 편의 작품「광인일기」, 「초상화」 그리고 「넵스키 거리」가 수록되어 있다. 이들 페테르부르크 이야기에는 전형적인 도시 생활의 묘사와 더불어 작가가 도시의 현실에서 경험한, 뼈저린 삶의 고통이 잘 표현되어 있다. 1836년에 푸시킨이 주간하는 문학잡지『현대인』에 해학이 넘치는 고골의 풍자 이야기「사륜마차」가 실린다. 초현실적인 단편소설「코」도 이 잡지를 통해 발표되었다. 고골은 항상 푸시킨과 친교를 유지하면서 많은 것을 배울 수 있었다. 그는 러시아 문학과 자신의 운명에 큰 영향을 준 중요한 작품인『검찰관』과『죽은 농노』의 테마를 푸시킨에게서 직접 받았다.

고골의 희극『검찰관』은 황제 니콜라이 1세 치하의 관료제를 신랄하게 풍자하고 있다. 지방도시의 부패하고 타락한 관리들이 건달 홀레스타코프를 암행하는 검찰관으로 잘못 알고 자신들의 부정부패를 감추기 위해 뇌물을 주고 연회를 베푼다.

가짜 검찰관이 떠나고 성공을 자축하는 사이에 진짜 검찰관의 도착 소식이 알려지자 그들은 일시에 공포에 휩싸이게 된다. 현실을 고발하고 풍자하는 『검찰관』은 고골의 특징인 '눈물을 통한 웃음'을 자아내는 희극이다. 황제의 특별 명령으로 1836년 4월 19일에 초연되어 호평을 받았다. 그러나 이 작품이 보수적인 언론과 관리들의 비난을 받게 되자, 고골은 로마로 피신하여 1842년까지 그곳에 머무르게 된다. 로마는 어느 정도 그의 기질과 성정에 맞는 매우 매력적인 도시였다. 로마에서 그는 종교화가 알렉산드르 이바노프와 친해졌고, 여행 중인 러시아 귀족이나 망명 귀족들을 만나 종교적 주제로 토론을 하기도 했다. 그의 최대 걸작이라 할 수 있는 『죽은 농노』도 로마에서 집필되었다.

고골 스스로 "서사시"라고 부른 『죽은 농노』라는 소설은 러시아 농노제와 관료제의 부패와 타락을 다루고 있다. 주인공 치치코프는 벼락부자가 되기를 꿈꾸는 노련한 사기꾼이다. 그는 여러 지주들에게서 죽은 지 얼마 되지 않아 사망자 명부에 등록되지 않았기에 살아 있는 것으로 되어 있는 농노들을 사들일 기상천외한 계획을 세운다. 지주들은 다음 인구조사 때까지 죽은 농노 몫으로 부담해야 할 재산세가 줄어들게 되어 좋아한다. 치치코프는 문서상으로는 살아 있는, 죽은 농노들을 담보로 은행에서 돈을 빌린 후 먼 곳으로 도망가서 부유한 귀족으로 살 작정이었다. 그가 방문한 지방 지주들은 그의 정중한 말과 행동에 반하고, 부정한 거래인 줄 알면서도 기꺼이 죽은 농노를 팔려고 한다. 그로테스크할 정도로 우스운 거래를 통해 농노들이 가축처럼 팔리는 러시아의 슬픈 현실이 반영되

어 나타나는 것이다. 농노 구매 사업의 비밀이 드러나자, 치치
코프는 서둘러 그 마을을 떠난다.

『죽은 농노』가 출판되던 해인 1842년에 고골의 선집 초판이
나온다. 거기에 희극 「결혼」과 단편소설 「외투」가 수록되어 있
다. 「외투」는 천신만고 끝에 외투를 마련한 어느 가난한 관청
서기의 이야기이다. 주인공 아카키 아카키예비치는 외투를 도
둑맞자 크게 상심한 나머지 죽어 버린다. 이 작은 인간의 비극
은 아주 의미심장한 여러 사건을 통해 전개된다. 도스토옙스키
는 고골의 「외투」를 읽고 모든 러시아 작가들은 "고골의 외투
에서 나왔다."라고 선언했다. 고골의 명성은 『죽은 농노』를 계
기로 최고 정점에 달했다. 벨린스키를 중심으로 한 시민 민주
주의 비평가들은 이 소설이 자신들의 자유주의적 열망과 정
신을 가득 담고 있음을 발견하고 찬사를 보냈다. 푸시킨이 결
투로 비극적인 죽음을 맞이한 후 고골의 인기는 한층 높아졌
다. 그는 이제 러시아 문학의 지도자로 부상했다. 고골은 사회
를 고발하고 풍자하여 독자들의 웃음을 자아내게 하는 자신
의 재능을 확인했다. 그리고 신이 그에게 위대한 문학적 재능
을 주신 목적은 웃음을 통해 사회악을 응징하고 악한 세상 속
에서 러시아 국민들이 올바르게 살아갈 수 있는 길을 밝혀 주
는 것이라고 고골은 믿게 되었다.

3. 예술에서 종교로

그러나 고골은 『죽은 농노』의 속편을 쓰면서 좌절을 겪었다.
건달 치치코프의 부정적인 면보다는 긍정적인 면을 부각시키

고자 했으나 쉽지 않았다. 사실 그는 속편에서 도덕적으로 거듭나는 아름다운 인간 치치코프에 대해 쓰고 싶어 했다. 속편을 단테의 『신곡』 제2부와 제3부인 「연옥편」과 「천국편」처럼 쓰고 싶었던 것이다. 주인공 치치코프의 영혼을 구원해 보겠다는 고골의 의도는 완전히 실패했다. 고골은 긍정적인 이미지의 주인공을 창조해 내는 재능이 자신에게 없음을 깨닫게 된다. 불행하게도 그의 창조적 재능이 사라져 버린 것이었다. 속편을 써 보려고 십 년 넘게 온갖 노력을 해 보았으나 결과는 초라했다. 속편의 원고 속에서 그가 그토록 찬양하고자 열망했던 도덕적 인물들은 생명력이 없이 과장되게 표현되었다. 반면에 부정적이고 그로테스크한 인물들만 힘차게 묘사되었다. 고골은 이것을 하느님이 자신에게서 인간 구원의 목소리를 거두어 간 증거라고 해석했다. 그래서 이제는 더 이상 작가로서가 아니라 교사나 설교자로서 러시아 국민들의 도덕과 생활 향상을 위해 무엇인가를 하고자 했다. 이렇게 해서 쓴 것이 서른두 편의 담론을 모아 놓은 『친구와의 왕복서한』(1847)이다. 이 모음집에서 그는 보수적인 러시아 교회를 찬양했을 뿐만 아니라, 바로 몇 해 전만 해도 그가 그토록 신랄하게 비판했던 지배 권력을 찬양했다. 그리하여 한때 그에게 찬사를 보냈던 사람들은 격하게 비판을 가했다. 특히 비평가 벨린스키는 분개하여 쓴 편지에서 고골을 "채찍의 설교자이자 반(反)계몽주의와 사악한 탄압의 옹호자"라고 비난했다. 이에 실망한 고골은 하느님의 총애를 회복하기 위해 신앙생활에 전념했다. 기도와 금욕 생활을 더 열심히 했으며 1848년에는 팔레스타인 순례 길에 오르기도 했다. 저주받은 영혼처럼 여기저기 떠돌아다니던 고골은 마침내 모스크바에 발을 붙였다. 그곳에서 마트베이 콘스탄티노비치라는 광신적 사제의 영향을 받고, 그의 명령에 따라 1852년 2월 24일에 『죽은 농노』 제2부를 불태워 버렸다. 그 열흘 후에 고골은 반(半)미치광이 상태에서 죽었다. 지금까지도 그의 특이한 삶과 사상은 많은 사람들에게서 자주 회자된다.

4. 시대를 앞서 가는 작가

러시아 문학사 및 세계 문학사에서 고골의 예술 작품이 차지하는 위상은 대단하다. 그의 뛰어난 문장과 그로테스크한 인간 묘사는 자연주의를 거쳐 러시아 리얼리즘의 초석이 되었다. 그는 화려한 언어 조탁을 통해 기괴하고 희극적인 인간 군상을 묘사하는 데 천부적인 자질을 지니고 있었다. 언어유희와 창조력만을 평가 기준으로 삼는다면, 고골은 러시아에서 가장 위대한 작가이다. 이러한 점에서 고골은 셰익스피어나 라블레와 견줄 수 있다. 어떤 의미에서 고골은 19세기 소설가라기보다는 오히려 21세기의 예술 작가라고 해도 무방할 정도로 시대를 앞서 가는 작가였다.

대다수의 비평가들이 공통적으로 일관되게 주장하는 것 가운데 하나가 고골의 문체적 독창성이다. 고골은 독자나 관객의 귀에 미치는 청각적인 효과뿐만 아니라 낭송자의 음성기관에 미치는 감각적인 효과를 염두에 두고 작품을 썼다. 그리하여 그의 문학 텍스트에는 긴장감이 넘쳐흐른다. 그의 문장에는 긴장도가 높은 시적 수사와 그로테스크한 익살이라는 극단적인 두 요소가 잘 대조되면서 어울린다. 고골은 결코 단순하게 글을 쓰지 않았다. 그는 항상 정교하게 리듬을 맞추거나 모방을 했다. 그의 대화 속에서는 항상 구어체의 억양이 재현된다. 그의 산문에는 항상 생생한 말이 살아 움직인다. 이 때문에 고골의 산문은 절망적일 정도로 번역하기 힘들고, 러시아의 모든 산문 중에서 번역하기가 가장 어렵다.

고골의 또 다른 독창성 가운데 하나는 그의 특이한 시각이다. 그는 낭만적으로 변형된 외부 세계를 보았다. 그의 세부 묘사는 미시적 세부 묘사와 거시적 세부 묘사를 섞어 새로운 효과를 극대화시킨다. 고골의 자연에 대한 묘사는 낭만적이고 환상적인 변형이거나 세부 묘사에 세부 묘사를 더하여 창출하는 사물들 간의 혼돈이다. 그러나 정말로 위대하고 탁월한 것은 인간 형상을 보는 고골의 눈이다. 그가 창안해 낸 작중 인물은 풍자 만화가의 기법으로 그린 희화적 인물이다. 풍자 만화가의 기법이란 인물의 특징들을 과장하여 그러한 특징들을 기하학적인 모형으로 바꾸는 것이다. 그러나 그렇게 희화된 인물들이 가시(可視)의 실제 세계를 무색하게 할 정도로 설득력과 진실성과 개연성을 지니는 것이다.

고골은 러시아 소설의 방향에 큰 영향을 주었다. 그는 처음으로 러시아의 참모습을 그려낸 작가였으며, 보잘것없는 '작은 인간'을 문학의 주인공으로 형상화시킨 작가였다. 고골의 독창적인 문체는 도스토옙스키를 거쳐 상징주의 시인이자 소설가인 안드레이 벨리에게로 이어졌다. 새로운 차원의 문학을 창출하려는 고골의 노력은 러시아 후배 작가들에게 깊은 영감의 원천으로 작용했다.

II. 역사소설의 시학: 고골의 『타라스 불바』

동서양을 막론하고 역사는 '이야기' 또는 '옛날이야기'와 동일시되어 왔다. 이야기는 역사가들에 의해 사용되는 전형적인 담론의 한 유형이다. 역사가가 이야기라는 수단과 형식에 의존할 때, 역사는 문학과 많은 공통점을 갖게 된다. 역사와 문학의 공통점은 인간 삶의 이야기라는 점이다. 과거의 사실이 역사가에 의해 재구성될 때 역사는 역사적 서술로 바뀌며 문학성을 갖게 된다. 이는 소설가가 과거의 역사적 사실을 기초로 하여 역사소설을 썼을 때와 별로 차이점이 없다. 역사가와 소설가 중 누가 더 치열한 역사의식을 갖고 작품을 완성했느냐에 따라 역사적 실제 사건이 상상적인 허구가 되느냐 아니면 사실적인 역사가 되느냐 하는 차이점만 있을 뿐이다. 광활한 우크라이나 초원지대를 배경으로 한 고골의 소설 『타라스 불바』(1835, 1842)는 카자크 민족의 삶을 기초로 하여 만들어진 역사소설이다. 소설가로서 고골은 카자크인들의 삶을 어떻게 조명하고 이야기할까?

1. 카자크 민족의 유래

카자크라는 명칭은 15세기에 드네프르 강 유역에서 형성된 반(半)자치집단인 유목민을 가리키는 말이었다. 그러다가 15세기 말에는 농노 신분에서 벗어나기 위해 폴란드, 리투아니아, 모스크바 공국에서 드네프르 강과 돈 강 유역으로 달아나 자유로운 성격의 군사조직을 만든 농민들도 포함하게 되었다. '카자크'라는 말은 원래 '독립적인 또는 자유로운'이라는 의미를 가진 터키어에서 유래하였다. 그리하여 카자크들은 스스로를 자유인이라 불렀다. 16세기에는 돈, 그레벤(카프카스 지방), 야이크(우랄 강 중류), 볼가, 드네프르, 자포로제 등 여섯 개의 주요 지역에 카자크들이 모여 살았다. 그들 대다수가 대(大)러시아인들이 아니면 우크라이나인들로 구성되었다. 그들은 폴란드로부터 종교적 억압과 민족적 핍박을 받았고, 세금 착취와 군사적 위협을 받고 있었다. 이교도적인 요소가 가미된 러시아 정교를 믿고 있었던 그들은 초기에 어업과 수렵에 종사했지만, 일부는 터키, 크리미아, 페르시아 등지의 해안에서 주로 약탈을 일삼았다. 17세기 이후 그들의 생업은 농업으로 전환되었다. 그들의 사회구조는 전통적으로 평등과 토지 공동소유를 바탕으로 형성되었다.

카자크들은 독특한 머리 모양을 하고 헐렁헐렁한 바지를 입고 다녔기 때문에 다른 민족과 확연하게 차이가 났다. 그들은 제각각 조그만 정착지를 중심으로 느슨한 권력 구조의 공동체를 이루며 살았다. 그들의 정착지는 마치 독립된 하나의 도시와 같은 자급자족적 경제 공동체였을 뿐만 아니라, 신병의 모집과 훈련 등도 함께하는 군사 공동체였다. 카자크들은 자유 선거를 통해 '게트만'이라고 부르는 총대장을 선출하였다. 카자크 공동체에서 모든 구성원은 평등했기 때문에 누구나 자유롭게 자신의 의사를 밝힐 수 있었고, 선출된 총대장이 제구실과 역할을 하지 못한다고 여겨질 때는 바로 탄핵할 수도 있었다. 하지만 전시에 게트만의 권한은 절대적이어서 자신의 명령에 불복종하는 사람을 즉결 처분할 수도 있었다. 뛰어난 기마술과 전투술로 유명한 카자크는 돈 강 유역을 근거지로 하여 동쪽으로 세력권을 넓혀 나갔다.

17세기와 18세기에는 카자크들이 반란을 일으키기도 했다. 카자크들을 중심으로 일어난 대표적인 반란 사건으로는 '스텐카 라진의 반란'(1670)과 '푸가초프의 난'(1773)이 있다. 그러나 18세기 말에 예카테리나 여제에 의해 완전히 평정이 된 후, 러시아는 카자크를 국경수비대로 이용했으며 나중에는 러시아 제국의 영토 확장을 위한 전위대로 활용하였다. 1812년에 나폴레옹 군대의 러시아 원정을 최선두에서 막아 낸 것도 카자크 기병대였고, 모스크바에서 후퇴하는 나폴레옹 군대를 끝까지 쫓아가며 괴롭힌 것도 카자크 기병대였다. 눈 속에 깊숙이 빠져 탈진한 프랑스 군인들이 항복할 의사를 밝혔음에도 불구하고, 카자크들은 인정사정 보지 않고 그들을 처단했다. 이후에 벌어진 크림 전쟁과 제1차 세계대전까지 카자크 부대는 러시아군의 최정예 부대로 명성을 날렸다. 제정 러시아 말기 카자크 부대는 각종 폭동을 진압하는 데 동원되었다. 그리하여 민중들에게는 카자크 부대가 차르 정치체제의 상징처럼 느껴졌다. 1917년 러시아 혁명 후 내전 중에는 구체제를 수호하려는 백군(白軍)의 중심 세력을 이루기도 했다. 세르게이 에이젠슈테인의 유명한 무성 영화 『전함 포템킨』에 나오는 오데사 계단의 학살 장면에서 잔인한 학살자의 모습으로 그려진 것도 카자크 부대였다. 카자크들의 용맹성과 잔학성은 과거 유럽을 공포에 떨게 했던 훈족과 몽골 민족을 생각나게 한다. 카자크를 소재로 한 작품으로는 푸시킨의 『대위의 딸』, 고골의 『타라스 불바』, 톨스토이의 『카자크 사람들』, 바벨의 『기병대』, 숄로호프의 『고요한 돈 강』 등이 있다.

고골의 『타라스 불바』는 카자크 민족의 신화 형성에도 공헌했다. 러시아 카자크를 성스러운 러시아 조국의 수호자로서 뿐만 아니라, 러시아 영혼의 수호자로서 형상화하여 독특한 민족 신화를 만들어 낸 것이다. 『타라스 불바』는 1835년과 1842년의 두 가지 판본이 있는데, 특히 1842년의 두 번째 판본에서는 러시아 영혼의 수호자로서의 카자크가 강조되었다. 사실 『미르고로드』(1835)에 수록된 첫 판본은 러시아 아이콘으로서의 카자크 이미지와는 거리가 멀다. 성격상 첫 판본이 우크라이나에 대한 이야기라면, 두 번째 판본은 러시아적 영혼을 강조한 이야기라 할 수 있다.

2. 소설의 줄거리

제1장 타라스 불바는 두 아들 오스타프와 안드리가 키예프 아카데미를 졸업하고 돌아오자, 이제 지루한 공부는 그만하고 진짜 카자크가 되어야 한다고 말한다. 이웃 카자크들을 집으로 초대하여 거나하게 술을 마신 불바는 두 아들을 데리고 진정한 카자크들이 모여 있는 곳인 자포로제로 가겠다고 선포한다. 불바의 아내는 두 아들을 보자마자 다시 전쟁터로 보낼 생각에 한숨도 못 자고 하염없이 눈물만 흘린다. 그러나 날이 밝자, 불바는 두 아들을 데리고 자포로제로 떠난다.

제2장 타라스 불바 일행은 사람의 발길이 거의 닿지 않은 아름다운 숲을 헤치며 사흘 동안 대초원을 건넌다. 두 아들은 묵묵히 말을 달리며 이제는 과거가 되어 버린 신학교에서의 생

활을 떠올려 본다. 세치에 도착하자, 자포로제 카자크들은 특유의 흥취를 돋우며 춤을 추고 있었다.

제3장　세치에서는 연일 술판이 벌어지는데, 호전적인 타라스 불바는 이런 분위기가 영 못마땅하다. 전쟁을 종용해 보지만 카자크 총대장이 꼼짝도 않자, 불바는 대중을 선동해 새로운 총대장을 뽑는다.

제4장　새로운 총대장의 지시 아래 작은 전쟁을 준비하던 카자크들은 폴란드 어떤 지방에서 유대인들이 교회를 점령하고 정교도들을 능멸하고 있다는 소식을 듣는다. 그들은 분노에 휩싸여 각오를 다지고 전열을 가다듬어 출정한다.

제5장　타라스 불바의 두 아들이 맹활약을 하는 가운데 자포로제 카자크들은 폴란드 마을들을 남김없이 불태웠고, 폴란드인들은 두려움에 떨며 피신하기에 바쁘다. 다만 두브노 도시는 저항이 완강했기에, 카자크들은 도시를 완전히 포위해 버림으로써 그들을 고립시켜 죽음으로 내몰 작정이었다. 포위망을 쳐 놓고 숙영하던 어느 날 밤, 안드리는 키예프에서 만나 사랑했던 여인이 포위된 도시 안에서 굶어 죽어가고 있다는 소식을 듣게 된다.

제6장　안드리는 식량을 싸 들고 군영을 탈출해 토굴을 따라 두브노로 간다. 굶어 죽은 사람들로 마을의 모습은 참혹했다. 결국 안드리는 사랑했던 여인과 뜨거운 마음으로 재회하게 되고, 때마침 황폐한 두브노 시내에 지원군이 도착한다.

제7장　자포로제 카자크 군대와 폴란드 군대가 전투를 시작한다. 카자크들은 맹렬한 기세로 폴란드 군대를 짓밟았고 살아남은 폴란드 군사들은 결국 성문 안으로 퇴각한다. 그러는

동안 타라스 불바는 안드리가 사랑 때문에 조국과 신앙을 버리고 폴란드로 투항했다는 것을 알게 되고 분노한다. 한편, 오스타프는 병영대장이 되어 전투에서 기지를 발휘한다.

제8장　카자크가 출정한 틈을 타서 타타르인들이 세치를 급습했다는 것이 알려지자, 자포로제 카자크 군대는 즉각 복수하러 가기로 결의한다. 그러나 폴란드에 잡혀간 아군 포로를 구출해야 했기에, 군대를 둘로 나눠 움직이기로 한다. 카자크 총대장은 세치로 떠나는 군대를 지휘하기로 하고, 두브노에 남은 진영의 대장으로는 타라스 불바가 추대된다.

제9장　폴란드와의 전쟁이 험난하게 전개된다. 전세는 엎치락뒤치락하면서 계속 뒤바뀌고, 자포로제 군대는 많은 카자크들을 잃는다. 그 와중에 타라스 불바는 적군 선두로 출정한 안드리를 보고는 숲으로 유인해 직접 죽여 버린다. 그는 다시 전쟁에 가담하기 위해, 아들을 심판할 수밖에 없었던 마음을 달래며 숲에서 나오려 하지만, 숲은 이미 많은 적군으로 포위되어 있었다.

제10장　폴란드 군대에게 부상당했다가 동료 카자크들의 간호로 가까스로 살아난 타라스 불바는 정신을 차리자마자 아들 오스타프가 포로가 된 것을 기억하고 찾아가려고 한다. 그는 수완이 좋은 유대인 얀켈을 찾아가 자신을 바르샤바로 데려가 달라고 부탁한다. 결국 그는 벽돌 나르는 수레에 몸을 숨겨 폴란드로 들어간다.

제11장　얀켈을 따라 바르샤바에 잠입한 타라스 불바는 곧 카자크들에 대한 사형이 집행된다는 소식을 듣는다. 그는 몸을 숨기고 광장으로 나가 제일 먼저 형을 받게 된 오스타프를

보게 된다. 불바는 죽는 순간에도 카자크의 명예를 지키는 아들을 소리 내어 칭찬하다가 결국 발각된다.

제12장 도망쳐 나온 타라스 불바는 분노한 카자크들과 온 힘을 모아 다시 출격한다. 이들은 거칠 것 없이 폴란드 전역을 공격한다. 그러나 기력이 다한 불바는 결국 붙잡혀 화형대에서 최후를 맞는다.

3. 사랑이냐 조국이냐

러시아 문학사에서 이 작품은 독특한 위치를 차지한다. 이 작품은 16세기 우크라이나 카자크인들의 호전적인 삶을 소재로 한 역사소설이다. 그럼에도 사실의 정확성을 그다지 중시하고 있지는 않다. 그렇지만 옛 카자크인들의 용맹과 기개가 잘 묘사되어 있고, 그들의 신앙심과 민족애에 대한 이야기 역시 흥미롭게 전개된다. 그들의 전투 장면은 『일리아드』를 생각나게 한다.

타라스 불바와 그의 두 아들 오스타프와 안드리가 작품의 중심인물로 등장하는데, 용감하고 낙천적이며 엄격한 타라스 불바와 준엄하고 호전적인 오스타프, 낭만적 사랑에 빠져 버린 열정의 사나이 안드리가 카자크 삶과 정서의 다양한 프리즘을 보여 준다. 야성적인 힘과 저돌적인 정열로 가득 찬 카자크들의 형상은 평범한 보통 사람들과 달랐다. 카자크 군대의 연대장급 지휘관인 타라스 불바는 자유분방하고 강직하고 완고하고 용감무쌍한 성격의 전형적인 카자크라 할 수 있다. 그의 몸은 전쟁을 위하여 만들어진 것 같았고, 그 성품은 강직하기 짝이 없었다.

　타라스 불바는 당시 상류층 카자크들의 관행에 따라 두 아들을 키예프 아카데미로 유학을 보낸다. 학교를 졸업한 두 아들을 패기만만하고 용맹한 카자크로 만들기 위해 타라스 불바는 그들이 귀향하자마자 다음 날 우크라이나 카자크 자치 조직의 병영들이 머물고 있는 세치를 향해 떠날 것을 명령한다. 세치는 훌륭한 카자크 전사가 되기 위해서는 꼭 거쳐야만 하는 매력적인 지역으로, 수많은 병영들이 주둔하고 있는 곳이다. 온갖 사람들이 모여드는 세치에서 두 아들은 카자크의 독특한 생활 방식을 배우고 작은 전투를 통해 군인으로서의 늠름한 기상을 닦아 나간다. 세치에서의 생활은 폭음과 난행의 연속이었지만 그 나름대로 엄격한 질서가 있다.

　그러나 타라스 불바는 실전이 최고의 훈련임을 알기에, 두 아들을 실전에 투입시키기 위해 교묘한 선동과 술책으로 전쟁을 일으킨다. 변방에 폴란드군이 침공한 것을 빌미로 세치의 모든 병력을 출동시킨다. 출정 명분은 러시아 정교 신앙을 이교도 국가 폴란드로부터 보호하고 해방시킨다는 것이었다. 카자크 군대는 폴란드와 인접해 있는 우크라이나 서북부 지방을 휩쓸며 여러 전투에서 승리를 거두었으나, 두브노 도시에 도착하여 처음으로 강력한 저항에 부딪친다. 카자크군은 폴란드인들과 장기전을 펼칠 전략을 세우고, 도시를 포위하고 대치 상태에 들어간다. 그동안 오스타프와 안드리는 실전을 통해 당당한 군인으로 성장하여 아버지의 인정을 받았다. 그러나 여기서 예기치 못한 사건이 발생한다. 안드리가 예전에 키예프 아카데미 시절에 좋아했던 여인이 포위된 성의 지역 사령관 딸이

었던 것이다. 안드리는 평소 때도 종종 그녀 생각을 하며 낭만
적인 꿈에 젖기도 했었다. 성안의 폴란드인들은 식량이 고갈되
어 기아에 시달리고 있었는데, 아사 직전에 처했던 적장의 딸
은 망루에서 안드리를 확인하고 그를 비밀리에 만나게 된다.
그들의 만남은 하녀의 도움을 받아 극적으로 이루어진 것이
다. 전보다 더 아름다워진 사령관의 딸을 보자 사랑에 빠진 안
드리는 모든 것을 포기하고 그녀와 생사고락을 함께하기로 맹
세한다.

"나의 여왕이시여! (중략) 무엇이 필요하신가요? 무엇을 원
하시나요? 제게 명령만 하세요! 세상에서 제일 참기 어려운 힘
든 일을 시키세요. 당장 그것을 실행하겠습니다! 아무도 할 수
없는 그런 일을 하라고 말씀하세요. 난 꼭 할 것이고, 목숨을
바치겠습니다. 바치고말고요! 당신을 위하여 목숨 바칠 것을
하느님께 맹세합니다."

두브노 도시 안으로 들어간 안드리는 사랑을 위해 부모 형
제와 조국을 미련 없이 버린 것이다.

"아버지가, 친구가 그리고 조국이 나에게 무엇이란 말이오?
(중략) 그래요, 그런 것이 있은들, 무슨 소용인가요? 내게는 아
무도 필요 없습니다! 아무도, 아무도 없습니다! (중략) 내 조국
은 당신이오! 나는 당신을, 내 조국을 가슴에 안고 내 삶이 끝
날 때까지 가슴속에 간직하고 살아가겠소. 카자크 중 누가 이
조국을 떼어 내려고 하는지 한번 봅시다! (중략) 내 그런 조국

을 위하여 목숨을 바치겠소!"

이러한 안드리의 행동과 맹세는 사랑이 주는 기적적 역설의 힘이라 할 수 있다. 사랑받기 전의 대상과 그 후의 대상은 결코 동일하지 않다는 것이 사랑이 갖는 기적적 역설이다. 사랑은 우선 보잘것없고 우스꽝스러운 어떤 대상을 향한다. 그렇지만 사랑을 받는 순간, 그 대상은 마술처럼 그 어떤 숭고한 차원을 획득한다. 사랑은 실재의 현재화이기는커녕 그 반대, 즉 진부한 현존을 불가해한 실재로 재창조해 내는 작업이다. 이는 또한 정신분석에서 승화 개념이 겨냥하는 것이기도 하다. "평범한 대상을 사물의 존엄으로 고양시키는 것"이라는 승화에 대한 라캉의 정의는 바로 이런 의미에서의 사랑을 말하고 있다. 이처럼 안드리와 폴란드 여인의 사랑은 라캉의 사랑에 대한 정의를 통해 설명할 수 있다.

폴란드 여인을 사랑하게 된 안드리는 조국을 배신하고 마침내 폴란드군의 지휘관이 되어 버린다. 안드리가 적군의 선봉장으로 활약하는 광경을 목격한 타라스 불바는 자기 아들을 제 손으로 직접 처단하고자 결심한다. 그는 안드리를 후미진 곳으로 유인하여 생포한 다음, "가만히 서 있어라. 움직이지 마라! 내가 너를 낳았으니, 이제 내가 너를 죽이겠다!"라고 말하면서 직접 총을 쏘아 죽여 버린다.(헤로도토스는 행복에 대해 정의할 때, 아들을 먼저 보낸 아버지는 절대 행복할 수 없다고 말했다. 어떤 사람이 행복하느냐 그렇지 않느냐는 그가 죽기 전까지는 절대로 알 수 없다.) 아들을 죽인 아버지가 오랫동안 그 자리에 서서 숨이 끊어진 아들의 시체를 바라보는 광경은 카자크 민족에게 명예가 얼마나 중요한 가치인가를 생각하게 만든다. 큰아들 오스타프는 대전투 끝에 폴란드 군대의 포로로 잡히고, 타라스 불바역시 큰 부상을 입게 된다. 부상에서 회복한 불바는 폴란드로 잡혀간 큰아들을 구하기 위해 유대인의 도움을 받아, 수도 바르샤바로 잠입한다. 최선을 다해 보지만 그를 구하기에는 너무 늦었다. 불바가 도착한 다음 날, 광장에서 오스타프를 비롯한 카자크 포로들의 사형이 집행된다.

큰아들 오스타프는 온갖 고문과 고통을 태연하게 참아 내며 의연하게 죽음을 맞는다. 타라스 불바는 군중 속에서 아들의 죽음을 지켜보며 그의 장렬한 전사를 찬양한다. 화형을 당하는 큰아들이 고통에 못 이겨 아버지를 부른다. 참기 힘든 고통 속에서 오스타프가 소리친다. "아버지! 어디 계세요! 이 모든 고통을 아시겠지요?" 아들의 외침에 타라스가 적들의 한가운데 있음을 잊고 "암, 내가 여기서 보고 있다!"라고 절규하는 처절한 장면은 참으로 감동적인 대목이 아닐 수 없다. 그 후 불바는 또다시 12만 명으로 조직된 카자크 군대에서 가장 용감한 아타만(대장)으로 활약하면서 폴란드인들에게 전보다 더 잔인한 복수의 칼을 휘두른다. 그에게 폴란드인들이란 영원히 믿지 못할, 믿어서는 안 될 이교도인 것이다. 그러다가 어느 날 그는 전투 중에 애장품인 담뱃대를 떨어뜨리고 그것을 찾으려다가 그만 생포되어 현장에서 화형을 당한다. 장렬한 최후를 맞이하는 타라스 불바의 불굴의 정신과 전우애는 카자크 민족의 위대한 이야기로 남아 있다.

4. 민족 서사시

이 작품은 카자크라는 민족의 비극적 몰락을 생생한 필치로 그려 내고 있는 민족 서사시이다. 서사시에 대한 정의는 문학 비평가들에 따라 약간씩 다르나, 위대한 서사시에서 몇 가지 공통적 성격을 추출해 볼 수 있다. 첫째로 서사시는 역사적으로나 전설적으로 중대한 의의를 갖는 사건을 다룬다. 특히 서사시는 전쟁과 같은 격렬한 행위로부터 나오는 장엄하고 중대한 사건들을 그려 낸다. 이 작품의 소재인 폴란드와 카자크 민족의 투쟁은 다른 어떤 역사소설의 주제보다도 더욱 민족적이고 서사적이다. 고골은 역사적 현실 자체에서 이와 같이 거대하고 서사적인 형상화의 가능성을 발견했다. 둘째로 서사시의 주인공은 이상적인 영웅으로서 국가적으로 매우 중요한 인물이다. 따라서 대다수의 서사시가 영웅 서사시이다. 주인공 타라스 불바는 공명심과 용맹의 화신이며, 죽음을 두려워하지 않고 명예를 추구한다. 여기서 고골이 그려 내는 카자크들은 모두 두려움을 모르며 무모하기까지 한 민족의 투혼들이다. 그들의 영웅적인 행동, 대담한 전투, 용감한 공적, 긴장감 넘치는 극적인 사건 그리고 고양된 감정과 열정은 서사시에 낭만적 매력을 더해 준다. 또한 이 작품 속에 그려진 러시아 남부 지역의 아름다운 경치 역시 낭만적 매력을 주고 있다.

고골은 우크라이나('변방에 있는 지역'이라는 함축 의미를 지님) 역사에 대한 방대한 작품을 구상하고 각종 문서, 전설, 민담 등을 수집했다. 이 소설은 학문적이고 객관적인 역사 연구가 아니라, 자포로제 카자크의 영광스러운 과거에 대한 영감 어린

서정적 서사시인 것이다. 이 서사시는 역사가의 방대한 서술이 아니라, 조국과 신앙을 지키기 위해 싸운 영웅들에 대한 찬가라고 할 수 있다. 고골은 우크라이나인의 정서를 통해 과거 카자크들의 세계를 세심하게 관찰하여 민족의 서사시를 완성했던 것이다.

5. 카자크의 몰락

이 비극적 서사시에서 고골은 카자크 세계의 비극적이고 필연적인 몰락을 완벽하게 이해하고, 이러한 필연성을 독특한 방식으로 형상화해 내고 있다. 즉, 그는 폴란드 귀족의 딸과 사랑에 빠져 자기 민족의 배반자가 되어 버린 주인공 아들의 비극을 전체의 웅장한 서사적 구성 속에 위치시키는 방식으로 극적으로 형상화한다. 그들의 사랑은 말 그대로 국경과 이데올로기를 초월한 사랑이었다. 이미 벨린스키가 지적한 대로 안드리의 비극은 극적이고 절묘하다. 그렇지만 이와 같은 극적인 요소의 증대는 소설 전체의 웅대한 서사시적 기본 성격을 해체시키지 않는다. 고골은 대가답게 간결한 필치로 이러한 비극적 삽화를 전체 속에 유기적으로 통합시킨 것이다.

우리는 이 작품에서 문화의 충돌과 종속의 문제를 감지할 수 있다. 예리한 독자는 주인공 개인의 문제가 아니라, 원시적인 사회가 보다 발전된 주변 사회와 문화에 의해 감염된다는 근본 문제에 주목하지 않을 수 없다. 독자는 원시적이며 야만적인 카자크 세계가 거대한 역사 속에서 필연적인 몰락의 길을 가고 있다는 비극적 상황을 깨달을 것이다. 타라스 불바는 처음부터 카자크 민족문화 이외의 다른 문화들, 즉 폴란드와 타타르, 터키 문화에 대해 강한 거부감을 표시한다. 그 당시 폴란드의 영향이 러시아 귀족층에 나타나기 시작하면서 많은 사람들이 폴란드 풍속을 본받아 사치와 화려한 생활을 즐겼다. 그러나 불바는 순박한 카자크 생활을 사랑하였고, 바르샤바 쪽으로 기울어진 동료들을 폴란드 귀족의 노예라고 조롱하였다. 종교 문화에서도 정교의 올바른 옹호자임을 자처했다. 그에게는 나름대로의 원칙이 있었다. 그는 연로자에게 경의를 표하지 않는 자와 정교를 비웃고 조상의 관례를 준수하지 않는 자 그리고 이교도인(마호메트교도와 터키인들)에게 무기를 드는 것이 자기의 임무라고 생각했다. 이와 동시에 폭음과 난행을 카자크의 미덕으로 생각했다.

기병대장 타라스 불바의 두 아들 오스타프와 안드리는 아버지의 소원대로 여러 전투에 참여하여 용맹을 떨치고 훌륭한 카자크 전사로 성장하지만, 대조적인 성격의 인물들이다. 오스타프가 전형적인 카자크 전사라면, 안드리는 예민하고 풍부한 감성의 소유자이다. 그리하여 오스타프는 포로로 잡혀 장렬한 최후를 맞이하지만, 안드리는 낭만적인 사랑 때문에 비극적 최후를 맞는다. 서로 적이 될 수밖에 없었던 아버지 불바와 아들 안드리의 피할 수 없는 운명은 잔혹한 것이었다. 타라스 불바는 영원히 변하지 않는 영웅으로서 구세대의 상징이라 할 수 있다. 그는 협상도 모르고 오직 조국을 위해서 적과 싸우다 장렬히 전사하는 것이 가장 큰 명예라고 생각한다. 그는 조국의 배반자인 아들을 죽임으로써 변화를 거부한다. 명예는 모든 전사들의 윤리이며, 다시 한번 사랑보다 우위에 선다. 타라스 불바는 명예의 정점에 서 있다. 변화를 상징하는 안드리의 몰락은 어떤 점에서 카자크의 몰락을 예고하는 것이다. 그의 죽음은 폴란드 문화에 흡수되는 카자크 문화를 상징한다고 할 수 있다.

6. 팩션 예술

팩션(faction)이란 역사적 사실에 상상력을 덧붙인 새로운 장르이다. 사실(fact)과 허구(fiction)를 합성한 신조어인 팩션은 실제 사건을 바탕으로 상상력을 가미하여 새롭게 재구성한 이야기를 뜻한다. 좀 더 구체적으로 말하자면, 팩션이란 역사적 사실이나 실존 인물의 이야기에 작가의 상상력을 덧붙여 새로운 사실을 재창조하는 예술 장르를 가리킨다. 주로 소설 쓰기의 한 기법으로 사용되었지만, 영화나 텔레비전 드라마, 연극 등으로도 확대되는 추세이며, 문화계 전체에 큰 영향을 미치고 있다. 고전 중에도 역사적 사실이나 실존 인물을 기초로 이야기가 전개되는 팩션 작품들이 많다. 고골의 역사소설 『타라스 불바』가 바로 팩션 예술에 해당하며, 푸시킨의 『대위의 딸』, 『보리스 고두노프』, 『모차르트와 살리에리』, 톨스토이의 『전쟁과 평화』와 『안나 카레니나』, 도스토옙스키의 『악령』과 『카라마조프가의 형제들』, 고골의 『검찰관』 등도 이에 속한다.

최근 '사실'이라는 솔깃한 소재와 창작물의 고유 영역인 상상력을 가미한 팩션은 일반 독자에게 흥미로운 장르로 사랑받고 있다. 팩션 예술에는 나름대로 장점과 단점이 있다. 우선 독자로 하여금 사실이 주는 현실적 긴장감과 소설이 만드는 극적 요소를 동시에 경험할 수 있게 한다는 장점이 있다. 둘째, 대중적 흥미에다 폭넓은 인문학적 교양까지 쌓을 수 있어 두 마리 토끼를 잡는 소설 읽기를 제공하는 장점이 있다. 셋째, 팩션은 역사적 사건이라는 토대에 작가의 상상력을 결합하여 새로운 시각으로 역사를 재해석함으로써, 사실이 주는 역사성과 허구의 매력인 오락성을 함께 구현한다. 넷째, 획일화된 일상에서 벗어나고픈 욕구와 실체적 정보에 다가서려는 시대의 반동적 욕망을 한 번에 해소시켜 줄 수 있다. 그러나 팩션은 화제를 만들기 위해 오락성만 좇아 역사적 사실이나 인물을 왜곡한다는 비판도 받을 수 있다. 일반 독자들에게 역사가 과거의 사실이 아니라, 개인의 창작이거나 소수의 왜곡된 기억의 재생산이 될 수 있는 것이다.

이 시점에서 팩션이라는 개념을 넘어서 역사소설이 안고 있는 문제에 대해서도 이야기해 보자. 먼저 역사가들이 주장하는 역사에 대한 다양한 정의를 분류하여 다시 생각해 볼 필요가 있다. 역사란 무엇인가. 아놀드 토인비는 "역사란 끝없는 도전에 대한 응전"이라고 했고, E. H. 카는 역사를 "과거와 현재의 부단한 대화"라 했으며, 단재 신채호는 "역사란 아(我)와 비아(非我)의 투쟁"이라고 보았다. 『타라스 불바』에서 고골은 아(我)와 비아(非我)를 구분하여 역사를 바라보는 주체와 이에 반하는 힘의 상호 작용을 이야기로 풀어내고 있다. 카자크 민족은 주체로서 이에 반하는 세력인 폴란드와의 투쟁이 소설에서 정당화되고 있다. 카자크의 문화와 정교 신앙은 절대적으로 정당하고 옳은 것이기 때문에 배신을 허용치 않는다. 카자크의 모든 행동은 정당성을 부여받는 반면, 적군인 폴란드는 신앙에서부터 모든 삶에 이르기까지 적대적 힘이다. 그리하여 타라스 불바는 정교 신앙을 배신한 둘째 아들 안드리를 카자크 민족의 이름으로 처단한다. 그는 아들의 도전을 허락하지 않는다. 그런 의미에서, 역사란 "끝없는 도전에 대한 응전"임을 다시 한번 생각하게 된다.

고골의 『타라스 불바』에 나타난 역사는 "역사가와 과거의 대화"가 아니라 '소설가 고골과 카자크 민족의 과거가 나누는 대화'라 할 수 있다. 이 소설은 역사적 사실이 작가의 상상력에 의해 재창조된다는 점에서 흥미 있는 역사 이야기이다. 한편, 역사적 사실도 역사가의 사관에 따라 해석이 달라질 수 있다. 그런 점에서 역사도 생각하기에 따라 객관적 사실이라기보다는 역사가의 역사적 상상력에 의해 재창조되는 예술 텍스트로 간주될 수 있다.

역사와 문학의 근접성은 소설이 안고 있는 과제와 표현 방식을 역사가 공유하고 있다는 점에 있다. 두 분야는 모두 이야기의 기능을 갖고 있다. 그러면 역사 이야기와 소설 이야기에는 다른 점이 없는가? 이 점에서 역사소설은 미묘한 자리에 놓이게 된다. 왜냐하면 역사소설은 소설이 갖는 허구적 상상이 작용할 여지가 있으면서도 전체 구성에 있어서는 역사적 사실의 입증을 바탕으로 하고 있기 때문이다. 역사의 경우 소설과 달리 줄거리를 이루는 사건들이 사상의 소산이 될 수 없고, 그 대신 사료의 검증을 받아야 하거나 적어도 사료가 명백히 말하고 있는 것으로부터 그럴 듯하게 추리되는 것이어야 한다. 역사와 소설의 중간에 있는 역사소설은 단지 추적 불능 또는 연결 불능의 사건들에 대해서 문학적 상상력이 최대한 발휘될 수 있다는 매력적인 특성을 갖고 있는 것이다.

7. 문학과 영화

『타라스 불바』는 1962년에 J. 리 톰슨 감독에 의해 영화 「대장 부리바」로 제작되었다. 이 영화는 고골의 작품 내용과 다른 점이 몇 가지 있다. 톰슨 감독은 고골의 작품을 새롭게 영화화하면서 사랑의 문제와 카자크 민족의 전투성을 강조했다. 고골의 작품은 신학교를 졸업하고 고향으로 돌아오는 두 아들의 이야기로 시작되는 데 비하여, 영화는 폴란드 국가와의 투쟁 원인을 설명하고 타라스 불바가 산속으로 들어가 아들을 낳고 키우는 장면으로 시작한다. 원전에 없는 내용을 감독이 삽입한 것이다. 그리고 소설에서는 안드리가 낭만적 성격의 동생으로 나오는데, 영화에서는 형으로 등장한다. 원전에서 안드리와 폴란드 지역 사령관 딸과의 사랑은 커다란 비중을 차지하지 않지만, 영화에서는 극 전개의 흥미를 유발하기 위해 두 사람의 사랑 시퀀스가 중요한 위치를 차지한다.

영화를 살펴보면, 우선 배우 율브리너가 주인공 타라스 불바의 역할을 맡았다. 집시의 후예로 알려진 그는 호탕하고 명예를 추구하는 타라스 불바의 역을 완벽하게 소화해 냈다. 안드리 역의 토니 커티스와 폴란드 사령관 딸 역의 크리스틴 카우프만 역시 비련의 연인 역을 잘 소화해 냈다. 영화에서는 이 두 사람의 로맨스에 많은 비중이 주어진 반면, 오스타프의 역할은 많이 축소되었다. 이는 관객을 끌기 위한 수단일 수도 있겠지만, 동시에 이 영화가 왜곡된 민족주의로 빠지는 것을 막아 주는 장치가 되었다. 왜냐하면 사랑은 때로 국경과 이데올로기를 초월하며, 그 과정에서 상호 이해와 평화를 추구하기 때문이다. 그러나 타라스 불바는 협상을 모른다. 그에게는 오직 조국을 위해 적과 싸우다가 장렬히 전사하는 것이 가장 큰 명예이다. 그래서 그는 카자크의 영웅이 된다. 하지만 그는 16세기에 속했고, 시대는 변해 가고 있었다. 그리고 인간의 감정도 변해 가고 있었다. 그의 아들 안드리는 아마도 그러한 변화를 상징하는 인물인지도 모른다. 불바는 아들을 죽임으로써 그러한 변화를 거부하고, 명예는 다시 한번 사랑보다 우위에 선다. 그러나 인간의 역사는 늘 명예와 사랑의 역동적인 순환으로 이루어져 왔다. 『타라스 불바』는 바로 그것을 보여 주고 있는 것이다.

정교회 달력(율리우스력) 기준으로 2009년 3월 20일(그레고리 달력으로는 4월 1일)은 니콜라이 고골 탄생 200주년이 되는 날이다. 러시아 정부는 고골이 살던 모스크바 아르바트 거리의 집을 박물관으로 바꾸고 있고, 봄 축제 행사를 알리는 포스터와 플래카드에 고골의 탄생을 기리는 말을 넣어 분위기를 띄우고 있다. 고골이 태어난 우크라이나와 그가 체류했던 이탈리아도 고골의 탄생일을 기념하는 영화 시사회, 음악회, 연극 등을 통해 그의 문학을 재조명하는 행사를 준비하고 있다. 본 역자도 고골의 치열한 작가 정신을 기리고 한국에서 200주년을 기념하고자 그동안 미루어 놓았던 『타라스 불바』를 출판하기로 했다. 이 책이 출판되기까지 필자는 많은 도움을 받았다. 특히 원고를 읽고 정성껏 윤문 작업에 임해 준 연

세대학교 노문과 대학원생 김동호 군에게 감사의 뜻을 전한
다. 그리고 출판을 맡아 세심한 배려를 해 준 민음사 편집부
에 깊은 사의를 표한다.

2009년 6월

조 주 관

작가 연보

1809년   4월 1일(구력 3월 20일) 우크라이나 폴타바 현 미르
          고로드 군 소로친츠이 마을에서 출생. 아버지와 어
          머니는 모두 우크라이나 혈통의 소지주이며 귀족
          출신. 할아버지는 민속 문화에 정통하였고, 아버지
          는 희곡을 쓰고 연출을 시도했음. 어렸을 때부터 문
          학과 연극에 관심을 갖고 성장. 어머니는 광신적 신
          도. 고골의 이름은 디칸카 교회에 있는 성 니콜라
          이라는 성상의 이름에서 따옴.

1821년   우크라이나의 수도 키예프의 북부 지방에 위치한
          네진이라는 도시에 있는 9년제 기숙학교인 네진 고
          등학교(김나지움)에 입학. 진보적인 교육을 통해 계
          몽사상과 데카브리스트(Декабрист) 사상에 관심을
          가짐. 시와 희곡을 쓰기 시작. 바이올린과 미술 공
          부. 교내 연극 활동에 참여.

1828년   네진 고등학교 졸업(19세). 관리의 꿈을 안고 수도인
         상트페테르부르크로 상경.

1829년   알로프(В. Алов)라는 필명으로 『간츠 큐헬가르텐
         (Ганц Кюхельгартен)』을 자비 출판. 독자의 반응에
         실망한 고골은 그 시집을 소각. 유럽 여행길에 오름.
         독일의 뤼벡까지 갔다가 다시 러시아로 귀국. 내무
         성 관리와 연극배우로 활동.

1830년   시인 바실리 주콥스키, 소설가 세르게이 악사코프
         그리고 비평가 비사리온 벨린스키와 친교. 문학계
         상류 인사들과 교분을 맺음.

1831년   5월 20일에 푸시킨과 만나면서 친교. 푸시킨은 고
         골의 창작 활동에 지대한 영향을 줌. 9월에 작품 모
         음집 『디칸카 근처 마을의 야화(Вечера на хуторе
         близ Диканьки)』의 제1부를 발표하고 공식적으로 인
         정받은 신진 작가로 활동. 제1부에는 네 편의 단편
         소설 「소로친츠이 장날(Сорочинская ярмарка)」, 「이
         반 쿠팔라 전야(Вечер накануне Ивана Купала)」, 「오
         월의 밤 또는 물에 빠져 죽은 여자(Майская ночь,
         или утопленница)」, 「잃어버린 편지(Пропавшая
         грамота)」가 수록. 주콥스키의 주선으로 여학교의
         역사 교사가 됨.

1832년   3월에 『디칸카 근처 마을의 야화』 제2부 출
         판. 제2부에는 단편소설 「성탄절 전야(Ночь
         перед Рождеством)」, 「무서운 복수(Страшная
         месть)」, 「이반 표도로비치 시폰카와 이모(Иван

фёдорович Шпонька и его тётушка)」, 「귀신 들린 땅 (Заколдованное место)」 수록.

1834년 페테르부르크 대학교 역사학부의 조교수로 중세사 강의 시작.

1835년 페테르부르크 대학교의 역사 교수직을 떠나 문학 활동에 전념. 우크라이나 지방 이야기를 모은 작품집 『미르고로드(Миргород)』를 출판. 여기에 「옛 지주(Старосветские помещики)」, 「타라스 불바(Тарас Бульба)」, 「비이(Вий)」, 「이반 이바노비치와 이반 니키포로비치가 싸운 이야기(Повесть о том, как поссорился Иван Иванович с Иваном Никифоровичем)」가 수록. 주로 페테르부르크 이야기를 다룬 작품집 『아라베스키(Арабески)』를 출판. 여기에 단편작품 「광인 일기(Записки сумасшедшего)」, 「초상화(Портрет)」, 「넵스키 거리(Невский проспект)」와 다른 논문들이 함께 수록. 『죽은 농노(Мёртвые души)』를 쓰기 시작.

1836년 단편소설 「코(Нос)」와 「사륜마차(Коляска)」를 발표. 잡지 『현대인(Современник)』에 문학평론을 발표. 4월에 첫 희곡 작품 『검찰관(Ревизор)』을 출판 및 상연. 두 번째 외국 여행 중 파리에 체류하고 있을 때 푸시킨 사망. 독일, 스위스, 프랑스, 이탈리아를 순방.

1839년 러시아로 귀국. 『죽은 농노』의 일부를 낭송하는 발표회를 가짐.

1840년 세 번째 외국 여행에 올라 오스트리아, 독일, 이탈리아를 방문.

1841년 장편소설 『죽은 농노』를 탈고하고 출판을 위해 다
시 러시아로 귀국.

1842년 『죽은 농노』의 제1부 및 네 권의 작품집 출판. 여기
에 새로운 작품들인 희곡 「결혼(Женитьба)」과 「도
박사(Игроки)」 그리고 단편소설 「외투(Шинель)」가
수록. 비평계의 총아로 부상. 네 번째 외국 여행에
오름. 독일, 이탈리아, 프랑스, 보헤미아 지방을 순
방. 여행 중에 발병.

1845년 로마에서 『죽은 농노』의 제2부 원고 소각.

1846년 극적 스케치인 「검찰관의 이해를 위한 열쇠」 집필.

1847년 『친구와의 왕복 서한(Выбранные места из переписки
с друзьями)』을 발표. 벨린스키를 중심으로 하는 시
민 비평가들의 분노를 사게 됨.

1848년 다섯 번째 여행을 시도. 예루살렘 성지 순례 여행.
러시아로 돌아가 『죽은 농노』를 다시 집필하기 시작.

1850년 오프티나 푸스트인 수도원을 방문.

1851년 투르게네프를 알게 됨.

1852년 1월 말에서 2월 5일까지 사제 마트베이 콘스탄티노
비치를 만남. 2월 24일에 『죽은 농노』의 제2부를 다
시 소각. 그러나 제2부 원고의 일부가 우연히 남겨
짐. 3월 4일(구력 2월 21일 8시), 모스크바에서 우울
증에 시달리다 반미치광이 상태가 되어 생을 마침.
다닐롭스키 수도원에 매장.(1909년 탄생 100주년을
맞아 노보데비치 수도원으로 이장됨.)

세계문학전집 **211**

타라스 불바

1판 1쇄 펴냄   2009년 6월 12일
1판 15쇄 펴냄   2022년 3월 30일

지은이   니콜라이 고골
옮긴이   조주관
발행인   박근섭, 박상준
펴낸곳   (주)민음사

출판등록   1966. 5. 19. (제 16-490호)
서울특별시 강남구 도산대로1길 62(신사동) 강남출판문화센터 5층 (우편번호 06027)
대표전화 02-515-2000   팩시밀리 02-515-2007
www.minumsa.com

© 조주관, 2009. Printed in Seoul, Korea

ISBN 978-89-374-6211-5 04800
ISBN 978-89-374-6000-5 (세트)

세계문학전집 목록

세계문학전집은 계속 간행됩니다.